Edgar Allan Poe gilt als Begründer der modernen Kriminalgeschichte. Mit C. Auguste Dupin schuf er eine der bekanntesten Detektivfiguren der Literatur, die u. a. zum Vorbild für Arthur Conan Doyles Sherlock Holmes wurde.

C. Auguste Dupin verfügt nicht nur über einen messerscharfen Verstand und einen analytischen Blick, er besitzt auch die seltene Gabe, Gedankengänge anderer Menschen nachvollziehen zu können – dank dieser Fähigkeiten vermag er die schwierigsten Fälle aufzuklären. Kein Wunder also, daß sogar die Pariser Polizeipräfektur seine Hilfe benötigt!

Die unheimlichen Morde in der Rue Morgue, das Geheimnis der ermordeten Marie Rogêt und der Diebstahl eines Briefes mit weitreichenden Folgen – drei scheinbar unlösbare Fälle, die die Polizei vor Rätsel stellen, doch Dupin ist den Tätern schon bald auf der Spur ...

Dieser Band versammelt die spannendsten Kriminalgeschichten vom Meister des Unheimlichen: *Die Morde in der Rue Morgue, Der entwendete Brief, Das Geheimnis um Marie Rogêt, Der Mann in der Menge, Der Goldkäfer.*

E. A. Poe, geboren am 19. Januar 1809 in Boston, erlangte Weltruhm durch seine Schauer- und Gruselgeschichten, mit denen er seit je den Nerv des lesenden Publikums traf. Er ist einer der meistgelesenen Autoren der Weltliteratur; seine Kurzgeschichten zählen zu den Meisterwerken des Genres. Er starb am 7. Oktober 1849 unter ungeklärten Umständen.

Von ihm sind im insel taschenbuch zuletzt erschienen: *Shadow/Schatten* (it 3168), *Sämtliche Erzählungen in vier Bänden* (it 3376), *Horrorgeschichten* (it 4531).

insel taschenbuch 4176
Edgar Allan Poe
Kriminalgeschichten

EDGAR ALLAN POE

Kriminalgeschichten

Das Beste vom Meister des Unheimlichen

Insel Verlag

Umschlagfoto: Ron Bouwhuis/Corbis

Erste Auflage 2012
insel taschenbuch 4176
Originalausgabe
Für diese Ausgabe © Insel Verlag Berlin 2012
Für die Übersetzung © 1989 Insel-Verlag Anton Kippenberg, Leipzig
Vertrieb durch den Suhrkamp Taschenbuch Verlag
Hinweise zu dieser Ausgabe am Schluß des Bandes
Satz: Hümmer GmbH, Waldbüttelbrunn
Druck: CPI – Ebner & Spiegel, Ulm
Printed in Germany
ISBN 978-3-458-35876-3

Inhalt

Die Morde in der Rue Morgue

> Welches Lied die Sirenen sangen oder welchen Namen
> Achill sich gab, als er sich bei den Frauen barg, das sind
> wohl verwirrende Fragen, doch sie entziehen sich nicht
> ganz *aller* Mutmaßung.
>
> Sir Thomas Browne

Die Geisteskräfte, die man die analytischen nennt, sind in
sich selbst kaum analysierbar. Nur in ihren Auswirkungen
vermögen wir sie zu fassen. Wir wissen von ihnen unter anderem, daß sie für ihren Eigner, wenn er sie im Übermaß besitzt,
stets eine Quelle lebhaftesten Vergnügens sind. So wie der
Starke über seine Körperkraft frohlockt und in Übungen
schwelgt, die seine Muskeln in Aktion treten lassen, so erfreut sich der Analytiker jener geistigen Behendigkeit, welche Verworrenes *entwirrt*. Selbst die trivialsten Beschäfti-
gungen, wenn sie nur sein Talent ins Spiel bringen, ergötzen
ihn. Er ist versessen auf Rätsel, auf Vexierfragen, auf Hiero-
glyphen; und bei einer jeden Lösung legt er einen Grad von
Scharfsinn an den Tag, der den Durchschnittsverstand geradezu übernatürlich anmutet. Seine Lösungen, allein und
einzig durch die rechte Methode zuwege gebracht, wirken
gleichwohl wie pure Intuition.

Mag sein, daß die Fähigkeit zum Ent-wirren durch mathematische Studien erheblich gefördert wird, Studien vor allem
in jenem wichtigsten Zweig, den man zu Unrecht und nur
wegen seiner rückläufigen Operationen analytisch genannt
hat – gleichsam analytisch *par excellence*. Doch ist Berech-
nen an sich noch nicht Analysieren. Ein Schachspieler zum

Beispiel tut das eine, ohne sich um das andere auch nur zu bemühen. Daraus folgt, daß man das Schachspiel in seiner Wirkung auf die Geistesanlagen gröblich mißverstanden hat. Doch will ich hier keine Abhandlung schreiben, sondern nur einer ziemlich eigenartigen Erzählung ein paar ganz zufällige Bemerkungen vorausschicken; so möchte ich die Gelegenheit ergreifen, zu behaupten, daß die sublimeren Kräfte des denkenden Verstandes entschiedener und zweckdienlicher von dem bescheidenen Damespiel beansprucht werden als von aller ausgeklügelten Oberflächlichkeit des Schachspiels. Bei letzterem, wo den Figuren verschiedenartige und *bizarre* Züge mit unterschiedlichen und variablen Werten eignen, wird (ein nicht ungewöhnlicher Irrtum) das, was nur kompliziert ist, fälschlich für tiefgründig gehalten. Die *Aufmerksamkeit* wird hier mit allem Nachdruck auf den Plan gerufen. Erlahmt sie für einen Augenblick, so unterläuft auch schon ein Versehen, das Schaden oder Niederlage zur Folge hat. Da die möglichen Züge nicht nur mannigfaltig, sondern auch verworren sind, vervielfacht sich die Gefahr solchen Versehens; und in neun von zehn Fällen ist es eher der konzentriertere als der scharfsinnigere Spieler, der gewinnt. Beim Damespiel hingegen, wo die Züge *einheitlich* sind und kaum voneinander abweichen, ist eine Unachtsamkeit weniger wahrscheinlich, und da die pure Aufmerksamkeit verhältnismäßig unbeschäftigt bleibt, sind die Vorteile, die die eine oder andere Partei erringt, allein überlegenem *Scharfsinn* zuzuschreiben. Um mich weniger abstrakt auszudrücken: Stellen wir uns ein Damespiel vor, wo die Steine sich auf vier Damen reduziert haben und wo ein Versehen natürlich nicht zu erwarten ist. Es leuchtet ein, daß der Sieg (gleichrangig, wie die Spieler sind) hier nur durch irgendeinen ausgeklügelten Zug errungen werden kann, das Ergebnis einer entschiedenen Anstrengung des Verstandes. Gängiger Hilfsmittel beraubt, versetzt sich der Analytiker in den Geist seines Gegenspielers, identifiziert sich damit und erkennt so nicht selten auf den ersten Blick, auf welchem Wege allein (mitunter wirklich einem lächerlich einfachen) er den anderen in eine Falle locken oder zu einer Fehlrechnung verleiten kann.

Seit langem rühmt man dem Whistspiel nach, daß es das sogenannte Berechnungsvermögen schule; und Geister von höchstem Rang haben, wie man weiß, ein scheinbar unerklärliches Vergnügen daran gefunden, während sie das Schachspiel als oberflächlich verwarfen. Zweifellos gibt es nichts Vergleichbares, was derart hohe Ansprüche an die Fähigkeit zum Analysieren stellt. Der beste Schachspieler der Christenheit mag kaum mehr sein als nur eben der beste Schachmeister; Fertigkeit im Whist dagegen begreift in sich die Befähigung, in all jenen gewichtigeren Unternehmen erfolgreich zu sein, wo Geist gegen Geist streitet. Wenn ich Fertigkeit sage, so meine ich jene Vollkommenheit im Spiel, die ein Erfassen *aller* Möglichkeiten einschließt, aus denen sich rechtens Vorteil ziehen läßt. Diese sind nicht nur mannigfaltig, sondern auch vielgestaltig und liegen oft in Schlupfwinkeln des Denkens verborgen, die dem gewöhnlichen Verstand ganz und gar unzugänglich sind. Aufmerksam beobachten heißt deutlich im Gedächtnis behalten; und insofern wird der konzentrierte Schachspieler auch beim Whist bestehen, zumal die Regeln von Hoyle (die auf dem reinen Mechanismus des Spiels basieren) hinlänglich und allgemein verständlich sind. So sind ein gutes Gedächtnis und ein Vorgehen streng ›nach dem Buche‹ Kernpunkte, die allgemein als die Summe guten

Spielens gelten. Das Geschick des Analytikers aber zeigt sich auf Gebieten, die jenseits der Grenzen purer Regeln liegen. Stillschweigend stellt er zahllose Beobachtungen an und zieht seine Schlüsse. Das gleiche tun vielleicht auch seine Mitspieler; doch die unterschiedliche Spannweite der gewonnenen Information liegt nicht so sehr in der Stichhaltigkeit der Schlüsse wie in der Qualität der Beobachtung. Wissen muß man vor allem, *was* es zu beobachten gilt. Unser Spieler legt sich da keinerlei Beschränkungen auf; und sein Hauptanliegen, das Spiel, hindert ihn nicht, Schlüsse aus Dingen zu ziehen, die außerhalb des Spiels liegen. Er prüft die Miene seines Partners und vergleicht sie sorgfältig mit der seiner beiden Gegenspieler. Er beachtet, auf welche Art und Weise ein jeder die Karten in der Hand gruppiert, und liest an den Blicken, die ihre Eigentümer auf jede Karte werfen, oft Trumpf um Trumpf und Bildkarte um Bildkarte ab. Er bemerkt jede Veränderung des Gesichtsausdrucks im Verlauf des Spiels und erschließt eine Fülle von Gedanken aus den Schattierungen von Gewißheit, Bestürzung, Triumph oder Verdruß. Aus der Art, wie jemand einen Stich aufnimmt, folgert er, ob derselbe Spieler einen zweiten Stich in der Farbe gewinnen kann. Er erkennt eine Finte an der Gebärde, mit der die Karte auf den Tisch geworfen wird. Ein beiläufiges oder unachtsames Wort; das versehentliche Fallenlassen oder Aufdecken einer Karte, begleitet von dem ängstlichen oder unbekümmerten Bemühen, sie zu verbergen; das Zählen der Stiche und ihre Anordnung; Verlegenheit, Zögern, Eifer oder Zagen – alles bietet seiner scheinbar intuitiven Wahrnehmung Hinweise auf den wahren Stand der Dinge. Nachdem die ersten zwei oder drei Runden gespielt sind, weiß er genau, was jeder in Händen hält, und von nun an spielt er seine Karten mit so entschiedener Zielsicherheit aus, als hätte die übrige Gesellschaft die Bildseiten ihrer Karten nach außen gekehrt.

Die analytische Begabung sollte nicht mit einfachem Scharfsinn verwechselt werden; denn während der Analytiker notwendigerweise auch scharfsinnig ist, ist der Scharfsinnige oft erstaunlich unfähig zu analysieren. Die konstruktive Begabung oder Kombinationsfähigkeit, durch die Scharfsinn sich gewöhnlich manifestiert und der die Phrenologen (ich glaube zu Unrecht) ein gesondertes Organ zugeordnet haben, weil sie sie für ein Urvermögen hielten, ist so oft bei Menschen beobachtet worden, deren Denkvermögen im übrigen geradezu an Schwachsinn grenzte, daß es bei den Sittenlehrern allgemeine Aufmerksamkeit erregt hat. Zwischen Scharfsinn und analytischer Begabung besteht tatsächlich ein weitaus größerer Unterschied als zwischen Phantasie und Vorstellungskraft, wiewohl er seiner Natur nach durchaus analog ist. In der Tat wird man gewahren, daß scharfsinnige Leute immer phantasiereich sind, daß *echte* Vorstellungskraft hingegen stets mit analytischer Begabung einhergeht.

Die folgende Erzählung wird den Leser gewissermaßen wie ein Kommentar zu den eben vorgebrachten Behauptungen anmuten.

Als ich mich während des Frühjahrs und eines Teils des Sommers 18.. in Paris aufhielt, machte ich dort die Bekanntschaft eines Monsieur C. Auguste Dupin. Dieser junge Herr war von bester – ja von illustrer Familie, aber durch eine Reihe widriger Umstände in so große Armut geraten, daß seine tatkräftige Natur ihr unterlag und er aufhörte, sich in der Welt zu tummeln oder sich um die Wiedergewinnung seines

Vermögens zu kümmern. Dank der Gefälligkeit seiner Gläubiger war ihm noch ein kleiner Rest seines väterlichen Erbteils verblieben, und mit den Einkünften, die ihm daraus zuflossen, gelang es ihm durch rigorose Sparsamkeit, seinen puren Lebensunterhalt zu bestreiten, ohne sich um die Entbehrlichkeiten des Lebens zu scheren. Bücher allerdings waren sein einziger Luxus, und die sind in Paris wohlfeil zu erwerben.

Zum ersten Mal begegneten wir uns in einer obskuren Bücherei in der Rue Montmartre, wo der Umstand, daß wir beide auf der Suche nach demselben sehr seltenen und merkwürdigen Buche waren, uns in engere Verbindung brachte. Wir sahen uns ein ums andere Mal. Ich nahm tiefen Anteil an der kleinen Familiengeschichte, die er mit all der Offenheit vor mir ausbreitete, welche dem Franzosen eigen ist, wo immer es um die eigene Person geht. Zudem erstaunte mich das Ausmaß seiner Belesenheit; und vor allem entflammten mich das lodernde Feuer und die lebhafte Frische seiner Vorstellungskraft. Da ich in Paris das zu finden hoffte, wonach ich damals trachtete, glaubte ich, daß die Gesellschaft eines solchen Mannes ein unschätzbarer Gewinn für mich sein werde, und freimütig bekannte ich ihm diese meine Meinung. Schließlich vereinbarten wir, für die Dauer meines Aufenthalts in der Stadt zusammen zu wohnen, und da meine Lebensumstände etwas weniger verworren waren als die seinen, überließ er es mir, auf meine Kosten ein altersschwaches wunderliches Haus zu mieten und in einem Stil einzurichten, welcher der recht phantastischen Düsternis unserer beider Gemütsverfassung angemessen war; ein Haus, das lange schon leergestanden hatte, abergläubischer Vorstellungen wegen, denen wir nicht nachforschten, und das in einem abgelegenen, einsamen Viertel des Faubourg St. Germain nun seinem Einsturz entgegenschwankte.

Wären der Welt unsere Lebensgewohnheiten an diesem Ort bekannt geworden, so hätte man uns für Verrückte gehalten – wenn auch vielleicht für Verrückte harmloser Natur. Unsere Zurückgezogenheit war vollkommen. Wir empfingen keinen Besuch. Freilich hatte ich unseren Zufluchtsort sorgfältig vor meinen früheren Freunden geheimgehalten; und Dupin hatte schon seit vielen Jahren jeden Umgang gemieden und war selbst ein Unbekannter in Paris. Wir lebten ganz auf uns selbst bezogen.

Es war eine merkwürdige Marotte meines Freundes (denn wie sonst soll ich es nennen?), in die Nacht, ganz um ihrer selbst willen, verliebt zu sein; und gelassen schickte ich mich in diese *bizarrerie*, wie in all seine anderen; ja, ich überließ mich seinen wilden Anwandlungen mit schrankenloser *Hingabe*. Die finstere Gottheit selbst wollte nicht immer bei uns verweilen; aber wir konnten ihre Gegenwart vortäuschen. Beim ersten Morgengrauen schlossen wir alle wuchtigen Fensterläden unseres alten Gebäudes und entzündeten ein paar stark duftende Wachskerzen, die nur einen ganz matten geisterbleichen Schein verbreiteten. Bei diesem Lichtschimmer tummelten wir unsere Seelen nun in Träumen – lasen, schrieben oder führten Gespräche, bis die Uhr uns den Anbruch der echten Dunkelheit kündete. Dann wanderten wir Arm in Arm hinaus auf die Straßen, setzten die Gespräche des Tages fort oder streiften bis in die tiefe Nacht weit umher und suchten inmitten der schwankenden Lichter und Schatten der volkreichen Stadt jenes Übermaß geistig-seelischer Erregung, das ruhige Betrachtung gewähren kann.

Bei solchen Gelegenheiten konnte ich nicht umhin, eine eigentümliche analytische Fähigkeit (die ich freilich bei seiner reichen Vorstellungskraft hätte erwarten können) an Dupin zu gewahren und zu bewundern. Auch schien er lebhaftes Vergnügen daran zu finden, diese Gabe zu betätigen – wo nicht gar zur Schau zu stellen –, und bekannte mir ohne Zögern, welch großen Genuß ihm das bereite. Er rühmte sich mir gegenüber mit verhaltenem, kicherndem Lachen, daß für ihn die meisten Menschen Fenster in der Brust trügen, und pflegte solchen Behauptungen eindeutige und geradezu bestürzende Proben folgen zu lassen, die seine gründliche Kenntnis meines eigenen Innenlebens bekundeten. In solchen Augenblicken gab er sich kühl und abwesend; seine Augen waren ausdruckslos, während seine Stimme, gewöhnlich ein volltönender Tenor, sich zu einem schrillen Diskant erhob, der wohl mißlaunig geklungen haben würde, wäre dieser Eindruck nicht von der bedachtsamen und völlig deutlichen Ausdrucksweise widerlegt worden. Beobachtete ich ihn in solchen Anwandlungen, so hing ich oft gedankenvoll der alten Lehre von der zweigeteilten Seele nach und ergötzte mich an der Vorstellung von einem doppelten Dupin – dem schöpferischen und dem zergliedernden.

Aus dem soeben Gesagten möge man nicht schließen, daß ich hier irgendein Geheimnis preisgeben oder eine phantastische Geschichte erdichten will. Was ich an dem Franzosen geschildert habe, war nur die Auswirkung eines erregten oder vielleicht auch krankhaften Erkenntnisvermögens. Doch wird ein Beispiel am besten erhellen, welcher Natur seine Bemerkungen bei solchen Gelegenheiten waren.

Wir schlenderten eines Nachts durch eine lange schmutzige Straße in der Nähe des Palais Royal. Beide hatten wir, offenbar tief in Gedanken versunken, seit mindestens fünfzehn

Minuten keine Silbe gesprochen. Mit einem Mal brach Dupin das Schweigen mit folgenden Worten:

»Er ist wirklich sehr klein geraten und würde sich viel besser für das *Théâtre des Variétés* eignen.«

»Daran ist nicht zu zweifeln«, erwiderte ich arglos und bemerkte zunächst gar nicht (so sehr war ich in meinen Gedanken befangen), auf welch außergewöhnliche Weise der Sprecher sich in meine Überlegungen eingedrängt hatte. Im nächsten Augenblick besann ich mich, und meine Verwunderung war grenzenlos.

»Dupin«, sagte ich ernst, »dies geht über meinen Horizont. Ohne Zögern gebe ich zu, daß ich bestürzt bin und kaum meinen Sinnen trauen kann. Wie in aller Welt konnten Sie wissen, daß meine Gedanken gerade bei …« Hier hielt ich inne, um mit absoluter Sicherheit herauszubringen, ob er wirklich wußte, an wen ich dachte.

»… bei Chantilly waren«, sagte er, »warum halten Sie inne? Sie stellten fest, daß seine winzige Gestalt ihn für die Tragödie ungeeignet macht.«

Haargenau dies war der Gegenstand meiner Überlegungen gewesen. Chantilly war ein ehemaliger Flickschuster aus der Rue St. Denis, der sich, von plötzlicher Leidenschaft für die Bühne ergriffen, in der Rolle des Xerxes in Crébillons gleichnamiger Tragödie versucht hatte und für seine Bemühungen sattsam verspottet worden war.

»Verraten Sie mir um des Himmels willen«, rief ich aus, »die Methode – wenn es eine Methode gibt –, die es Ihnen erlaubt, auf diese Weise mein Inneres auszuloten.« In Wahrheit war ich noch viel bestürzter, als ich mir wollte anmerken lassen.

»Es war der Obsthändler«, erwiderte mein Freund, »der

Sie zu dem Schluß kommen ließ, daß der Sohlenflicker für Xerxes *et id genus omne* nicht die ausreichende Körpergröße habe.«

»Der Obsthändler! – Sie setzen mich in Erstaunen – ich kenne überhaupt keinen Obsthändler.«

»Der Mann, der mit Ihnen zusammenstieß, als wir in diese Straße einbogen – es mag fünfzehn Minuten her sein.«

Jetzt erinnerte ich mich, daß wirklich ein Obsthändler, der einen großen Korb Äpfel auf dem Kopf trug, mich versehentlich fast umgerissen hätte, als wir aus der Rue C . . . in die große Durchgangsstraße einbogen, in der wir jetzt standen; was aber dies mit Chantilly zu tun hatte, war mir schlechterdings unverständlich.

An Dupin war auch kein Fünkchen von Scharlatanerie. »Ich will es Ihnen erklären«, sagte er, »und damit Sie alles lückenlos begreifen können, wollen wir zunächst den Gang Ihrer Betrachtungen zurückverfolgen, von dem Augenblick an, da ich das Wort an Sie richtete, bis zu dem der *rencontre* mit besagtem Obsthändler. Die größeren Glieder der Kette sind folgende: Chantilly, Orion, Dr. Nichol, Epikur, Stereotomie, die Pflastersteine, der Obsthändler.«

Es gibt wohl nur wenige Menschen, die sich nicht zu irgendeiner Zeit ihres Lebens damit vergnügt hätten, die Schritte zurückzuverfolgen, durch die sie zu bestimmten Schlußfolgerungen gelangt sind. Diese Beschäftigung ist oft überaus reizvoll, und wer sich zum ersten Mal darauf einläßt, ist erstaunt über den scheinbar unermeßlichen Abstand und das Fehlen jeden Zusammenhangs zwischen dem Ausgangspunkt und dem Ziel. Wie groß mußte also meine Verblüffung gewesen sein, als ich den Franzosen die eben angeführten Worte sprechen hörte und nicht umhin konnte, zuzugeben, daß er die reine Wahrheit gesagt hatte. Er fuhr fort:

»Wir hatten, kurz bevor wir die Rue C … verließen, von Pferden gesprochen, wenn ich mich recht erinnere. Das war das letzte Thema, das wir erörterten. Als wir in diese Straße einbogen, fegte ein Obsthändler mit einem großen Korb auf dem Kopf eilig an uns vorüber und drängte Sie ab auf einen Haufen Pflastersteine, die an einer Stelle lagen, wo der Damm instand gesetzt wird. Sie traten auf einen der losen Bruchsteine, glitten aus, verstauchten sich leicht den Knöchel, schienen verärgert oder mißgestimmt, murmelten ein paar Worte, wandten sich um, den Steinhaufen zu betrachten, und setzten dann schweigend Ihren Weg fort. Ich gab nicht sonderlich acht auf Ihr Tun; doch ist exaktes Beobachten bei mir in letzter Zeit zu einer Art Zwang geworden.

Sie hefteten den Blick auf den Boden – sahen mit verdrossener Miene auf die Löcher und Furchen im Pflaster (so daß ich merkte, daß Sie noch immer an die Steine dachten), bis wir die kleine, ›Lamartine‹ genannte Gasse erreichten, die man probehalber mit lückenlos aneinandergefügten Blökken gepflastert hat. Hier hellten Ihre Züge sich auf, und als ich gewahrte, daß sich Ihre Lippen bewegten, konnte ich gar nicht daran zweifeln, daß Sie das Wort ›Stereotomie‹ murmelten, eine Bezeichnung, die man recht gespreizt auf diese Art von Pflasterung anwendet. Ich wußte, daß Sie den Ausdruck ›Stereotomie‹ nicht formen konnten, ohne an Atome erinnert zu werden und somit an die Lehren von Epikur; und da ich Sie vor noch nicht langer Zeit, als wir über diesen Gegenstand sprachen, darauf hinwies, wie einzigartig – und dabei kaum bemerkt – die vagen Vermutungen jenes erlauchten Griechen von der jüngsten Nebularkosmogonie bestätigt worden sind, glaubte ich, daß Sie nun zwangsläufig Ihre Augen zu dem großen Nebel im Orion aufheben müßten, ja, ich rechnete mit Sicherheit darauf. Sie schauten wirklich hinauf; und jetzt war ich überzeugt, daß ich Ihren Schritten richtig gefolgt war. Nun machte in jener bissigen Tirade gegen Chantilly, die im gestrigen ›Musée‹ erschien, der Krittler ein paar zynische Anspielungen auf des Flickschusters Namenswechsel beim Anlegen des Kothurns und zitierte dabei eine lateinische Verszeile, über die wir oft gesprochen haben. Ich meine die Worte:

Perdidit antiquum litera prima sonum.

Ich hatte Ihnen erklärt, daß sich dies auf Orion beziehe, den man früher Urion schrieb; und wegen gewisser Sarkasmen, die mit dieser Erklärung einhergingen, wußte ich wohl, daß Sie sie nicht vergessen haben konnten. Es lag deshalb auf der Hand, daß Sie nicht verfehlen würden, die beiden Gedanken – an Orion und an Chantilly – zu koppeln. Daß Sie es wirklich taten, sah ich an der Art des Lächelns, das über Ihre Lippen huschte. Sie dachten an des armen Flickschusters Opferung. Bis dahin waren Sie leicht gebeugt gegangen; nun aber sah ich, daß Sie sich zu voller Höhe emporrichteten. Da war ich denn sicher, daß Sie über das winzige Format von Chantilly nachdachten. An dieser Stelle unterbrach ich Ihre Betrachtungen, um zu bemerken, daß er – da er in der Tat sehr klein geraten sei, dieser Chantilly – sich viel besser für das *Théâtre des Variétés* eignen würde.«

Nicht lange darauf durchblätterten wir eine Abendausgabe der ›Gazette des Tribunaux‹, als plötzlich die folgenden Abschnitte unsere Aufmerksamkeit bannten:

›UNGEHEUERLICHE MORDFÄLLE. – Heute morgen gegen

drei Uhr wurden die Bewohner des Quartier St. Roch durch eine Reihe entsetzlicher Schreie aus dem Schlaf gerissen, die allem Anschein nach aus dem vierten Stockwerk eines Hauses in der Rue Morgue drangen, das, wie man wußte, nur von einer Madame L'Espanaye und ihrer Tochter, Mademoiselle Camille L'Espanaye, bewohnt wurde. Nach einiger Verzögerung durch den vergeblichen Versuch, sich auf die übliche Weise Einlaß zu verschaffen, wurde mit einem Brecheisen das Haustor aufgebrochen, und acht oder zehn Leute aus der Nachbarschaft betraten in Begleitung von zwei Gendarmen das Haus. Um diese Zeit waren die Schreie verstummt; doch als die Gesellschaft die erste Treppe hinaufstürmte, waren zwei oder mehr rauhe Stimmen in zornigem Streit zu vernehmen, die aus dem oberen Teil des Hauses herzukommen schienen. Als man den zweiten Treppenabsatz erreicht hatte, waren auch diese Laute verstummt, und alles blieb völlig ruhig. Die Gruppe verteilte sich und eilte von Zimmer zu Zimmer. Beim Betreten eines geräumigen Hinterzimmers im vierten Stock (dessen Tür aufgebrochen wurde, da sie verschlossen war und der Schlüssel innen steckte) bot sich ein Anblick, der alle Anwesenden mit Bestürzung, ja mit Grausen erfüllte.

Das Zimmer war in einem chaotischen Zustand – das Mobiliar zertrümmert und in alle Richtungen wüst umhergeworfen. Nur eine einzige Bettstatt war zu sehen; und aus dieser war das Bettzeug herausgerissen und mitten auf den Fußboden geworfen worden. Auf einem Stuhl lag ein Rasiermesser, mit Blut beschmiert. Auf dem Feuerrost fanden sich zwei oder drei lange dicke Strähnen grauen Menschenhaars, blutbesudelt auch sie und allem Anschein nach mit den Wurzeln ausgerissen. Auf dem Fußboden fand man vier Napoleondors, einen Topasohrring, drei große Silberlöffel, drei kleinere aus Neusilber und zwei Beutel, die an die viertausend Franc in Gold enthielten. Die Schubladen einer Kommode, die in einer Ecke stand, waren aufgezogen und offensichtlich ausgeraubt worden, wiewohl noch viele Gegenstände darin verblieben waren. Einen kleinen eisernen Safe entdeckte man unter dem Bettzeug (nicht unter der Bettstatt). Er war offen, und der Schlüssel steckte noch im Schloß. Es war nichts weiter darin als ein paar alte Briefe und andere Papiere von geringer Bedeutung.

Von Madame L'Espanaye fehlte jede Spur; da man aber eine ungewöhnliche Menge Ruß auf der Feuerstelle entdeckte, untersuchte man den Rauchfang und zerrte (entsetzlich zu sagen!) die Leiche der Tochter, mit dem Kopf nach unten, daraus hervor, die in dieser Haltung ein beträchtliches Stück den engen Schacht hinaufgezwängt worden war. Der Körper war noch warm. Bei näherem Hinsehen entdeckte man zahlreiche Hautabschürfungen, die zweifellos von dem gewaltsamen Hinaufstoßen und Herausziehen herrührten. Auf dem Gesicht fanden sich viele schlimme Kratzwunden und auf dem Hals dunkle Quetschungen und tiefe Einschnitte von Fingernägeln, als sei die Verstorbene erdrosselt worden.

Nach einer gründlichen Durchsuchung aller Teile des Hauses, die aber keinen weiteren Aufschluß brachte, begab sich die Gesellschaft in einen kleinen gepflasterten Hof hinter dem Gebäude, wo die Leiche der alten Dame lag, deren Hals fast völlig durchtrennt war, so daß bei dem Versuch, sie aufzuheben, der Kopf abfiel. Der Körper wie auch der Kopf waren grauenhaft zugerichtet – jener so schlimm, daß er kaum mehr etwas Menschenähnliches hatte.

Bisher gibt es, soviel wir wissen, nicht den geringsten An-haltspunkt, dieses schreckliche Rätsel zu lösen.‹

Die Zeitung des nächsten Tages brachte folgende ergän-zende Einzelheiten:

›*Die Tragödie in der Rue Morgue.* Viele Personen sind im Hinblick auf diese ungeheuerliche und gräßliche Affäre be-fragt worden‹ (das Wort *affaire* hat in Frankreich noch nicht jenen Hauch von Leichtfertigkeit, der ihm bei uns anhaftet), ›aber nichts, was irgend Licht darauf werfen könnte, ist dabei verlautbart. Wir geben im Folgenden alle wesentlichen Zeu-genaussagen wieder, die sich beibringen ließen.

Pauline Dubourg, Wäscherin, sagt aus, daß sie die beiden Verstorbenen seit drei Jahren gekannt hat, da sie in diesem Zeitraum für sie gewaschen hat. Die alte Dame und ihre Tochter schienen sich gut zu verstehen – gingen sehr zärt-lich miteinander um. Sie waren vorbildliche Zahler. Konnte nichts über ihre Lebensweise oder ihre Erwerbsquellen sa-gen. Glaubte, daß Madame L. ihren Unterhalt mit Kartenle-gen verdiente. Es hieß, sie habe Ersparnisse. Traf nie eine Menschenseele im Haus, wenn sie die Wäsche abholte oder zurückbrachte. War sicher, daß sie keinen Dienstboten be-schäftigten. Das ganze Haus schien völlig unmöbliert zu sein, mit Ausnahme des vierten Stockwerks.

Pierre Moreau, Tabakhändler, sagt aus, daß er etwa vier Jahre lang kleine Mengen von Tabak und Schnupftabak an Madame L'Espanaye zu verkaufen pflegte. Ist in dem Viertel geboren und war immer dort ansässig. Die Verstorbene und ihre Tochter lebten seit über sechs Jahren in dem Haus, in welchem die Leichen gefunden wurden. Vorher wurde es von einem Juwelier bewohnt, der die oberen Räume an ver-schiedene Personen untervermietete. Das Haus gehörte Madame L. Sie wurde ungehalten über den Mißbrauch des Gebäudes durch ihren Mieter und zog selbst hinein, lehnte es aber ab, irgendeinen Teil davon zu vermieten. Die alte Dame war kindisch. Zeuge hatte die Tochter nur etwa fünf- oder sechsmal in den sechs Jahren gesehen. Die beiden lebten äußerst zurückgezogen – es hieß, sie hätten Geld. Hatte unter den Nachbarn sagen hören, daß Madame L. wahrsage – glaubte es aber nicht. Hatte nie einen Menschen das Haus betreten sehen, außer der alten Dame selbst und ihrer Tochter, ein- oder zweimal einen Dienstmann und etwa acht- oder zehnmal einen Arzt.

Viele andere Personen, Nachbarn, machten Aussagen gleichen Inhalts. Nicht einem einzigen Menschen wurde nachgesagt, er habe das Haus öfter besucht. Niemand wußte, ob es irgendwelche lebenden Verwandten von Madame L. und ihrer Tochter gab. Die Läden der Frontfenster wurden selten geöffnet. Die auf der Rückseite waren immer geschlossen, bis auf die des großen Hinterzimmers im vierten Stock. Das Haus war in gutem Zustand – nicht sehr alt.

Isidore Musèt, Gendarm, sagt aus, daß er etwa um drei Uhr morgens zu dem Haus gerufen wurde und einige zwanzig oder dreißig Personen vor der Haustür antraf, die sich bemühten, hineinzugelangen. Brach die Tür schließlich mit einem Bajonett auf – nicht mit einem Brecheisen. Hatte nicht viel Mühe damit, weil es eine Doppel- oder Flügeltür war, weder unten noch oben durch einen Riegel gesichert. Die Schreie dauerten an, bis die Tür aufgebrochen war – und verstummten dann plötzlich. Es schienen die Wehlaute eines Menschen (oder mehrerer Menschen) in höchster Todesnot zu sein – sie waren laut und langgedehnt – nicht kurz und rasch aufeinanderfolgend. Zeuge stieg den anderen voran die Treppe hinauf. Hörte, auf dem ersten Absatz angekommen, zwei Stimmen in lautem und zornigem Wortwechsel – rauh die eine, die andere viel schriller – eine sehr merkwürdige Stimme. Konnte einige Wörter der ersteren unterscheiden, welche zu einem Franzosen gehörte. War überzeugt, daß es keine Frauenstimme war. Konnte die Wörter ›sacré‹ und ›diable‹ unterscheiden. Die schrille Stimme war die eines Ausländers. War sich nicht im klaren, ob es eine Männer- oder eine Frauenstimme war. Konnte nicht ausmachen, was gesagt wurde, glaubte aber, daß es Spanisch war. Der Zustand des Zimmers und der Leichen wurde von diesem Zeugen genauso beschrieben, wie wir es gestern schilderten.

Henri Duval, ein Nachbar und von Beruf Silberschmied, sagt aus, daß er zu der Gruppe von Leuten gehörte, die als erste das Haus betraten. Bestätigt im großen und ganzen die Aussage von Musèt. Sobald sie sich den Zutritt erzwungen hatten, schlossen sie die Tür wieder ab, um die Menge fernzuhalten, die trotz der späten Stunde sehr rasch zusammenströmte. Die schrille Stimme war nach Meinung dieses Zeugen die eines Italieners. War sicher, daß es kein Französisch war. War sich nicht klar darüber, ob es eine Männerstimme war. Es könnte auch eine Frauenstimme gewesen sein. Ist nicht vertraut mit der italienischen Sprache. Konnte die Wörter nicht ausmachen, war aber wegen des Tonfalls überzeugt, daß der Sprecher ein Italiener war. Kannte Madame L. und ihre Tochter. Hatte des öfteren mit beiden gesprochen. War sicher, daß die schrille Stimme keiner der beiden Verstorbenen gehörte.

... *Odenheimer, restaurateur*. Dieser Zeuge erbot sich freiwillig, eine Aussage zu machen. Wurde, da er nicht Französisch spricht, durch einen Dolmetsch befragt. Stammt aus Amsterdam. Ging um die Zeit der Schreie am Haus vorüber. Sie dauerten etliche Minuten an – schätzungsweise zehn. Sie waren langgedehnt und laut – überaus schrecklich und beklemmend. War einer von denen, die in das Gebäude eindrangen. Bestätigte die vorhergehenden Aussagen in allen Punkten bis auf einen. War sicher, daß die schrille Stimme die eines Mannes war – eines Franzosen. Konnte die ausgestoßenen Wörter nicht unterscheiden. Sie waren laut und hastig – abgerissen – offenbar in Furcht wie auch in Wut gesprochen. Die Stimme war krächzend – nicht so sehr schrill wie krächzend. Konnte sie nicht eigentlich eine schrille Stimme nennen. Die rauhe Stimme sagte wiederholt ›sacré‹, ›diable‹ und einmal ›mon Dieu‹.

Jules Mignaud, Bankier vom Bankhaus Mignaud et Fils, Rue Deloraine. Ist Mignaud senior. Madame L'Espanaye besaß etwas Vermögen. Hatte im Frühjahr ... (vor acht Jahren) ein Konto bei seiner Bank eröffnet. Zahlte häufig kleine Summen ein. Hatte nie etwas abgehoben, bis sie sich drei Tage vor ihrem Tod persönlich die Summe von viertausend Franc abholte. Diese Summe wurde in Gold ausgezahlt, und ein Angestellter mußte ihr das Geld nach Hause tragen.

Adolphe Le Bon, Angestellter bei Mignaud et Fils, sagt aus, daß er an dem fraglichen Tage um Mittag mit den in zwei Beuteln verwahrten viertausend Franc Madame L'Espanaye zu ihrer Wohnung begleitete. Nach dem Öffnen der Haustür erschien Mademoiselle L. und nahm ihm den einen Beutel ab, während die alte Dame sich den anderen aushändigen ließ. Dann verbeugte er sich und ging. Sah um diese Zeit nicht einen einzigen Menschen auf der Straße. Es ist eine Nebenstraße – sehr einsam.

William Bird, Schneider, sagt aus, daß er zu der Gruppe gehörte, die in das Haus eindrang. Ist Engländer. Lebt seit zwei Jahren in Paris. War einer der ersten, die die Treppe hinaufeilten. Hörte die streitenden Stimmen. Die rauhe Stimme war die eines Franzosen. Konnte verschiedene Wörter ausmachen, kann sich aber nicht mehr an alle erinnern. Vernahm deutlich ›sacré‹ und ›mon Dieu‹. Zu gleicher Zeit war ein Geräusch zu hören, als wenn mehrere Personen miteinander rängen – ein scharrendes, schlurfendes Geräusch. Die schrille Stimme war sehr laut – lauter als die rauhe. Ist sicher, daß es nicht die Stimme eines Engländers war. Schien die eines Deutschen zu sein. Hätte eine Frauenstimme sein können. Versteht kein Deutsch.

Vier der obengenannten Zeugen sagten bei nochmaliger Befragung aus, daß die Tür des Zimmers, in dem die Leiche von Mademoiselle L. gefunden wurde, von innen verschlossen war, als die Gruppe dort anlangte. Alles war völlig still – kein Stöhnen, keinerlei Geräusche irgendwelcher Art. Nach dem Aufbrechen der Tür war niemand zu sehen. Die Schiebefenster sowohl des hinteren wie des vorderen Zimmers waren heruntergelassen und von innen fest verriegelt. Eine Tür zwischen den beiden Räumen war zugeklinkt, aber nicht verschlossen. Die Tür, die vom vorderen Zimmer in den Korridor führt, war abgeschlossen, und der Schlüssel steckte innen. Ein kleiner Raum im vierten Stockwerk, an der Frontseite des Hauses und am oberen Ende des Korridors, stand offen; das heißt, die Tür war nur angelehnt. Dieser Raum war vollgestopft mit alten Betten, Kisten und Kasten und dergleichen. Diese wurden sorgfältig auseinandergerückt und durchsucht. Es gab nicht einen Zollbreit im ganzen Hause, der nicht sorgfältig durchsucht wurde. Stoßbesen wurden die Kamine hinauf- und heruntergeschoben. Das Haus war

vierstöckig, mit Bodenkammern (Mansarden). Eine Klapp-
tür am Dach war fest zugenagelt – schien seit Jahren nicht geöffnet worden zu sein. Die Zeit zwischen dem Gewahrwer-
den der streitenden Stimmen und dem Aufbrechen der Zim-
mertür wurde von den Zeugen unterschiedlich angegeben.
Bei einigen waren es nicht mehr als drei Minuten – bei anderen nicht weniger als fünf. Die Tür ließ sich nur mit Mühe
öffnen.

Alfonzo Garcio, Leichenbestatter, sagt aus, daß er in der
Rue Morgue ansässig ist. Stammt aus Spanien. Gehörte zu
der Gruppe, die in das Haus eindrang. Stieg nicht mit die
Treppe hinauf. Ist nervös und fürchtete die Folgen der Aufregung. Hörte die streitenden Stimmen. Die rauhe Stimme
war die eines Franzosen. Konnte nicht ausmachen, was gesagt wurde. Die schrille Stimme war die eines Engländers –
ist dessen sicher. Versteht zwar kein Englisch, urteilt aber
nach dem Tonfall.

Alberto Montani, Zuckerbäcker, sagt aus, daß er unter
den ersten war, die die Treppe hinaufstiegen. Hörte die fraglichen Stimmen. Die rauhe Stimme war die eines Franzosen.
Unterschied mehrere Wörter. Der Sprecher schien jemanden
zur Rede zu stellen. Konnte nicht ausmachen, was die schrille Stimme sagte. Sprach schnell und abgehackt. Hält sie für
die Stimme eines Russen. Bestätigt im ganzen die übrigen
Aussagen. Ist Italiener. Hat nie mit einem gebürtigen Russen
gesprochen.

Mehrere Zeugen erklärten hier auf neuerliche Befragung,
daß die Rauchabzüge aller Zimmer im vierten Stock zu eng
seien, um einen Menschen hindurchzulassen. Mit ›Stoßbesen‹ waren zylindrische Kehrbürsten gemeint, wie sie zum
Reinigen der Schornsteine gebraucht werden. Diese Bürsten

wurden, auf und nieder, durch jede Esse im Haus geschoben. Es gibt keinen hinteren Treppenaufgang, durch den irgend jemand hätte entweichen können, während die Gesellschaft treppauf stieg. Die Leiche der Mademoiselle L'Espanaye war so fest in den Abzug hineingezwängt worden, daß es erst der vereinten Kraft von vier oder fünf Männern gelang, sie herauszuziehen.

Paul Dumas, Arzt, sagt aus, daß er gegen Tagesanbruch herbeigeholt wurde, um die Leichen in Augenschein zu nehmen. Sie lagen zu dem Zeitpunkt beide auf dem Sackleinen der Bettstelle, in dem Zimmer, wo Mademoiselle L. gefunden worden war. Der Leichnam der jungen Dame war voller blauer Flecke und Schürfwunden. Die Tatsache, daß er den Kamin hinaufgezwängt worden war, würde diesen Befund hinlänglich erklären. Der Hals war arg zerschunden. Dicht unterm Kinn fanden sich mehrere tiefe Kratzwunden, außerdem eine Reihe bläulicher Flecke, die offenbar von Fingereindrücken herrührten. Das Gesicht war entsetzlich verfärbt, die Augäpfel quollen aus den Höhlen. Die Zunge war zum Teil zerbissen. Eine große Quetschung, die offensichtlich vom Eindruck eines Knies herrührte, fand sich über der Magengrube. Nach Ansicht von Monsieur Dumas ist Mademoiselle L'Espanaye von einer oder mehreren unbekannten Personen erdrosselt worden. Die Leiche der Mutter war gräßlich verstümmelt. Alle Knochen des rechten Beines und Armes waren mehr oder weniger zertrümmert. Die linke *tibia* erheblich zersplittert, desgleichen alle Rippen auf der linken Seite. Der ganze Körper furchtbar zerschunden und verfärbt. Es ließ sich nicht feststellen, wodurch die Verletzungen verursacht worden sind. Eine schwere Holzkeule oder eine breite Eisenstange – ein Stuhl – jede große, schwere und stumpfe Waffe, von einem sehr starken Mann gehandhabt, könnte solche Folgen gezeitigt haben. Niemals hätte eine Frau mit irgendeiner Waffe die Schläge führen können. Der Kopf der Verstorbenen war, als der Zeuge ihn sah, völlig vom Rumpf abgetrennt und ebenfalls schlimm zugerichtet. Der Hals war zweifellos mit einem sehr scharfen Instrument durchschnitten worden – vermutlich einem Rasiermesser.

Alexandre Etienne, Wundarzt, wurde zusammen mit Monsieur Dumas herbeigeholt, um die Leichen in Augenschein zu nehmen. Bestätigte die Aussage und die Ansichten von Monsieur Dumas.

Sonst wurde nichts Bedeutsames herausgebracht, obwohl noch verschiedene andere Personen vernommen wurden. Ein so rätselhafter Mord – sofern es sich hier überhaupt um einen Mord handelt –, so bestürzend in allen Einzelheiten, ist nie zuvor in Paris begangen worden. Die Polizei ist in der größten Verlegenheit – ein ungewöhnliches Vorkommnis bei derartigen Begebenheiten. Doch ist auch nicht der geringste Anhaltspunkt zu sehen.‹

Die Abendausgabe der Zeitung meldete, daß im Quartier St. Roch noch immer die größte Aufregung herrsche – daß das fragliche Grundstück noch einmal sorgfältig durchsucht und neuerlich Zeugen vernommen worden seien, doch alles ohne Erfolg. Ein Nachtrag indessen berichtete, daß Adolphe Le Bon verhaftet und gefangengesetzt worden sei – obschon außer den bereits angeführten Tatsachen offenbar nichts Belastendes gegen ihn vorliege.

Dupin schien außerordentlich interessiert am Fortgang dieser Angelegenheit – jedenfalls schloß ich das aus seinem Verhalten, denn er äußerte sich nicht. Erst nachdem wir die

Notiz gelesen, daß man Le Bon festgenommen habe, fragte er mich nach meiner Meinung über die Mordfälle.

Ich konnte nur der Ansicht von ganz Paris beipflichten und sie für ein unlösbares Rätsel halten. Ich sah keinen Weg, der dazu führen könnte, den Mörder aufzuspüren.

»Wir dürfen uns«, sagte Dupin, »nach diesem bloßen Gerippe von einer Untersuchung kein Urteil über den Weg bilden. Die Pariser Polizei, so hoch gepriesen wegen ihres Scharfsinns, ist gewitzt, aber nicht mehr. Es ist keine Methode in ihrem Verfahren, außer der Methode, die der Augenblick eingibt. Sie paradieren mit großspurigen Maßnahmen; doch nicht selten sind diese den jeweiligen Zwecken so wenig angepaßt, daß wir an Monsieur Jourdain erinnert werden, der nach seiner *robe-de-chambre* verlangte – *pour mieux entendre la musique*. Die so erzielten Ergebnisse sind oft überraschend, werden aber meistenteils durch puren Eifer und Geschäftigkeit zuwege gebracht. Sind diese Eigenschaften unzulänglich, so schlagen die Pläne fehl. Vidocq zum Beispiel konnte gut raten und war ein beharrlicher Mann. Aber ungeschult im Denken, ging er gerade durch den Übereifer seiner Nachforschungen ständig fehl. Er schmälerte sein Sehvermögen, indem er sich den Gegenstand allzu dicht an die Augen hielt. Er mochte vielleicht das eine oder andere Teilstück mit ungewöhnlicher Deutlichkeit sehen, aber dabei verlor er notwendigerweise die Sache als Ganzes aus den Augen. So ergeht es auch dem allzu Tiefgründigen. Die Wahrheit liegt nicht immer in einem Brunnen. Ja, was die wichtigeren Aufschlüsse betrifft, so glaube ich fest, daß sie sich immer an der Oberfläche befindet. Dunkel ist in den Tälern, wo wir sie suchen, nicht aber auf den Berggipfeln, wo sie zu finden ist. Für Art und Ursprung solchen Irrtums bietet die Betrachtung der Himmelskörper ein gutes Beispiel. Einen Stern nur eben streifen mit den Blicken – ihn aus halbem Auge anschauen, indem man ihm nur die äußeren Teile der *retina* zukehrt (die empfänglicher sind für schwache Lichteindrücke als die inneren) – das heißt, den Stern deutlich sehen – heißt, seines Glanzes am besten gewahr werden – eines Glanzes, der in ebendem Maße trüb wird, wie wir ihm den *vollen* Blick zuwenden. Gewiß trifft in letzterem Fall eine größere Anzahl von Strahlen auf das Auge, in ersterem aber ist das Wahrnehmungsvermögen ungleich schärfer. Durch unangemessene Tiefgründigkeit irritieren und schwächen wir das Denken; und es ist wohl möglich, die Venus selbst vom Firmament verschwinden zu lassen, wenn man sie allzu beharrlich, allzu konzentriert oder allzu direkt aufs Korn nimmt.

Was nun diese Morde anbelangt, so wollen wir zunächst auf eigene Faust einige Untersuchungen anstellen, ehe wir uns eine Meinung darüber bilden. Eine Nachforschung wird uns Vergnügen bereiten« (ich fand diesen Ausdruck seltsam in solchem Zusammenhang, sagte aber nichts), »und zudem hat mir Le Bon einmal einen Dienst erwiesen, für den ich ihm dankbar bin. Wir wollen uns aufmachen und uns das Grundstück mit eigenen Augen besehen. Ich kenne G., den Polizeipräsidenten, und werde mühelos die notwendige Erlaubnis erwirken.«

Die Erlaubnis wurde erteilt, und wir begaben uns sogleich zur Rue Morgue. Sie ist eine jener kümmerlichen Verbindungsstraßen zwischen der Rue Richelieu und der Rue St. Roch. Es war spät am Nachmittag, als wir dort anlangten, denn dieses Stadtviertel ist weit von dem entfernt, in dem wir wohnten. Das Haus war leicht zu finden; denn noch immer gafften viele Leute von der gegenüberliegenden Straßenseite aus mit zielloser Neugier zu den geschlossenen Fensterläden hinauf. Es war ein alltägliches Pariser Haus mit einem überdachten Eingang, auf dessen einer Seite sich ein verglastes Wärterhäuschen mit einem Schiebefenster befand, das eine *loge de concierge* vorstellte. Ehe wir eintraten, gingen wir ein Stück weiter die Straße hinauf, bogen in eine Gasse ein und gelangten, wiederum abbiegend, an die Rückseite des Gebäudes – und fortwährend beobachtete Dupin die ganze Gegend sowie das Haus mit minutiöser Aufmerksamkeit, für die ich freilich keinerlei irgend ergiebiges Objekt sehen konnte.

Denselben Weg zurückgehend, kamen wir wieder an die Frontseite des Hauses, läuteten und wurden, nachdem wir unsere Beglaubigungsschreiben vorgezeigt hatten, von den wachhabenden Beamten eingelassen. Wir stiegen die Treppe hinauf – bis in das Zimmer, wo man die Leiche der Mademoiselle L'Espanaye gefunden hatte und wo nun noch immer die beiden Toten lagen. Das heillose Durcheinander in diesem Raum hatte man, wie üblich, unverändert belassen. Ich sah nicht mehr als das, was schon in der ›Gazette des Tribunaux‹ berichtet worden war. Dupin untersuchte alles und jedes – die Körper der Opfer nicht ausgenommen. Dann gingen wir in die anderen Räume und in den Hof; ein Gendarm begleitete uns auf Schritt und Tritt. Die Untersuchung beschäftigte uns, bis es dunkel war; dann erst entfernten wir uns. Auf dem Heimweg verschwand mein Gefährte für einen Augenblick in der Redaktion einer der Tageszeitungen.

Ich sagte schon, daß die Marotten meines Freundes vielfältig waren und *je les ménageais* – hierfür gibt es keine entsprechende englische Wendung. Jetzt ließ er sich's einfallen, bis gegen Mittag des nächsten Tages jeglicher Unterhaltung über das Mordthema auszuweichen. Dann fragte er mich plötzlich, ob ich irgend etwas *Eigentümliches* am Ort der Greueltat beobachtet hätte.

In der Art und Weise, wie er das Wort ›eigentümlich‹ betonte, war irgend etwas, das mich schaudern machte, ohne daß ich wußte warum.

»Nein, nichts *Eigentümliches*«, sagte ich; »nicht mehr wenigstens, als wir beide schon in der Zeitung gelesen haben.«

»Die ›Gazette‹«, erwiderte er, »hat, wie ich fürchte, das ungewöhnlich Grauenhafte der Geschichte überhaupt nicht begriffen. Aber sehen Sie einmal ab von den nichtigen Ansichten dieses Blattes. Mir scheint, daß dieses Rätsel aus ebendem Grunde als unlösbar angesehen wird, der vielmehr Anlaß geben sollte, es für leicht lösbar zu halten – ich meine wegen des *outrierten* Charakters seiner Grundzüge. Die Polizei ist irritiert durch das scheinbare Fehlen eines Motivs – nicht für den Mord selbst, sondern für die Ungeheuerlichkeit des Mordes. Auch verwirrt sie die scheinbare Unmöglichkeit, die streitenden Stimmen, die man vernommen, mit den Tatsachen in Einklang zu bringen, daß außer der ermordeten Mademoiselle L'Espanaye niemand im oberen Stockwerk zu entdecken war und daß der Täter keinesfalls hätte entweichen können, ohne von der hinaufeilenden Gesellschaft bemerkt zu werden. Das wüste Durcheinander im Zimmer; die mit dem Kopf nach unten in den Rauchfang hinaufgezwängte Leiche; die entsetzliche Verstümmelung des Leichnams der alten Dame: diese Umstände sowie die eben erwähnten und andere, die ich nicht zu erwähnen brauche, haben hingereicht, um die Geisteskräfte der Polizeibeamten zu lähmen, indem sie ihren vielgepriesenen *Scharfsinn* völlig in die Irre führten. Sie sind dem groben, aber weitverbreiteten

Irrtum verfallen, das Ungewöhnliche mit dem Abstrusen zu verwechseln. Doch sind es gerade diese Abweichungen von der ebenen Bahn des Alltäglichen, an denen der Verstand auf seiner Suche nach Wahrheit allenfalls seinen Weg ertastet. Bei Untersuchungen, wie wir sie jetzt anstellen, sollte nicht so sehr gefragt werden: ›Was ist geschehen?‹ als vielmehr: ›Was ist geschehen, das nie zuvor so geschehen ist?‹ Tatsächlich entspricht die Leichtigkeit, mit der ich dieses Rätsels Lösung finden werde oder bereits gefunden habe, genau seiner scheinbaren Unlösbarkeit in den Augen der Polizei.«

In sprachlosem Staunen starrte ich den Sprecher an.

»Ich erwarte jetzt«, fuhr er fort und blickte nach der Tür unseres Zimmers – »ich erwarte jetzt eine Person, die, obzwar vielleicht nicht gerade der Urheber dieser Metzeleien, doch gewissermaßen in das Verbrechen verwickelt gewesen sein muß. An dem ärgsten Teil der verübten Untaten ist er wahrscheinlich unschuldig. Ich vermute, daß ich mit dieser Annahme recht habe; denn darauf gründe ich meine Hoffnung, das ganze Rätsel zu lösen. Ich erwarte den Mann hier – in diesem Zimmer – jeden Augenblick. Freilich kann es sein, daß er nicht kommt; aber aller Wahrscheinlichkeit nach wird er kommen. Sollte er erscheinen, wird es notwendig sein, ihn festzuhalten. Hier sind Pistolen; und beide wissen wir mit ihnen umzugehen, wenn es die Notwendigkeit gebietet.«

Kaum wissend, was ich tat, kaum glaubend, was ich hörte, nahm ich die Pistolen, während Dupin fast wie im Selbstgespräch fortfuhr. Ich erwähnte schon seine abwesende Art bei solchen Gelegenheiten. Seine Rede war an mich gerichtet; aber seine Stimme, obwohl keineswegs laut, hatte jenen Tonfall, wie er sich gewöhnlich einstellt, wenn man über eine weite Entfernung hin zu jemandem spricht. Seine Augen, bar jeden Ausdrucks, hefteten sich nur auf die Zimmerwand.

»Daß die streitenden Stimmen«, sagte er, »welche die Gesellschaft auf der Treppe gehört hatte, nicht die Stimmen der Frauen selbst waren, ist durch die Zeugenaussagen vollauf bestätigt worden. Das enthebt uns jeden Zweifels angesichts der Frage, ob die alte Dame etwa zuerst die Tochter umgebracht und danach Selbstmord verübt haben könnte. Ich spreche von diesem Punkt hauptsächlich um der Methode willen; denn die Kräfte der Madame L'Espanaye wären der Aufgabe, die Leiche der Tochter den Rauchfang hinaufzuzwängen, so wie man sie dann vorgefunden hat, ganz und gar nicht gewachsen gewesen; und die Art der Wunden an ihrer eigenen Person schließen den Gedanken an Selbstmord völlig aus. Der Mord ist also von einer dritten Partei verübt worden; und die Stimmen dieser dritten Partei waren es denn auch, die man miteinander hatte streiten hören. Nicht auf die ganze Zeugenaussage hinsichtlich dieser Stimmen möchte ich nunmehr Ihre Aufmerksamkeit lenken, sondern auf das, was an dieser Zeugenaussage *eigentümlich* war. Haben Sie irgend etwas Eigentümliches daran wahrgenommen?«

Ich bemerkte, daß zwar alle Zeugen einhellig annahmen, die rauhe Stimme sei die eines Franzosen gewesen, daß aber in bezug auf die schrille oder, wie eine Person es nannte, die scharfe Stimme die Meinungen weit auseinanderklafften.

»Das waren die Aussagen selbst«, sagte Dupin, »aber es war nicht das Eigentümliche daran. Sie haben nichts Besonderes bemerkt. Und doch *gab* es etwas Besonderes zu bemerken. Die Zeugen, wie Sie sagen, stimmten hinsichtlich der rauhen Stimme überein; hier waren sie ganz einer Meinung. Was aber die schrille Stimme angeht, so ist das Eigentümliche – nicht daß sie einander widersprachen, sondern daß einer wie der andere, ein Italiener, ein Engländer, ein Spanier, ein Holländer und ein Franzose, bei dem Versuch, sie zu beschreiben, sie als die Stimme *eines Ausländers* bezeichneten. Jeder ist überzeugt, daß es nicht die Stimme eines seiner eigenen Landsleute war. Nicht einer vergleicht sie mit der Stimme eines Angehörigen irgendeines Volkes, mit dessen Sprache er vertraut ist – im Gegenteil. Der Franzose hält sie für die Stimme eines Spaniers und ›hätte wohl einige Worte ausmachen können, *wenn ihm das Spanische vertraut gewesen wäre*‹. Der Holländer behauptet, es sei die Stimme eines Franzosen gewesen; doch wird erwähnt, daß ›dieser Zeuge, da er *kein Französisch versteht, mit Hilfe eines Dolmetschs verhört wurde*‹. Der Engländer hält sie für die Stimme eines Deutschen und ›*versteht kein Deutsch*‹. Der Spanier ›ist sicher‹, daß es die Stimme eines Engländers war, urteilt aber ›ausschließlich nach dem Tonfall, *da er kein Englisch versteht*‹, der Italiener glaubt, es sei die Stimme eines Russen gewesen, hat aber ›*noch nie mit einem gebürtigen Russen gesprochen*‹. Ein zweiter Franzose ist gar noch anderer Meinung als der erste und ist absolut sicher, daß es die Stimme eines Italieners gewesen sei; da er aber *dieser Sprache nicht mächtig ist*, hat ihn, wie auch den Spanier, ›der Tonfall davon überzeugt‹. Nun, wie extrem abartig muß jene Stimme in der Tat gewesen sein, daß sie Zeugenaussagen wie diese hervorlocken konnte! – daß Bürger dieser fünf großen Länder Europas nicht einmal in ihrem *Klang* etwas irgend Vertrautes erkennen konnten! Sie werden sagen, daß es die Stimme eines Asiaten – eines Afrikaners gewesen sein könnte. Asiaten wie Afrikaner sind in Paris nicht eben dicht gesät; doch ohne die Hypothese zu verwerfen, will ich Ihre Aufmerksamkeit jetzt nur auf drei Punkte lenken. Die Stimme ist von einem Zeugen ›eher scharf als schrill‹ genannt worden. Von zwei anderen ist sie als ›hastig und *abgerissen*‹ bezeichnet worden. Keine Wörter – keine wortähnlichen Laute – wurden von irgendeinem Zeugen als auch nur erkennbar erwähnt.

Ich weiß nicht«, fuhr Dupin fort, »welche Wirkung ich bisher auf Ihr eigenes Denkvermögen ausgeübt haben mag; doch zögere ich nicht, zu behaupten, daß die logischen Schlüsse allein schon aus diesem Teil der Zeugenaussagen – dem Teil, der die rauhe und die schrille Stimme betrifft – in sich ausreichend sind, um einen Verdacht zu erwecken, der für alles weitere Vorgehen bei der Aufhellung des Geheimnisses wegweisend sein sollte. Ich sagte ›logische Schlüsse‹; aber was ich meine, ist damit noch nicht völlig ausgedrückt. Ich wollte zu verstehen geben, daß diese Schlüsse die allein angemessenen sind und daß der Verdacht sich *unweigerlich* als das einzig mögliche Resultat aus ihnen ergibt. Welcher Verdacht das ist, will ich jedoch vorerst noch nicht sagen. Ich möchte Ihnen nur vergegenwärtigen, daß er bei mir selbst zwingend genug war, um meinen Untersuchungen im Zimmer eine klar umrissene Form – eine bestimmte Richtung zu geben.

Versetzen wir uns nun im Geist in dieses Zimmer. Wonach werden wir hier zuallererst suchen? Nach dem Fluchtweg, den die Mörder benutzt haben. Es ist wohl nicht zuviel gesagt, daß keiner von uns beiden an übernatürliche Ereignisse glaubt. Madame und Mademoiselle L'Espanaye wurden nicht von Geistern umgebracht. Die Täter waren real und entkamen auf reale Weise. Aber wie? Glücklicherweise gibt es nur eine einzige Methode, diese Frage zu durchdenken, und diese Methode *muß* uns zu einem eindeutigen Ergebnis führen. – Prüfen wir also der Reihe nach die möglichen Fluchtwege. Es ist klar, daß die Mörder, als die Gesellschaft die Treppe hinaufeilte, in dem Raum waren, wo Mademoiselle L'Espanaye gefunden wurde, oder doch wenigstens in dem angrenzenden Raum. Also brauchen wir nur nach Ausgängen aus diesen beiden Zimmern zu forschen. Die Polizei hat die Fußböden, die Decken und das Mauerwerk der Wände in allen Richtungen freigelegt. Keine *geheimen* Ausgänge konnten ihrer Umsicht entgangen sein. Dennoch mißtraute ich *ihren* Augen und forschte mit meinen eigenen. Es gab denn wirklich *keine* geheimen Ausgänge. Die beiden Türen, die von den Zimmern in den Korridor führen, waren fest verschlossen; die Schlüssel steckten innen. Wenden wir uns den Rauchabzügen zu. Diese, zwar von gewöhnlicher Weite bis zu einigen acht oder zehn Fuß über den Feuerstellen, würden in ihrer ganzen Ausdehnung nicht einmal dem Körper einer großen Katze Platz bieten. Da ein Entweichen auf den genannten Wegen sich denn als absolut unmöglich erwiesen hat, kommen für uns nur noch die Fenster in Frage. Durch die des Vorderzimmers hätte keiner entfliehen können, ohne von der Menge auf der Straße bemerkt zu werden. Die Mörder *müssen* also durch die Fenster des Hinterzimmers entkommen sein. Und uns, die wir auf so eindeutige Weise zu diesem Schluß gelangt sind, steht es als logisch denkenden Menschen nicht an, ihn wegen scheinbarer Unmöglichkeiten zu verwerfen. Uns bleibt nur übrig zu beweisen, daß diese scheinbaren Unmöglichkeiten in Wirklichkeit gar keine sind.

Es gibt zwei Fenster in dem Zimmer. Das eine ist nicht von Möbeln verstellt und in voller Größe sichtbar. Der untere

Teil des anderen wird dem Blick durch das Kopfende der klobigen Bettstelle verdeckt, die dicht vor das Fenster geschoben ist. Das erstgenannte fand man von innen fest verriegelt. Es widerstand der äußersten Kraftanstrengung derer, die es hochzuschieben versuchten. Ein großes Loch war auf der linken Seite in den Rahmen gebohrt, und darein eingepaßt, fast bis zum Kopf, fand man einen sehr starken Nagel. Beim Untersuchen des anderen Fensters bemerkte man einen ähnlichen Nagel, der auf ähnliche Weise eingepaßt war; und ein angestrengter Versuch, dieses Schiebefenster zu öffnen, mißlang ebenfalls. Die Polizei war nun gänzlich davon überzeugt, daß auf diesem Wege niemand entkommen sein konnte. Und *deshalb* hielt man es für überflüssig, die Nägel herauszuziehen und die Fenster zu öffnen.

Meine eigenen Untersuchungen waren etwas eingehender, und zwar aus ebendem Grunde, den ich gerade nannte – weil sich nämlich hier, wie ich nicht zweifelte, erweisen *mußte*, daß alle scheinbaren Unmöglichkeiten in Wirklichkeit gar keine waren.

Meine weiteren Überlegungen – *a posteriori* – waren diese: Die Mörder *mußten* durch eines dieser Fenster entkommen sein. Da dem so war, konnten sie die Schiebefenster nicht von innen wieder so gesichert haben, wie man sie vorgefunden hatte – eine Überlegung, die wegen ihrer Augenfälligkeit den Untersuchungen der Polizei an dieser Stelle ein Ende setzte. Doch die Schiebefenster *waren* fest geschlossen. Sie *mußten* sich also selbsttätig schließen können. Diesem Schluß war nicht auszuweichen. Ich trat zu dem unverstellten Fenster, zog mit einiger Mühe den Nagel heraus und versuchte, das Fenster hochzuschieben. Es widerstand, wie ich vorausgesehen hatte, allen meinen Anstrengungen.

Es mußte, das war mir nun klar, eine verborgene Feder geben; und die Bestätigung meiner Mutmaßung überzeugte mich, daß zumindest meine Prämissen stimmten, so rätselhaft auch noch immer die Sache mit den Nägeln schien. Eine sorgfältige Untersuchung brachte bald die verborgene Feder ans Licht. Ich drückte sie nieder, stand aber, zufrieden mit meiner Entdeckung, davon ab, das Fenster hochzuschieben.

Nun setzte ich den Nagel wieder ein und betrachtete ihn aufmerksam. Eine Person, die durch dieses Fenster entkommen war, hätte es wohl wieder schließen können, und die Feder wäre eingeschnappt – der Nagel aber konnte nicht wieder eingesetzt worden sein. Der Schluß war eindeutig und verengte wiederum das Feld meiner Nachforschungen. Die Mörder *mußten* durch das andere Fenster entkommen sein. Vorausgesetzt also, daß die Federn beider Fenster sich glichen, was wahrscheinlich war, *mußte* sich ein Unterschied bei den Nägeln finden, oder doch zumindest in der Art ihrer Befestigung. Ich kletterte auf das Sackleinen der Bettstelle und betrachtete über das Kopfbrett hinweg eingehend das zweite Fenster. Indem ich meine Hand hinter dem Brett nach unten führte, entdeckte und betätigte ich sogleich die Feder, die, wie vermutet, von gleicher Beschaffenheit war wie die benachbarte. Dann besah ich mir den Nagel. Er war ebenso stark wie der andere und anscheinend auf die gleiche Weise eingepaßt – nahezu bis zum Kopf in den Rahmen getrieben.

Sie werden meinen, daß ich nun doch ratlos war; aber wenn Sie das denken, haben Sie wohl die Art meiner Schlußfolgerungen nicht begriffen. Um einen Jagdausdruck zu gebrauchen: ich bin nicht ein einziges Mal ›auf falscher Fährte‹ gewesen. Nie habe ich auch nur für einen Augenblick die Spur verloren. In nicht einem Glied der Kette war ein

Sprung. Ich war dem Rätsel bis zu seiner endgültigen Lösung nachgegangen – und diese Lösung war *der Nagel*. Er glich, sage ich, äußerlich in jeder Hinsicht seinem Bruder im anderen Fenster; doch war diese Tatsache (unwiderlegbar, wie sie scheinen mochte) eine absolute Nichtigkeit gegenüber der Einsicht, daß hier, an diesem Punkt, der Ariadnefaden endete. ›Es *mußte*‹, sagte ich mir, ›mit dem Nagel irgend etwas nicht stimmen.‹ Ich berührte ihn, und der Kopf mit etwa einem Viertelzoll vom Schaft glitt in meine Finger. Der übrige Schaft steckte abgebrochen im Bohrloch. Der Bruch war alt (denn die Bruchstellen waren mit Rost überzogen) und rührte offenbar vom Schlag eines Hammers her, der das Kopfende des Nagels teilweise in den oberen Rahmenteil des unteren Schiebefensters hineingetrieben hatte. Sorgfältig paßte ich dieses Kopfteil nun wieder in die Vertiefung ein, aus der ich es herausgelöst hatte, und das Erscheinungsbild eines makellosen Nagels war komplett – der Bruch war nicht zu sehen. Die Feder niederdrückend, schob ich behutsam das Fenster um ein paar Zoll in die Höhe; der Nagel hob sich mit und verharrte fest in seiner Höhlung. Ich schloß das Fenster, und wiederum war das Bild des heilen Nagels perfekt.

Das Rätsel war nun soweit enträtselt. Der Mörder war durch das Fenster entkommen, das sich hinter dem Bett befand. Nach seinem Abgang von selbst niederfallend (oder vielleicht auch vorsätzlich heruntergeschoben), hatte es sich mittels der Feder geschlossen; und die Funktion ebendieser Feder hatte die Polizei fälschlich für die des Nagels genommen – und damit weiteres Nachforschen für überflüssig erachtet.

Die nächste Frage ist die nach der Art und Weise des Abstiegs. Über diesen Punkt hatte mir schon der Gang mit Ihnen rings um das Gebäude Aufschluß gegeben. Etwa fünfein-halb Fuß von dem fraglichen Fenster entfernt verläuft ein Blitzableiter. Von diesem aus das Fenster selbst zu erreichen oder gar einzusteigen, wäre jedem unmöglich gewesen. Ich bemerkte jedoch, daß die Fensterläden im vierten Stock von jener besonderen Art waren, welche die Pariser Zimmer-leute *ferrades* nennen – eine Art, die heutzutage kaum noch verwendet wird, die man aber häufig an sehr alten herr-schaftlichen Häusern in Lyon und Bordeaux findet. Sie ha-ben die Gestalt einer gewöhnlichen Tür (einer einfachen, nicht einer Flügeltür), nur daß die obere Hälfte aus Latten-oder Gitterwerk besteht – und somit den Händen einen vor-trefflichen Halt bietet. In unserem Fall sind diese Läden gut dreieinhalb Fuß breit. Als wir sie von der Rückseite des Hau-ses her erblickten, waren sie beide etwa halb geöffnet – das heißt, sie standen im rechten Winkel von der Mauer ab. Es ist anzunehmen, daß die Polizisten so gut wie ich selbst die Rückseite des Hauses untersucht haben; wenn sie es taten, so sahen sie diese *ferrades* aber von der Kante her in der Ver-kürzung (mußten sie so sehen) und bemerkten gar nicht die große Breite der Läden oder versäumten jedenfalls, sie ge-bührend in Betracht zu ziehen. Da sie ja nun einmal davon überzeugt waren, daß an dieser Stelle keiner entkommen sein konnte, dürften sie hier natürlich nur sehr flüchtige Un-tersuchungen angestellt haben. Mir war indessen klar, daß der Laden, der zu dem Fenster am Kopfende des Bettes ge-hörte, wenn man ihn bis zur Hauswand aufstieße, nur noch zwei Fuß von dem Blitzableiter entfernt wäre. Auch war nicht zu bezweifeln, daß es durch Aufbietung eines ganz un-gewöhnlichen Maßes von Gewandtheit und Mut gelungen sein könnte, vom Blitzableiter aus in das Fenster zu gelangen.

Über die Spanne von zweieinhalb Fuß hinwegreichend (gesetzt, der Laden war gänzlich geöffnet), hätte ein Räuber einen soliden Anhalt an dem Lattenwerk finden können. Den Halt am Blitzableiter fahrenlassend, die Füße fest gegen die Hauswand gestemmt und sich kühn davon abstoßend, hätte er den Laden herumklappen und somit schließen, ja, sich sogar ins Zimmer hineinschwingen können, vorausgesetzt, das Fenster war zu der Zeit geöffnet.

Ich bitte Sie, insonderheit zu bedenken, daß ich von einem ganz ungewöhnlichen Maß von Gewandtheit gesprochen habe, welches zum Gelingen eines so gewagten und so schwierigen Kunststücks erforderlich ist. Mir liegt daran, Ihnen zunächst zu verdeutlichen, daß die Sache durchaus so hat vollbracht werden können; zweitens aber und *vor allem* möchte ich Ihrem Denkvermögen den *ganz außergewöhnlichen* – den fast übernatürlichen Charakter jener Behendigkeit einprägen, die solches hat vollbringen können.

Sie werden zweifellos einwenden, sich der Sprache des Rechts bedienend, daß ich, ›um meine Gründe als stichhaltig zu beweisen‹, die in dieser Sache erforderliche Gewandtheit lieber herunterspielen als auf ihrer vollen Würdigung bestehen sollte. Dies mag in Rechtsdingen der Brauch sein, aber es ist nicht die Gewohnheit der Vernunft. Mein höchstes Ziel ist allein die Wahrheit. Mein derzeitiges Anliegen aber ist, Sie zu bestimmen, jene *ganz ungewöhnliche* Behendigkeit, von der ich soeben sprach, und jene *ganz eigentümlich* schrille (oder scharfe) und *abgerissene* Stimme nebeneinanderzuhalten, über deren Nationalität keine zwei Personen gleicher Meinung befunden werden konnten und in deren Äußerungen nicht einmal Silben auszumachen waren.«

Bei diesen Worten Dupins huschte mir, vage und nur halb

geformt, eine Ahnung von ihrer Bedeutung durch den Sinn. Ich schien auf der Schwelle des Begreifens zu stehen, ohne die Kraft, zu begreifen – so wie man sich bisweilen am Rande des Erinnerns befindet, ohne am Ende der Erinnerung habhaft werden zu können. Mein Freund fuhr in seinen Darlegungen fort.

»Sie werden bemerken«, sagte er, »daß sich meine Frage verlagert hat von der Art des Entkommens auf die des Hineingelangens. Ich wollte zu verstehen geben, daß beides auf die gleiche Weise, an derselben Stelle bewerkstelligt wurde. Kehren wir nun ins Innere des Zimmers zurück. Prüfen wir sorgsam, was sich hier unseren Blicken darbietet. Die Schubladen der Kommode, heißt es, seien ausgeplündert worden, wiewohl viele Kleidungsstücke noch darin verblieben waren. Die Schlußfolgerung hierbei ist absurd. Es ist eine reine Vermutung – eine sehr törichte – und nicht mehr. Wie können wir wissen, daß die in den Schubladen vorgefundenen Gegenstände nicht alles waren, was diese Schubladen schon vorher enthalten hatten? Madame L'Espanaye und ihre Tochter lebten äußerst zurückgezogen – verkehrten mit niemandem – gingen selten aus – hatten kaum Verwendung für eine große Auswahl an Kleidungsstücken. Was man vorfand, war zumindest von so guter Qualität, daß es schwerlich Besseres im Besitz dieser Damen gegeben haben dürfte. Wenn ein Dieb überhaupt einige Sachen entwendet hatte, warum nahm er dann nicht die besten – warum nahm er nicht alles? Kurzum, warum ließ er viertausend Franc in Gold liegen, um sich mit einem Bündel Wäsche zu beschweren? Denn das Gold blieb *tatsächlich* liegen. Fast die ganze von Monsieur Mignaud, dem Bankier, erwähnte Summe fand man in Beuteln auf dem Fußboden. Sie sollten deshalb aus Ihren Gedanken die irreführende Vorstellung von einem *Motiv* verbannen, die jener Teil der Zeugenaussage, welcher von dem an der Haustür abgelieferten Gelde spricht, in den Hirnen der Polizei erzeugt hat. Koinzidenzen, zehnmal so bemerkenswert wie diese (die Ablieferung des Geldes und drei Tage später die Ermordung der Empfänger), begegnen uns allen zu jeder Stunde unseres Lebens, ohne daß sie auch nur flüchtig unsere Aufmerksamkeit erregen. Koinzidenzen sind im allgemeinen große Hemmschuhe auf dem Weg jener Kategorie von Denkern, die von Haus aus rein gar nichts von der Wahrscheinlichkeitslehre wissen – jener Lehre, der die großartigsten Gegenstände menschlicher Forschung das großartigste Anschauungsmaterial zu verdanken haben. Wäre nun in unserem Fall das Gold nicht mehr dagewesen, so hätte die Tatsache, daß es drei Tage zuvor ausgehändigt worden war, etwas mehr als eine Koinzidenz ausgemacht. Sie hätte die Vorstellung von einem Tatmotiv bekräftigt. Wollten wir aber unter den hier gegebenen Umständen Gold als das Motiv dieser Greueltat ansehen, so müßten wir zugleich den Täter für einen ganz unschlüssigen Idioten halten, der sein Gold und sein Motiv gleichermaßen fahrenließ.

Halten wir uns nun beharrlich die Punkte vor Augen, auf die ich Ihre Aufmerksamkeit gelenkt habe – jene eigentümliche Stimme, jene ungewöhnliche Behendigkeit und das bestürzende Fehlen jeden Motivs bei einem so außerordentlich grauenhaften Mord wie diesem –, und betrachten wir die Metzelei selbst. Da ist eine Frau von starken Händen zu Tode gewürgt und, den Kopf nach unten, in einen Rauchfang gezwängt worden. Gewöhnliche Mörder bedienen sich nicht derartiger Mordmethoden. Am allerwenigsten entledigen sie sich des Ermordeten auf solche Weise. In der Art, die Leiche den Rauchfang hinaufzuzwängen, liegt, das werden Sie zugeben, etwas *ungemein Outriertes* – etwas, das völlig unvereinbar ist mit unseren gängigen Vorstellungen von menschlichem Tun, selbst da, wo wir die Täter für den Abschaum der Menschheit halten. Bedenken Sie auch, wie groß jene Kraft gewesen sein muß, die den Körper durch eine derartige Öffnung *hinauf* zwängen konnte, so gewaltsam, daß die vereinte Stärke von mehreren Personen sich als kaum zulänglich erwies, ihn wieder *herunter* zu zerren!

Wenden wir uns nun weiteren Anzeichen einer schier wunderbaren Kraftentfaltung zu. Auf der Feuerstelle lagen dicke Strähnen – sehr dicke Strähnen – grauen Menschenhaars. Diese waren mit den Wurzeln ausgerissen worden. Sie werden wissen, welch großer Kraftaufwand nötig ist, um auch nur zwanzig oder dreißig Haare zugleich aus dem Kopf herauszureißen. Sie sahen die besagten Haarbüschel so gut wie ich selbst. Ihre Wurzeln (ein gräßlicher Anblick!) waren verklumpt mit Fetzen der Kopfhaut – sicheres Zeichen der ungeheuren Stärke, die aufgeboten wurde, um etwa eine halbe Million Haare auf einmal mit den Wurzeln herauszureißen. Nicht nur war die Kehle der alten Dame durchschnitten, sondern der Kopf war vollends vom Rumpf abgetrennt: das Instrument war nichts weiter als ein Rasiermesser. Bitte beachten Sie auch die *brutale* Wildheit dieser Untaten. Von den Prellungen am Körper von Madame L'Espanaye will ich nicht reden. Monsieur Dumas und sein ehrenwerter Kollege Monsieur Etienne haben erklärt, sie seien ihr mit irgendeinem stumpfen Gegenstand beigebracht worden; und insofern haben diese Herren ganz recht. Der stumpfe Gegenstand war fraglos das Steinpflaster des Hofes, auf welchem das Opfer aufschlug, als es vom Fenster hinter dem Bett hinabgeworfen wurde. Diese Erklärung, so simpel sie jetzt auch scheinen mag, entging der Polizei aus ebendem Grunde, aus dem ihr auch die Breite der Fensterläden entging – weil nämlich die Sache mit den Nägeln ihr Wahrnehmungsvermögen hermetisch vor der Möglichkeit verschlossen hatte, die Fenster könnten überhaupt je geöffnet worden sein.

Wenn Sie nun zu alledem auch das merkwürdige Durcheinander im Zimmer gebührend bedacht haben, sind wir so weit gediehen, daß wir die einzelnen Eindrücke zueinander in Beziehung setzen können: eine verblüffende Behendigkeit, eine übermenschliche Kraft, eine brutale Wildheit, eine Metzelei ohne Tatmotiv, eine *grotesquerie* des Grauens, die jedes menschliche Maß sprengt, und eine Stimme, die in ihrem Klang den Ohren von Menschen vieler Nationen fremd war und die jeder deutlichen oder erkennbaren Silbenbildung ermangelte. Was also ergibt sich daraus? Welchen Eindruck habe ich in Ihrem Vorstellungsvermögen hinterlassen?«

Es überrieselte mich kalt, als mir Dupin diese Frage stellte. »Ein Wahnsinniger«, sagte ich, »hat diese Tat verübt – irgendein rasender Irrer, der aus einer benachbarten *Maison de Santé* entflohen ist.«

»In gewisser Hinsicht«, erwiderte er, »ist Ihr Gedanke nicht von der Hand zu weisen. Aber noch nie, selbst in den wildesten Ausbrüchen nicht, hatten die Stimmen von Wahnsinnigen Ähnlichkeit mit jener eigentümlichen Stimme, die man da auf der Treppe gehört hat. Auch Wahnsinnige gehören irgendeinem Volk an, und ihre Sprache, so zusammenhanglos die Wörter auch sein mögen, wahrt doch immer noch den Zusammenhang von Silben. Außerdem ist das Haar eines Irrsinnigen nicht von der Art, wie ich es hier in der Hand halte. Ich löste dieses kleine Büschel aus den fest zusammengekrallten Fingern der Madame L'Espanaye. Sagen Sie mir, was Sie davon halten.«

»Dupin!« sagte ich, völlig außer Fassung; »dieses Haar ist höchst ungewöhnlich – das ist kein *Menschen*haar.«

»Ich habe nicht behauptet, daß es das ist«, sagte er; »doch bevor wir diese Frage entscheiden, sollten Sie einen Blick auf die kleine Skizze werfen, die ich hier auf diesem Blatt festgehalten habe. Es ist eine genaue Nachbildung dessen, was in einem Teil der Zeugenaussage als ›dunkle Quetschungen und tiefe Einschnitte von Fingernägeln‹ auf dem Hals von Mademoiselle L'Espanaye beschrieben worden ist und in einem anderen (nämlich von den Herren Dumas und Etienne) als eine ›Reihe bläulicher Flecke, die offenbar von Fingereindrücken herrührten‹.

Sie werden bemerken«, fuhr mein Freund fort, indem er das Blatt auf dem Tisch vor uns ausbreitete, »daß diese Zeichnung die Vorstellung von einem starken und festen Zugriff vermittelt. Kein *Abgleiten* ist wahrzunehmen. Jeder Finger hat – möglicherweise bis zum Tode des Opfers – den furchtbaren Klammergriff beibehalten, mit dem er sich ursprünglich eingrub. Versuchen Sie nun einmal, alle Ihre Finger zu gleicher Zeit auf die entsprechenden Abdrücke zu legen, die Sie hier sehen.«

Ich versuchte es vergebens.

»Vielleicht ist unser Experiment nicht ganz angemessen«, sagte er. »Das Blatt liegt ausgebreitet auf einer ebenen Fläche; doch der menschliche Hals ist zylindrisch. Hier ist ein Holzklotz, dessen Umfang ungefähr dem des Halses entspricht. Wickeln Sie die Zeichnung herum, und machen Sie den Versuch noch einmal.«

Ich gehorchte; aber das Mißlingen war gar noch augenfälliger als zuvor. »Dies hier«, sagte ich, »ist nicht der Abdruck einer Menschenhand.«

»Lesen Sie nun«, erwiderte Dupin, »diesen Abschnitt aus Cuvier.«

Es war eine eingehende anatomische und allgemein beschreibende Darstellung des großen gelbbraunen Orang-Utans von den ostindischen Inseln. Der gigantische Wuchs, die ungeheure Stärke und Behendigkeit, die unbändige Wildheit und der Nachahmungstrieb dieser Säugetiere sind allen zur Genüge bekannt. Auf der Stelle begriff ich die Greuel der Mordtat in ihrem ganzen Ausmaß.

»Die Beschreibung der Finger«, sagte ich, als ich zu Ende gelesen hatte, »stimmt genau mit dieser Zeichnung überein. Mir ist klar, daß kein anderes Tier als allein ein Orang-Utan der hier erwähnten Spezies die Eindrücke, wie Sie sie skizziert haben, verursacht haben kann. Auch dieses Büschel gelbbraunen Haars entspricht in seiner Beschaffenheit genau dem Haar von Cuviers Bestie. Aber die Einzelheiten dieses schrecklichen Geheimnisses kann ich ganz und gar nicht begreifen. Auch hörte man doch *zwei* Stimmen im Streit miteinander, und die eine war fraglos die Stimme eines Franzosen.«

»Richtig; und Sie werden sich eines Ausrufs erinnern, der von den Zeugen fast einmütig dieser Stimme zugeschrieben wurde – des Ausrufs ›Mon Dieu!‹. Unter den obwaltenden Umständen ist er von einem der Zeugen (Montani, dem Zuckerbäcker) mit Recht als ein Ausruf der Ermahnung und Zurechtweisung charakterisiert worden. Auf diese zwei Wörter habe ich deshalb hauptsächlich meine Hoffnungen gegründet, das Rätsel vollends zu lösen. Ein Franzose wußte von dem Mord. Es ist möglich – ja, es ist weit mehr als wahrscheinlich, daß er an jeglicher Mitwirkung bei den blutigen Vorgängen unschuldig ist. Der Orang-Utan mag ihm entlaufen sein. Er mag von ihm bis in das Zimmer verfolgt worden sein; aber unter den aufregenden Umständen, die dann eintraten, hätte der Besitzer das Tier niemals wieder einfangen können. Es ist noch immer auf freiem Fuß. Ich will mich über diese Mutmaßungen nicht weiter auslassen – denn sie anders zu nennen habe ich kein Recht; sind doch die Schatten von Überlegungen, auf die sie sich gründen, kaum klar genug umrissen, um meinem eigenen Verstand faßbar zu sein, so daß ich mir nicht anmaßen dürfte, sie jemand anderem begreiflich zu machen. So wollen wir sie denn Mutmaßungen nennen und von ihnen auch als solchen sprechen. Wenn besagter Franzose wirklich, wie ich annehme, an dieser Greueltat unschuldig ist, so wird dieses Inserat, das ich gestern abend auf unserem Heimweg in der Redaktion von ›Le Monde‹ aufgab (einer Zeitung, die sich Marinebelangen widmet und bei Seeleuten sehr gefragt ist), ihn in unsere Wohnung führen.«

Er reichte mir ein Blatt, und ich las das Folgende:

›EINGEFANGEN wurde im Bois de Boulogne früh am Morgen des . . . dieses Monats (dem Morgen des Mordes) ein sehr großer gelbbrauner Orang-Utan der Borneo-Spezies. Der Eigentümer (wie man ermittelt hat, ein Matrose von einem Malteser Schiff) kann sich das Tier abholen, sofern er sich glaubhaft als Besitzer ausweist und die geringfügigen Kosten begleicht, die aus Einfangen und Unterhalt entstanden sind. Zu erfragen Faubourg St. Germain, Rue . . ., No. . . . – *au troisième.*‹

»Wie nur konnten Sie wissen«, fragte ich, »daß der Mann ein Matrose ist und zu einem Malteser Schiff gehört?«

»Ich weiß es durchaus nicht«, sagte Dupin. »Ich bin dessen keineswegs sicher. Hier ist jedoch ein schmales Stück Band, das, aus seiner Form und seinem schmierigen Aussehen zu schließen, offenbar dazu benutzt worden ist, das Haar zu einer jener langen *queues* zu binden, die bei Matrosen so beliebt sind. Überdies ist das ein Knoten, wie ihn außer den Matrosen nur wenige zu schürzen verstehen und wie er gerade für die Malteser charakteristisch ist. Ich hob das Band am Fuße des Blitzableiters auf. Zu einer der beiden Verstorbenen kann es nicht gehört haben. Wenn ich aber am Ende doch fehlgehe mit meiner Schlußfolgerung aus diesem Band, daß nämlich der Franzose ein Seemann von einem Malteser Schiff sei, so kann ich mit dem, was ich in dem Inserat behauptet habe, dennoch keinen Schaden angerichtet haben. Wenn ich mich irre, wird er lediglich annehmen, daß ich durch irgendeinen Umstand, dem nachzuforschen er sich keine Mühe geben wird, fehlgeleitet worden bin. Habe ich aber recht, so ist Entscheidendes gewonnen. Von dem Morde wissend, wenn auch unschuldig daran, wird der Matrose natürlich Bedenken haben, auf das Inserat einzugehen – sich den Orang-Utan einzufordern. Er wird folgende Überlegungen anstellen: ›Ich bin unschuldig; ich bin arm; mein Orang-Utan ist von großem Wert – für jemand in meinen Verhältnissen ein ganzes Vermögen –, warum sollte ich ihn durch nichtige Furcht vor Gefahr verlieren? Hier ist er, zum Greifen nahe. Man hat ihn im Bois de Boulogne gefunden – weit entfernt vom Schauplatz jenes Blutbades. Wie sollte jemals der Verdacht aufkommen, daß ein wildes Tier die Tat begangen haben könnte? Die Polizei ist in größter Verlegenheit – sie hat nicht den geringsten Anhaltspunkt entdecken können. Selbst wenn sie dem Tier auf die Spur kommen sollte, wäre es doch

unmöglich, mir nachzuweisen, daß ich von dem Mord gewußt habe, oder mich gar auf Grund dieser Mitwisserschaft
in Schuld zu verwickeln. Vor allem aber *weiß man bereits
von mir*. Der Inserent bezeichnet mich als den Besitzer des
Tieres. Ich bin mir nicht sicher, wieweit sein Wissen reichen
mag. Wenn ich es mir versagte, ein Eigentum von so großem
Wert zurückzufordern, von dem bekannt ist, daß es mir gehört, so würde ich zumindest das Tier einem Verdacht aus-
setzen. Es liegt mir fern, die Aufmerksamkeit auf mich oder
auf den Affen zu lenken. Ich werde also dem Inserat Folge lei-
sten, den Orang-Utan abholen und ihn verborgen halten, bis
über die Sache Gras gewachsen ist.‹«

In diesem Augenblick hörten wir einen Schritt auf der
Treppe.

»Halten Sie die Pistolen bereit«, sagte Dupin; »aber machen Sie keinen Gebrauch davon und lassen Sie sie nicht sehen, bis ich Ihnen ein Zeichen gebe.«

Die Haustür war offengelassen worden, und der Besucher
war eingetreten, ohne zu klingeln, und einige Stufen die Treppe hinaufgestiegen. Jetzt aber schien er zu zögern. Bald darauf hörten wir ihn hinuntergehen. Dupin lief rasch an die
Tür; da hörten wir ihn wiederum heraufkommen. Er machte
kein zweites Mal kehrt, sondern stieg entschlossen treppauf
und pochte an die Tür unseres Zimmers.

»Herein!« sagte Dupin in munterem und herzlichem Ton.

Ein Mann trat ein. Es war offensichtlich ein Matrose – ein
großer kräftiger und muskulös anmutender Mensch, dessen
Gesichtsausdruck, keineswegs abstoßend, eine gewisse Ver-
wegenheit verriet. Sein Gesicht, tief dunkel gebräunt von
der Sonne, war zum guten Teil verdeckt von Backenbart
und *mustachio*. Er führte einen riesigen Eichenknüttel mit

sich, schien aber sonst unbewaffnet. Er verbeugte sich linkisch und wünschte uns einen guten Abend, in einem Französisch, das zwar etwas provinziell-neufchâtellisch klang, aber doch zur Genüge auf eine Pariser Herkunft deutete.

»Nehmen Sie Platz, mein Freund«, sagte Dupin. »Ich nehme an, Sie kommen wegen des Orang-Utans. Auf mein Wort, ich beneide Sie fast um diesen Besitz; ein bemerkenswert schönes und zweifellos sehr wertvolles Tier. Für wie alt halten Sie ihn wohl?«

Der Matrose atmete tief auf, mit der Miene eines Mannes, der von einer unerträglichen Last befreit ist, und erwiderte dann in forschem Ton: »Das kann ich Ihnen nicht sagen – aber mehr als vier oder fünf Jahre alt kann er nicht sein. Haben Sie ihn hier?«

»O nein; hier konnten wir ihn nicht gut unterbringen. Er ist ganz in der Nähe in einem Mietstall in der Rue Dubourg. Sie können ihn morgen früh abholen. Sie sind doch gewiß in der Lage, Ihren Besitzeranspruch glaubhaft zu machen?«

»Natürlich bin ich das, mein Herr.«

»Es tut mir leid, mich von ihm zu trennen«, sagte Dupin.

»Ich möchte nicht, daß Sie sich diese ganze Schererei für nichts aufgehalst haben, mein Herr«, sagte der Mann. »Kann ich nicht erwarten. Bin durchaus bereit, einen Finderlohn für das Tier zu zahlen – das heißt, wenn er sich in Grenzen hält.«

»Gut«, erwiderte mein Freund, »das ist alles recht und billig. Lassen Sie mich überlegen! – Was sollte ich wohl bekommen? Oh, ich will es Ihnen sagen. Sie sollen mir mitteilen, was immer Sie von diesen Mordfällen in der Rue Morgue wissen.«

Dupin äußerte die letzten Worte in sehr leisem Ton und sehr ruhig. Ebenso ruhig ging er auch zur Tür, schloß sie ab und steckte den Schlüssel in die Tasche. Dann zog er eine Pistole aus dem Rock und legte sie ohne jede Hast auf den Tisch.

Das Gesicht des Matrosen lief rot an, als kämpfte er mit dem Ersticken. Er sprang auf und packte seinen Knüttel; aber schon im nächsten Augenblick fiel er auf seinen Sitz zurück, heftig zitternd und bleich wie der leibhaftige Tod. Er sprach kein Wort. Mir tat er in der Seele leid.

»Mein Freund«, sagte Dupin begütigend, »Sie regen sich unnötig auf – wirklich. Wir wollen Ihnen kein Haar krümmen. Bei der Ehre eines Gentlemans und eines Franzosen verspreche ich Ihnen, daß wir nichts Unbilliges mit Ihnen vorhaben. Ich weiß ganz genau, daß Sie an den Greueltaten in der Rue Morgue unschuldig sind. Doch läßt sich nicht gut leugnen, daß Sie bis zu einem gewissen Grade darin verwickelt sind. Aus dem, was ich bereits gesagt habe, werden Sie ersehen, daß ich Mittel und Wege fand, mir über diese Angelegenheit Aufschluß zu verschaffen – Mittel und Wege, an die Sie im Traum nicht gedacht hätten. Nun steht die Sache so: Sie haben nichts getan, was Sie hätten vermeiden können – ganz gewiß nichts, womit Sie sich strafbar gemacht hätten. Nicht einmal des Raubes sind Sie schuldig, obwohl Sie ungestraft hätten rauben können. Sie haben nichts zu verheimlichen. Sie haben keinen Grund dazu. Andererseits muß Ihnen Ihr Ehrgefühl gebieten, alles zu bekennen, was Sie wissen. Ein Unschuldiger sitzt jetzt im Gefängnis, dem man ebenjenes Verbrechen zur Last legt, dessen Urheber Sie benennen können.«

Der Matrose hatte, während Dupin diese Worte vorbrachte, seine Geistesgegenwart bis zu einem gewissen Grade wiedergewonnen; aber sein erst so forsches Gebaren war ganz dahin.

»So helfe mir Gott«, sagte er nach einer kurzen Pause, »ich will Ihnen alles erzählen, was ich über diese Sache weiß; aber ich erwarte nicht, daß Sie auch nur die Hälfte von dem glauben, was ich sage – ich wäre wirklich ein Narr, wenn ich das täte. Doch unschuldig *bin* ich, und ich will mir's von der Seele reden, und wenn's das Leben kostete.«

Was er aussagte, war im wesentlichen dies: Er hatte vor kurzem eine Fahrt zum ostindischen Archipel gemacht. Eine Gruppe von Seeleuten, darunter auch er, ging auf Borneo an Land und unternahm zum Zeitvertreib einen Ausflug ins Innere. Er selbst und ein Kamerad hatten den Orang-Utan eingefangen. Als dieser Kamerad starb, fiel das Tier ihm allein zu. Nach vielen Scherereien auf der Heimreise, verursacht durch die unbändige Wildheit seines Gefangenen, gelang es ihm schließlich, das Tier sicher in seiner eigenen Behausung in Paris einzuquartieren, wo er es, um nicht die unliebsame Neugier der Nachbarn auf sich zu lenken, sorgsam unter Verschluß hielt, bis es eines Tages von einer Wunde am Fuß genesen sein würde, die ihm ein Splitter an Bord des Schiffes beigebracht hatte. Seine Absicht war letztlich, es zu verkaufen.

Als er in der Nacht oder vielmehr am Morgen der Mordtat von irgendeinem Seemannsvergnügen heimkam, fand er das Tier in seiner eigenen Schlafkammer vor, entwichen aus einem angrenzenden Verschlag, wo es, wie er geglaubt hatte, fest eingeschlossen gewesen war. Das Rasiermesser in der Hand und gründlich eingeseift, saß es vor einem Spiegel und versuchte sich in der Prozedur des Rasierens, bei der es zweifellos seinen Herrn schon öfter durchs Schlüsselloch des Verschlages beobachtet hàtte. Entsetzt beim Anblick einer so gefährlichen Waffe im Besitz eines so wilden Tieres, das sie obendrein so gut zu handhaben verstand, wußte der Mann einige Augenblicke nicht, was tun. Doch hatte er das Tier bisher selbst in seinen unbändigsten Launen mit Hilfe einer Peitsche gefügig machen können, und dazu nahm er auch jetzt seine Zuflucht. Bei ihrem Anblick sprang der Orang-Utan sogleich durch die Kammertür, die Treppe hinunter und von dort durch ein Fenster, das unglücklicherweise offenstand, auf die Straße.

Der Franzose folgte voller Verzweiflung, während der Affe, in der Hand noch immer das Rasiermesser, hin und wieder haltmachte, um zurückzusehen und den Verfolger mit Gebärden zu narren, bis dieser ihn fast eingeholt hatte. Dann nahm er aufs neue Reißaus. Auf diese Weise dauerte die Jagd noch eine gute Weile so fort. Die Straßen waren totenstill, denn es ging auf drei Uhr morgens. Beim Passieren eines Gäßchens hinter der Rue Morgue wurde die Aufmerksamkeit des Flüchtlings von einem Licht gebannt, das aus dem offenen Fenster von Madame L'Espanayes Schlafzimmer im vierten Stock ihres Hauses schimmerte. Auf das Gebäude zujagend, entdeckte er den Blitzableiter, kletterte mit unvorstellbarer Behendigkeit hinauf, packte den Fensterladen, der bis an die Hauswand zurückgeschlagen war, und schwang sich mit dessen Hilfe geradewegs auf das Kopfbrett des Bettes. Das ganze Kunststück dauerte keine Minute. Der Laden wurde von dem Orang-Utan, als er ins Zimmer eindrang, mit einem Tritt wieder aufgestoßen.

Der Matrose war unterdessen erfreut und bestürzt zugleich. Er hoffte zuversichtlich, das Tier nun wieder einzufangen, da es kaum aus der Falle entwischen konnte, in die es sich gewagt, außer über den Blitzableiter, wo man es abfangen könnte, wenn es herunterkam. Andererseits hatte er alle Ursache, sich Sorgen zu machen, was es in dem Hause anstellen mochte. Letztere Überlegung nötigte den Mann, den Flüchtigen noch weiter zu verfolgen. Ein Blitzableiter läßt sich mühelos erklimmen, zumal von einem Matrosen; als er aber in der Höhe des Fensters angelangt war, das weit entfernt zu seiner Linken lag, da war seine Kletterpartie zu Ende; allenfalls vermochte er sich so weit hinüberzubeugen, daß er einen flüchtigen Blick ins Innere des Zimmers werfen konnte. Bei diesem Anblick verlor er fast den Halt vor namenlosem Entsetzen. Um die Zeit geschah es, daß jene schrecklichen Schreie in die Nacht brachen, welche die Bewohner der Rue Morgue aus dem Schlummer gerissen hatten. Madame L'Espanaye und ihre Tochter, beide mit ihren Nachtgewändern angetan, waren offensichtlich damit beschäftigt gewesen, ein paar Papiere in dem bereits erwähnten eisernen Kasten zu ordnen, der in die Mitte des Zimmers gerückt worden war. Er stand offen, und sein Inhalt lag daneben auf dem Fußboden. Die Opfer müssen mit dem Rücken zum Fenster gesessen haben; und da zwischen dem Eindringen des Tieres und den Schreien einige Zeit verstrich, ist zu vermuten, daß man es nicht sofort bemerkte. Das Zuschlagen des Fensterladens dürfte man natürlicherweise dem Wind zugeschrieben haben.

Als der Matrose durchs Fenster sah, hatte das gewaltige Tier Madame L'Espanaye beim Haar gepackt (das gelöst war, da sie es gerade gekämmt hatte) und fuchtelte mit dem Rasiermesser vor ihrem Gesicht herum, als wollte es die Bewegungen eines Barbiers nachahmen. Die Tochter lag hingestreckt und reglos am Boden; sie war ohnmächtig geworden. Das Zetern und Zappeln der alten Dame (während ihr das Haar aus dem Kopf gerissen wurde) hatte zur Folge, daß die vermutlich friedlichen Absichten des Orang-Utans sich in hellen Zorn verkehrten. Mit einem einzigen entschlossenen Schwung seines muskelstarken Armes trennte er ihren Kopf nahezu vom Rumpf ab. Der Anblick des Blutes entfachte seine Wut vollends zur Raserei. Zähneknirschend, mit funkensprühenden Augen stürzte er sich auf den Leib des Mädchens, grub seine schrecklichen Klauen in ihren Hals und ließ nicht ab von seinem Würgegriff, bis sie verblichen war. Seine schweifenden, wilden Blicke fielen jetzt auf das Kopfende des Bettes, über dem, starr vor Entsetzen, das Gesicht seines Herrn zu sehen war. Die Wut des Tieres, das sich zweifellos der gefürchteten Peitsche erinnerte, verkehrte sich unversehens in Angst. Wohl wissend, daß es Strafe verdient hatte, schien es dringlich darauf bedacht, seine blutigen Taten zu vertuschen, sprang in einem Taumel furchtsamer Erregung im Zimmer umher, warf bei seiner Jagd die Möbel um und zerbrach sie und zerrte das Bettzeug aus der Bettstelle. Schließlich packte es den Leichnam der Tochter und zwängte ihn in den Rauchfang, so wie man ihn dann gefunden hat; danach die Leiche der alten Dame, die es im Handumdrehen kopfüber aus dem Fenster warf.

Wie sich der Affe nun mit seiner verstümmelten Bürde dem Fenster näherte, schrak der Matrose entsetzt zurück, ließ sich mehr gleitend als kletternd am Blitzableiter hinunter und eilte schnurstracks nach Hause – voller Furcht vor den Folgen des Blutbades und in seinem Grauen alle Sorge um das Schicksal des Orang-Utans gern fahrenlassend. Die Worte, welche die Gesellschaft auf der Treppe vernommen hatte, waren die Schreckens- und Entsetzensrufe des Franzosen, vermischt mit dem höllischen Geschnatter des Untiers.

Ich habe kaum noch etwas hinzuzufügen. Der Orang-Utan muß, unmittelbar bevor die Tür aufgebrochen wurde, aus dem Zimmer und über den Blitzableiter entwichen sein. Er muß beim Hinausspringen das Fenster geschlossen haben. Er wurde später von seinem Besitzer selbst eingefangen, der im Jardin des Plantes eine sehr hohe Geldsumme für ihn erhielt. Auf Grund unserer Darstellung des wahren Sachverhalts (mit einigen Erläuterungen von seiten Dupins) im Büro des Polizeipräsidenten wurde Le Bon unverzüglich auf freien Fuß gesetzt. Jener Beamte, so wohlgesinnt er meinem Freund auch war, konnte doch nicht ganz seinen Verdruß über die unerwartete Wendung der Dinge verbergen und machte sich in ein paar sarkastischen Bemerkungen Luft – des Inhalts, daß sich doch gefälligst jeder um seine eigenen Angelegenheiten kümmern sollte.

»Lassen Sie ihn reden«, sagte Dupin, der es nicht für nötig gehalten hatte, etwas zu erwidern. »Lassen Sie ihn schulmeistern; das wird sein Gewissen beruhigen. Ich bin es zufrieden, ihn in seiner eigenen Festung geschlagen zu haben. Gleichwohl ist sein Versagen beim Lösen dieses Rätsels keineswegs so verwunderlich, wie er annimmt; denn in Wahrheit ist unser Freund, der Präsident, etwas zu gescheit, um scharfsinnig zu sein. Seine Klugheit ist ohne Saft und Kraft. Sie ist nur Kopf und kein Leib, gleich den Bildern der Göttin Laverna – oder bestenfalls nur Kopf und Schultern wie beim Dorsch. Aber letzten Endes ist er doch ein guter Kerl. Ich mag ihn vor allem wegen seines bravourösen Redeflusses, der ihm den Ruf eingetragen hat, ein Wunder an Scharfsinn zu sein. Ich meine seine Gewohnheit, ›*de nier ce qui est, et d'expliquer ce qui n'est pas*‹.«*

---

* Rousseau, ›La Nouvelle Héloïse‹ (frz. zu leugnen, was ist, und zu erklären, was nicht ist)

Der entwendete Brief

Nil sapientiae odiosius acumine nimio.

Seneca

An einem stürmischen Abend im Herbst des Jahres 18.. in Paris war es, kurz nach Einbruch der Dunkelheit, daß ich in Gesellschaft meines Freundes C. Auguste Dupin den zwiefachen Luxus von Meditation und einer Meerschaumpfeife genoß, in dem kleinen nach hinten gehenden Bibliotheksraum oder Bücherkabinett, *au troisième, No. 33, Rue Dunôt, Faubourg St. Germain.* Wenigstens eine Stunde hatten wir in tiefem Schweigen verbracht, indes wir beide, so hätte es einem zufälligen Beobachter scheinen mögen, angelegentlich und ausschließlich mit den sich kräuselnden Rauchwolken beschäftigt waren, welche die Luft des Gemachs drückend schwer machten. Was mich freilich betraf, so erörterte ich im Geiste noch gewisse Themen, die zu früherer Stunde am Abend Gegenstand unserer Unterhaltung gewesen; ich meine die Affäre in der Rue Morgue und das Geheimnis um den Mord an Marie Rogêt. Ich sah daher darin so eine Art Koinzidenz, als die Tür zu unserem Kabinett aufgerissen ward und unseren alten Bekannten, Monsieur G.., den Präfekten der Pariser Polizei, hereinließ.

Wir hießen ihn herzlich willkommen; denn der Mann war beinahe ebenso unterhaltsam wie verachtenswert, und wir hatten ihn mehrere Jahre schon nicht gesehen. Wir hatten im Dunkeln dagesessen, und Dupin erhob sich nun, um eine Lampe anzuzünden, setzte sich aber unverrichteterdinge wieder hin, als G. sagte, er sei gekommen, um unseren Rat oder vielmehr die Ansicht meines Freundes in einer amtlichen Angelegenheit einzuholen, die schon viel Ärger gemacht habe.

»Wenn es sich um eine Sache handelt, die Nachdenken erfordert«, bemerkte Dupin, während er es unterließ, den Docht zu entzünden, »so werden wir sie wohl zweckmäßiger im Dunkeln untersuchen.«

»Das ist wieder so einer Ihrer kuriosen Einfälle«, sagte der Präfekt, der die Gewohnheit hatte, alles ›kurios‹ zu nennen, was über seinen Horizont ging, und folglich in einer wahren Welt von ›Kuriosa‹ lebte.

»Ganz recht«, erwiderte Dupin, indem er seinen Besucher mit einer Pfeife versorgte und ihm einen bequemen Sessel hinschob.

»Und worin liegt nun die Schwierigkeit?« fragte ich. »Hoffentlich handelt es sich nicht schon wieder um Mord?«

»O nein; nichts dergleichen. Ja, tatsächlich ist die Sache *sehr* einfach, und ich hege keinen Zweifel, daß wir recht gut allein damit fertig werden können; doch dann dachte ich mir, Dupin würde wohl gern Näheres darüber erfahren, weil das Ganze so außerordentlich *kurios* ist.«

»Einfach und kurios«, sagte Dupin.

»Nun ja; genaugenommen auch wieder nicht. Tatsächlich macht uns die Sache doch rechtes Kopfzerbrechen, eben weil sie so einfach *ist* und uns doch so völlig zum Narren hält.«

»Vielleicht ist es gerade die Einfachheit der Sache, die Sie in die Irre gehen läßt«, meinte mein Freund.

»*So* ein Unsinn, den Sie da reden!« entgegnete der Präfekt, herzhaft lachend.

»Vielleicht ist das Geheimnis ein wenig *zu* offenkundig«, sagte Dupin.

»Oh, du lieber Himmel! Hat man so etwas schon gehört?«

»Ein wenig *zu* selbstverständlich.«

»Ha! ha! ha! – ha! ha! ha! – ho! ho! ho!« wieherte unser Besucher, höchlich belustigt, »oh, Dupin, Sie werden noch mein Tod sein!«

»Und worum *handelt* es sich denn nun eigentlich?« fragte ich.

»Nun, ich will es Ihnen erzählen«, antwortete der Präfekt, tat einen langen, gleichmäßigen und nachdenklichen Zug und rückte sich in seinem Sessel zurecht. »Ich will's Ihnen mit wenigen Worten sagen; doch bevor ich beginne, möchte ich die Warnung zu bedenken geben, daß diese Affäre die größte Diskretion erfordert und daß ich höchstwahrscheinlich die Stellung verlöre, die ich jetzt innehabe, würde bekannt, daß ich jemanden ins Vertrauen gezogen habe.«

»Weiter«, sagte ich.

»Oder auch nicht«, meinte Dupin.

»Nun denn; ich habe von sehr hoher Stelle die persönliche Information erhalten, daß ein gewisses Dokument von äußerster Wichtigkeit aus den königlichen Gemächern entwendet worden ist. Das Individuum, das es entwendet hat, ist bekannt; da besteht kein Zweifel; derjenige wurde dabei gesehen. Auch ist bekannt, daß es sich noch immer in seinem Besitz befindet.«

»Woher weiß man das?« fragte Dupin.

»Es geht eindeutig aus der Natur des Dokuments hervor«, erwiderte der Präfekt, »und daraus, daß gewisse Folgen ausgeblieben sind, die sich sogleich eingestellt hätten, befände es sich *nicht* mehr im Besitz des Diebes; das heißt, wenn er es so verwendet hätte, wie er es letzten Endes zu verwenden die Absicht haben muß.«

»Erklären Sie sich doch etwas deutlicher«, sagte ich.

»Na schön, ich darf wohl so viel verraten, daß jenes Papier seinem Besitzer eine gewisse Macht verleiht, und zwar an einer gewissen Stelle, wo solche Macht ungeheuer wertvoll ist.« Der Präfekt liebte die Sprache der Diplomatie.

»Ich verstehe immer noch nicht ganz«, sagte Dupin.

»Nein? Na ja; also wenn das Dokument einer dritten Person, die ungenannt bleiben soll, entdeckt würde, so geriete die Ehre einer Persönlichkeit von allerhöchstem Stande in Gefahr; und dieser Umstand verleiht dem Besitzer des Dokuments einen bestimmenden Einfluß auf die erlauchte Persönlichkeit, deren Ehre und Frieden solcherart gefährdet sind.«

»Doch dieser Einfluß«, warf ich ein, »hinge wohl davon ab, daß der Dieb weiß, daß der Bestohlene seinerseits über ihn, den Dieb, Bescheid weiß. Wer aber würde es wagen –«

»Der Dieb«, sagte G.., »ist der Minister D.., der alles wagt, mag es nun einem Manne wohl anstehen oder nicht. Die Methode des Diebstahls war ebenso genial wie kühn. Das fragliche Dokument – einen Brief, um offen zu sein – hatte die bestohlene Persönlichkeit empfangen, während sie allein im königlichen *boudoir* weilte. Als sie ihn nun durchlas, wurde sie plötzlich durch den Eintritt der anderen hohen Persönlichkeit gestört, vor der sie ihn im besonderen zu verbergen wünschte. Nachdem sie in vergeblicher Hast versucht hatte, ihn in eine Schublade zu werfen, war sie gezwungen, ihn offen, wie er war, auf einen Tisch zu legen. Die Adresse befand sich jedoch zuoberst, und da der Inhalt somit nicht offen zutage lag, entging der Brief der Beachtung. In diesem kritischen Augenblick tritt der Minister D.. ein. Sein Luchsauge entdeckt sogleich das Papier, erkennt die Handschrift der Adresse, bemerkt die Verwirrung der Persönlichkeit, an die der Brief gerichtet, und ergründet ihr Geheimnis. Nachdem er mit der ihm eigenen Hast ein paar Amtsgeschäfte erledigt hat, zieht er einen Brief hervor, der dem fraglichen einigermaßen ähnlich sieht, öffnet ihn, stellt sich, als ob er ihn läse, und legt ihn dann dicht neben den andern. Wieder redet er wohl fünfzehn Minuten lang über Staatsangelegenheiten. Schließlich nimmt er Abschied und dazu vom Tisch den Brief, auf den er kein Anrecht hat. Dessen rechtmäßige Eigentümerin sah dies wohl, wagte aber in Gegenwart der dritten Persönlichkeit, die dicht bei ihr stand, natürlich nicht, auf die Tat aufmerksam zu machen. Der Minister brach nun rasch auf; auf dem Tisch ließ er seinen eigenen – gänzlich unwichtigen – Brief zurück.«

»Na also«, sagte Dupin zu mir, »da haben Sie ja genau, was Sie als Voraussetzung für einen entsprechenden Einfluß fordern – der Dieb weiß, daß der Bestohlene seinerseits über ihn, den Dieb, Bescheid weiß.«

»Ja«, erwiderte der Präfekt; »und die so erlangte Macht wird seit einigen Monaten nun schon in sehr gefährlichem Maße zu politischen Zwecken gehandhabt. Die bestohlene Persönlichkeit ist von Tag zu Tag entschiedener von der Notwendigkeit überzeugt, ihren Brief zurückzufordern. Doch dies kann nun freilich nicht offen geschehen. Schließlich hat sie denn, zur Verzweiflung getrieben, die Angelegenheit mir übertragen.«

»Und damit vermutlich einem Beamten«, sagte Dupin inmitten eines wahren Wirbels von Rauch, »wie man ihn sich wohl scharfsinniger nicht wünschen, nicht einmal vorstellen könnte.«

»Sie schmeicheln mir«, erwiderte der Präfekt; »aber es ist

schon möglich, daß man eine solche Ansicht durchaus in Betracht gezogen haben mag.«

»Es ist klar«, sagte ich, »daß sich der Brief, wie Sie bemerken, immer noch im Besitz des Ministers befindet; ist es doch dieser Besitz und nicht irgendeine Verwendung des Briefes, was die ganze Macht verleiht. Mit der Verwendung wäre es vorbei mit der Macht.«

»Richtig«, sagte G . .; »und diese Überzeugung bestimmte mein Vorgehen. Meine erste Sorge war denn auch, das Palais des Ministers gründlich durchsuchen zu lassen; und hierbei bestand mein Haupthindernis in der Notwendigkeit, dies ohne sein Wissen zu tun. Vor allem ward ich gewarnt vor der Gefahr, die entstünde, gäben wir ihm Anlaß, unser Vorhaben zu mutmaßen.«

»Aber«, sagte ich, »in solchen Durchsuchungen sind Sie doch ganz *au fait*. Die Pariser Polizei hat dergleichen ja schon oft gemacht.«

»O ja; und aus diesem Grunde hielt ich es auch nicht für hoffnungslos. Überdies gaben mir die Gewohnheiten des Ministers einen großen Vorteil. Häufig weilt er die ganze Nacht außer Haus. Seine Dienerschaft ist keineswegs zahlreich. Sie schläft in einiger Entfernung vom Gemach ihres Herrn, und da es sich hauptsächlich um Neapolitaner handelt, kann man sie leicht betrunken machen. Wie Sie wissen, habe ich Schlüssel, mit denen ich jedes Zimmer oder Kabinett in Paris öffnen kann. Seit drei Monaten ist nun keine Nacht vergangen, deren größeren Teil ich nicht damit zugebracht hätte, höchstpersönlich das Palais von D . . zu visitieren. Es geht um meine Ehre, und, damit verrate ich ein großes Geheimnis, die Belohnung ist enorm. So gab ich die Suche nicht eher auf, als bis mir volle Gewißheit darüber geworden, daß der Dieb schlauer ist als ich. Ich bilde mir ein, jede Ecke, jeden Winkel des Grundstücks durchforscht zu haben, wo sich möglicherweise ein solches Papier verstecken läßt.«

»Aber wäre es nicht möglich«, gab ich zu bedenken, »daß der Brief sich zwar noch in des Ministers Besitz befindet, woran kein Zweifel besteht, der Minister diesen aber nicht auf seinem eigenen Grundstück, sondern irgendwo anders versteckt hat?«

»Das ist kaum möglich«, sagte Dupin. »So wie es derzeit um die Verhältnisse bei Hofe steht und besonders um jene Händel, in welche D.. bekanntlich verstrickt ist, ist die sofortige Verfügbarkeit des Dokuments – die Möglichkeit, es jederzeit im Augenblick vorweisen zu können, beinahe von gleicher Bedeutung wie sein Besitz.«

»Die Möglichkeit, es vorweisen zu können?« fragte ich.

»Das heißt, *vernichten* zu können«, sagte Dupin.

»Richtig«, bemerkte ich; »das Papier befindet sich also unzweifelhaft noch auf dem Grundstück. Daß der Minister es am Leibe bei sich trägt, dürfen wir wohl als ausgeschlossen betrachten.«

»Ganz und gar«, erwiderte der Präfekt. »Zweimal ist ihm von vorgeblichen Straßenräubern aufgelauert worden, und dabei wurde er unter meiner eigenen Aufsicht aufs genaueste durchsucht.«

»Diese Mühe hätten Sie sich sparen können«, sagte Dupin. »D.. ist, so möchte ich meinen, ganz und gar kein Narr, also muß er solche Wegelagerei selbstverständlich vorhergesehen haben.«

»Nicht *ganz und gar* ein Narr«, sagte G.., »aber immerhin ist er ein Dichter, und von da ist's bis zum Narren bloß noch ein kleiner Schritt nach meiner Meinung.«

»Stimmt«, ließ sich Dupin nach einem langen und gedankenschweren Zug aus seiner Meerschaumpfeife vernehmen, »obgleich ich selber schon gewisse Knittelreime verbrochen habe.«

»Wie wäre es«, schlug ich vor, »wenn Sie uns Ihre Nachforschungen im einzelnen schildern würden?«

»Na schön, also wir haben uns wirklich Zeit genommen und haben einfach *alles* durchsucht. Ich habe in solchen Dingen ja lange Erfahrung. Das ganze Haus habe ich vorgenommen, Raum für Raum; die Nächte einer ganzen Woche habe ich jeweils darauf verwandt. Zuerst haben wir das Mobiliar eines jeden Gemachs durchsucht. Jede nur mögliche Schublade geöffnet; und Sie werden ja wohl wissen, daß es für einen richtig geschulten Polizeibeamten so etwas wie *Geheim*fächer gar nicht gibt. Wer sich bei einer derartigen Durchsuchung ein ›geheimes‹ Fach entgehen läßt, ist ein rechter Dummkopf. Die Sache ist ja *so* einfach. Für jeden Schrank ist ein gewisses Volumen – ein gewisser Raum – zu veranschlagen. Da haben wir genaue Regeln. Uns könnte nicht der fünfzigste Teil einer Linie entgehen. Nach den Schränken haben wir uns die Stühle vorgenommen. Die Kissen wurden mit den feinen langen Nadeln geprüft, die Sie mich schon haben gebrauchen sehen. Von den Tischen haben wir die Platten entfernt.«

»Wieso das?«

»Manchmal nimmt eine Person, die einen Gegenstand verstecken möchte, die Platte eines Tisches oder eines andern ähnlich gebauten Möbelstücks ab; dann wird das Bein ausgehöhlt, der Gegenstand in der Höhlung deponiert und die Platte wieder daraufgelegt. Fuß und Knauf von Bettpfosten finden in derselben Weise Verwendung.«

»Aber könnte man den Hohlraum nicht durch Abklopfen entdecken?« fragte ich.

»Keineswegs, wenn man ihn, nachdem man den Gegenstand hineingelegt hat, rundum genügend mit Watte ausstopft. Außerdem waren wir ja in unserem Fall genötigt, geräuschlos vorzugehen.«

»Aber Sie haben doch nicht alles entfernen können – Sie haben doch nicht *jedes* Möbelstück zerlegen können, in dem es in der von Ihnen geschilderten Art möglich gewesen wäre, etwas zu verstecken. Ein Brief läßt sich zu einer dünnen Spirale zusammenrollen, die sich nach Gestalt oder Volumen nicht sonderlich von einer stärkeren Stricknadel unterscheidet, und in dieser Form ließe er sich zum Beispiel im Steg eines Stuhles unterbringen. Sie haben doch nicht etwa sämtliche Stühle zerlegt?«

»Natürlich nicht; aber wir haben etwas Besseres getan – wir haben die Stege sämtlicher Stühle im Palais, ja, die Fugen an jeglicher Art von Mobiliar im Palais mit der Hilfe eines äußerst starken Mikroskops untersucht. Wären nur irgend Spuren einer kürzlichen Beschädigung daran gewesen, so hätten wir es unfehlbar sogleich entdeckt. Ein einziges Körnchen Bohrstaub zum Beispiel wäre genauso aufgefallen wie ein Apfel. Eine Unregelmäßigkeit in der Verleimung – ein ungewöhnlicher Riß in den Fugen – hätte garantiert zur Entdeckung geführt.«

»Ich darf wohl annehmen, daß Sie sich auch die Spiegel angesehen, einen Blick zwischen die Rückwand und die Scheibe geworfen haben und daß Sie die Betten und das Bettzeug ebenso geprüft haben wie die Vorhänge und Teppiche.«

»Aber gewiß; und als wir auf diese Weise jedes Stückchen Möbel unter die Lupe genommen hatten, kam das Haus selber an die Reihe. Seine Gesamtfläche haben wir in Abschnitte eingeteilt und diese numeriert, damit kein einziger ausgelassen werden konnte; dann haben wir jeden einzelnen Quadratzoll auf dem ganzen Grundstück mitsamt der beiden unmittelbar angrenzenden Häuser wie zuvor mit dem Mikroskop abgesucht.«

»Die beiden angrenzenden Häuser!« rief ich aus; »das muß aber viel Mühe gemacht haben.«

»Allerdings; aber die ausgesetzte Belohnung ist wirklich beträchtlich.«

»Sie haben auch den *Grund und Boden* um die Häuser einbezogen?«

»Das ganze Grundstück ist mit Backsteinen gepflastert. Damit hatten wir vergleichsweise wenig Mühe. Wir haben das Moos zwischen den Ziegeln untersucht und fanden es unversehrt.«

»D..s Papiere und die Bücher der Bibliothek haben Sie natürlich auch durchgesehen?«

»Aber gewiß; wir haben jeden Pack und jedes Päckchen geöffnet; wir haben nicht nur jedes Buch aufgeschlagen, sondern jede Seite in jedem Band umgeblättert, uns also nicht, wie es bei einigen unserer Polizeibeamten Sitte ist, mit bloßem Ausschütteln begnügt. Auch haben wir die Stärke eines jeden Buch*deckels* mit der größten Akkuratesse vermessen und einen jeden der peinlichsten mikroskopischen Untersuchung unterzogen. Hätte sich in letzter Zeit jemand an einem der Einbände zu schaffen gemacht, es wäre unserer Aufmerksamkeit nicht entgangen, völlig unmöglich. Wohl fünf oder sechs Bände, die frisch vom Buchbinder gekommen waren, haben wir sorgfältig, der Länge nach, mit den Nadeln geprüft.«

»Sie haben auch die Fußböden unter den Teppichen in Augenschein genommen?«

»Selbstverständlich. Wir haben jeden Teppich zusammengerollt und die Dielen mit dem Mikroskop untersucht.«

»Und die Tapete an den Wänden?«

»Ja.«

»Sie haben sich die Keller angesehen?«

»Aber ja.«

»Dann«, sagte ich, »haben Sie sich einfach verkalkuliert, und der Brief befindet sich *nicht* auf dem Grundstück, wie Sie annehmen.«

»Ich fürchte, da haben Sie recht«, sagte der Präfekt. »Und nun, Dupin, was würden Sie mir denn raten?«

»Das Grundstück noch einmal gründlich zu durchsuchen.«

»Das wäre vollkommen nutzlos«, erwiderte G... »So gewiß ich atme, so gewiß befindet sich der Brief nicht im Palais.«

»Einen besseren Rat kann ich Ihnen nicht geben«, sagte Dupin. »Sie haben natürlich eine genaue Beschreibung des Briefes?«

»O ja!« – Und hier zog der Präfekt ein Notizbuch hervor und hob an, mit lauter Stimme einen ausführlichen Bericht über die innere, besonders aber die äußere Erscheinung des vermißten Dokuments vorzulesen. Bald nachdem er die Beschreibung zu Ende vorgetragen hatte, verabschiedete er sich, und zwar so gänzlich niedergeschlagen, wie ich den braven Mann noch nie zuvor gesehen hatte.

Etwa einen Monat später stattete er uns abermals einen Besuch ab und traf uns in fast gleicher Weise beschäftigt an wie seinerzeit. Er nahm sich eine Pfeife und einen Stuhl und begann eine gewöhnliche Unterhaltung. Schließlich sagte ich – »Ach ja, aber G.., wie steht's denn nun eigentlich mit dem entwendeten Brief? Ich nehme an, Sie haben sich letztlich damit abgefunden, daß dem Minister nicht beizukommen ist?«

»Zum Teufel mit ihm, sage ich – ja; doch habe ich freilich noch einmal alles durchsucht, wie es Dupin geraten – aber es war vergebliche Mühe, wie ich erwartet hatte.«

»Wie hoch, sagten Sie, war doch gleich die ausgesetzte Belohnung?« fragte Dupin.

»Na ja, eine ganze Menge – eine *äußerst* großzügige Belohnung – wieviel genau, möchte ich nicht gern verraten; aber das *eine* will ich sagen, ich würde keine Bedenken tragen, von mir aus eine Privatanweisung über fünfzigtausend Francs dem auszustellen, der mir diesen Brief zu beschaffen vermöchte. Tatsache ist, das Ganze gewinnt von Tag zu Tag an Bedeutung; und die Belohnung ist kürzlich noch verdoppelt worden. Aber selbst wenn sie verdreifacht würde, ich könnte nicht mehr tun, als ich getan habe.«

»Na ja«, sagte Dupin gedehnt zwischen ein paar Zügen aus seiner Meerschaumpfeife, »ich – glaube – wirklich, G.., Sie haben sich – in dieser Angelegenheit – nicht bis zum Äußersten – bemüht. Sie könnten – noch ein bißchen – mehr tun, meine ich, hm?«

»Wie denn? – auf welche Weise nur?«

»Nun – paff, paff – Sie könnten – paff, paff – in der Sache Rat einholen, hm? – paff, paff, paff. Erinnern Sie sich der Anekdote, die man sich von Abernethy erzählt?«

»Nein; zum Henker mit Abernethy!«

»Gewiß doch! Zum Henker mit ihm, von Herzen gern. Aber es war einmal ein reicher Knicker, der setzte sich in den Sinn, von besagtem Abernethy einen ärztlichen Rat zu schnorren. Zu diesem Zweck fing er also in einer privaten Gesellschaft eine gewöhnliche Konversation an und trug dem Arzt wie von ungefähr seinen Fall als den einer imaginären Person vor.

›Einmal angenommen‹, sagte der Geizhals, ›seine Symptome wären soundso; nun, Doktor, was hätten *Sie* ihm geraten? –‹ – ›Geraten!‹ sagte Abernethy, ›nun, einen Arzt, sich *Rat* einzuholen, natürlich.‹«

»Aber«, sagte der Präfekt ein wenig fassungslos, »ich bin doch *völlig* willens, Rat einzuholen und dafür zu zahlen. Ich würde *wirklich* jedem fünfzigtausend Francs geben, der mir in der Sache behilflich wäre.«

»Wenn das so ist«, erwiderte Dupin, wobei er ein Schubfach aufzog und ein Scheckbuch herausnahm, »können Sie mir ebensogut gleich eine Zahlungsanweisung über die genannte Summe ausstellen. Sobald Sie die unterschrieben haben, gebe ich Ihnen den Brief.«

Ich war verblüfft. Der Präfekt aber schien wie vom Donner gerührt. Einige Minuten lang verharrte er sprach- und regungslos, ungläubig, mit offenem Mund und Augen, die förmlich aus ihren Höhlen springen wollten, starrte er meinen Freund an; dann gewann er offenbar einigermaßen seine Fassung wieder, ergriff eine Feder, und nachdem er mehrmals stieren Blickes innegehalten, hatte er endlich eine Anweisung über fünfzigtausend Francs ausgefüllt und unterschrieben und reichte sie Dupin über den Tisch hinüber. Dieser prüfte sie sorgfältig und steckte sie in seine Brieftasche; dann schloß er ein *escritoire* auf, entnahm ihm einen Brief und gab ihn dem Präfekten. Der Beamte griff danach in wahrhaft ekstatischer Freude, öffnete ihn mit zitternder Hand, warf einen raschen Blick auf den Inhalt, und indem er sodann in taumelnder Hast zur Türe stolperte, stürzte er schließlich unter Mißachtung aller Förmlichkeiten aus dem Zimmer und aus dem Haus, ohne auch nur eine einzige Silbe geäußert zu haben, seit Dupin ihn aufgefordert hatte, den Scheck auszufüllen.

Als er gegangen war, ließ sich mein Freund zu Erklärungen herbei. »Die Pariser Polizei«, sagte er, »ist auf ihre Art außerordentlich tüchtig. Sie ist ausdauernd, erfinderisch, geschickt und gründlich versiert in allem, was ihre Pflichten hauptsächlich zu erfordern scheinen. Als G..uns im einzelnen darlegte, wie er D..s Anwesen durchsucht habe, war ich denn auch fest davon überzeugt, daß er zufriedenstellende Arbeit geleistet habe – soweit seine Mühe eben reichte.«

»Soweit seine Mühe reichte?« fragte ich.

»Ja«, erwiderte Dupin. »Die angewendeten Maßnahmen waren nicht nur die besten ihrer Art, sondern wurden auch bis zur absoluten Perfektion ausgeführt. Hätte sich der Brief im Bereich der Durchsuchung befunden, so hätten ihn die Burschen fraglos auch entdeckt.«

Ich lachte bloß – ihm aber schien es mit allem, was er sagte, durchaus ernst zu sein.

»Die Maßnahmen also«, fuhr er fort, »waren in ihrer Art gut und wurden auch wohl ausgeführt; sie hatten nur den Fehler, daß sie für diesen Fall und für diesen Mann ungeeignet waren. Ein gewisser Satz an raffiniert erdachten Hilfsmitteln ist für den Präfekten eine Art Prokrustesbett, dem er seine Absichten mit Gewalt einpaßt. Doch er irrt beständig, indem er in der jeweiligen Angelegenheit entweder zu gründlich oder zu oberflächlich verfährt; und manch ein Schuljunge geht mit vernünftigerer Überlegung vor als er. Ich habe einen etwa Achtjährigen gekannt, dessen Erfolg im Raten beim Spiel ›gerade oder ungerade‹ allgemeine Bewunderung erregte. Es ist dies ein sehr einfaches Spiel mit Murmeln. Ein Spieler hält eine Anzahl dieser Kugeln in der Hand und fragt einen anderen, ob diese Zahl gerade oder ungerade sei. Wer richtig rät, gewinnt eine Murmel, ist es falsch, verliert der Rater eine. Der Junge nun, von dem ich rede, hat sämtliche Murmeln der Schule gewonnen. Natürlich hatte er beim Raten ein System; und dieses bestand ganz einfach darin, daß er die Schlauheit seiner Gegner beobachtete und abschätzte. Nehmen wir zum Beispiel an, sein Mitspieler ist ein rechter Simpel, und der hält nun die geschlossene Hand in die Höhe und fragt: ›Gerade oder ungerade?‹ Unser Schuljunge erwidert ›ungerade‹ und verliert; doch beim zweiten Versuch gewinnt er, denn da sagt er sich: ›Beim erstenmal hatte der Dummkopf eine gerade Zahl, und seine Schlauheit reicht gerade aus, ihn beim zweitenmal eine ungerade nehmen zu lassen; darum werde ich ›ungerade‹ raten‹ – er rät also ›ungerade‹ und gewinnt. Bei einem Gemüt nun, das einen Grad schlauer denn der erste Simpel ist, hätte er wohl folgende Überlegungen angestellt: ›Dieser Bursche weiß, ich habe beim ersten Mal ›ungerade‹ geraten, und so wird er sich beim nächsten Mal, im ersten Impuls, einen einfachen Wechsel von gerade auf ungerade vornehmen, wie es der erste Tölpel getan; aber dann wird ihm nochmaliges Überlegen eingeben, daß dies eine zu einfache Variation sei, und sich schließlich dafür entscheiden, wieder gerade zu wählen wie zuvor. Also werde ich jetzt ›gerade‹ raten‹ – er rät ›gerade‹ und gewinnt. Nun, worum handelt es sich denn im Grunde, wenn wir's genau analysieren, bei diesem gedanklichen Vorgehen unseres Schuljungen, den seine Kameraden einen ›Glückspilz‹ nannten?«

»Es handelt sich lediglich darum«, sagte ich, »daß er sich mit dem Denkvermögen seines Spielpartners identifiziert.«

»Jawohl«, sagte Dupin; »und als ich den Jungen fragte, mit welchen Mitteln er diese *gänzliche* Identifikation erreiche, auf der sein Erfolg beruhte, erhielt ich die folgende Antwort: ›Wenn ich herausbekommen möchte, wie klug oder wie dumm, wie gut oder wie böse einer ist oder was ihm im Augenblick so durch den Kopf geht, dann passe ich meinen Gesichtsausdruck so genau wie möglich dem seinen an und warte bloß ab, welche Gedanken oder Gefühle nun mir im Kopfe oder Herzen aufsteigen, gleichsam in Übereinstimmung, als passendes Gegenstück zu dem Ausdruck.‹ Diese Antwort des Schuljungen stößt zum Grunde des ganzen scheinbaren Tiefsinns vor, welcher La Rochefoucauld, La Bruyère, Machiavelli und Campanella zugeschrieben wird.«

»Und die verstandesmäßige Identifikation mit dem Gegner«, sagte ich, »hängt, wenn ich Sie recht verstehe, von der Genauigkeit ab, mit welcher der Verstand des Gegners eingeschätzt wird.«

»Ihr praktischer Wert hängt davon ab«, erwiderte Dupin; »und der Präfekt und seine Schar versagen ebendarum so häufig, weil sie es zum einen an dieser Identifikation fehlen lassen und zum andern den Verstand, mit dem sie es zu tun haben, falsch oder vielmehr gar nicht einschätzen. Für sie kommen nur ihre *eigenen* Begriffe von Geisteswitz in Betracht; und wenn sie nach etwas Verstecktem suchen, so gilt ihr Augenmerk nur den Verfahrensweisen, nach denen *sie selber* es versteckt hätten. Freilich haben sie insofern recht, als ihre eigene Schläue getreulich die *der Masse* vorstellt; wenn aber die Verschlagenheit des individuellen Verbrechers einmal im Wesen von der ihren abweicht, haben sie natürlich das Nachsehen. Das geschieht nun stets, wenn seine Schlauheit der ihren überlegen ist, sehr häufig aber auch, wenn sie hinter der ihren zurücksteht. Bei ihren Ermittlungen verfahren sie stets nach dem gleichen Prinzip; bestenfalls, wenn eine ungewöhnliche Notlage sie dazu drängt – oder eine außerordentlich hohe Belohnung –, erweitern sie ihre alten *Praktiken* oder übertreiben sie, ohne jedoch an ihre Prinzipien zu rühren. Was hat man denn zum Beispiel im Falle von D.. getan, um das Vorgehen grundsätzlich zu ändern? Was ist all dies Bohren und Prüfen, dies Abklopfen und mikroskopische Untersuchen, dies Aufteilen der Gebäudefläche in registrierte Quadratzoll – was ist dies alles, wenn nicht eine übertriebene *Anwendung* jenes einen Untersuchungsprinzips beziehungsweise Systems von Prinzipien, welches wiederum auf dem einen System von Begriffen beruht, wie es sich der Präfekt im Verlaufe seiner langen Dienstroutine von des Menschen Verstand und Witz gebildet hat? Sehen Sie nicht, wie er es als erwiesen erachtet und ganz selbstverständlich davon ausgeht, *alle* Menschen würden einen Brief – wenn auch nicht gerade im Bohrloch eines Stuhlbeins – so doch aber wenigstens in *irgendeinem* abwegigen Winkel verstecken, irgendeinem Eckchen also, wie es von der nämlichen Denkhaltung anempfohlen wird, die einen Menschen auch veranlassen würde, einen Brief in einem Loch zu verbergen, welches er in ein Stuhlbein gebohrt? Und sehen Sie nicht ebenfalls, daß solche – *recherchés* – Versteckwinkel nur für gewöhnliche Gelegenheiten taugen und nur von gewöhnlichen Geistern gewählt werden?; denn in allen Fällen, wo etwas versteckt ward, ist ja von vornherein vermutlich und zu vermuten, auf welche – nämlich diese *recherché* – Art man sich des verborgenen Gegenstandes zu entledigen gesucht;

78

und so hängt seine Entdeckung nicht im mindesten vom Scharfsinn, sondern gar nur noch von der bloßen Sorgfalt, Geduld und Entschlossenheit der Suchenden ab; und wo es sich um einen wichtigen Fall handelt – oder, was in den Augen der Polizei auf dasselbe hinausläuft, wo die Belohnung bedeutend ist –, haben die fraglichen Eigenschaften bekanntlich *niemals* versagt. Sie werden nun verstehen, was ich mit der Behauptung gemeint habe, daß die Entdeckung des entwendeten Briefes gänzlich außer Frage gestanden hätte, wäre ebendieser Brief irgendwo innerhalb des Untersuchungsbereichs des Präfekten versteckt gewesen – mit anderen Worten, wäre das Prinzip, nach dem er versteckt, in den Prinzipien des Präfekten vorgesehen gewesen. Dieser Beamte ist nun aber gründlich hinters Licht geführt worden; und der mittelbare Grund für seinen Mißerfolg liegt in der Unterstellung, daß der Minister ein Narr sei, weil er sich als Poet einen Namen gemacht hat. Alle Narren seien Poeten; dies *glaubt* der Präfekt; und er macht sich lediglich einer *non distributio medii* schuldig, wenn er daraus ableitet, daß auch alle Poeten Narren seien.«

»Aber ist er denn wirklich der Dichter?« fragte ich. »Soviel ich weiß, sind es zwei Brüder; und beide genießen literarisches Ansehen. Der Minister hat, glaube ich, wissenschaftlich über die Differentialrechnung geschrieben. Er ist Mathematiker, kein Dichter.«

»Da irren Sie; ich kenne ihn gut; er ist beides. Als Dichter *und* Mathematiker versteht er sich aufs logische Denken; als bloßer Mathematiker hätte er überhaupt nicht logisch zu denken vermocht und wäre so in der Gewalt des Präfekten gewesen.«

»Sie setzen mich in Erstaunen«, sagte ich, »solche Ansichten stehen ja im Widerspruch zur Meinung der ganzen Welt. Sie wollen doch nicht etwa die wohldurchdachte Auffassung von Jahrhunderten für nichts achten! Der mathematische Verstand gilt schon seit langem als *der* Verstand *par excellence.*«

»›*Il y a à parier*‹«, zitierte Dupin zur Antwort Chamfort, »›*que toute idée publique, toute convention reçue, est une sottise, car elle a convenu au plus grand nombre.*‹ Die Mathematiker, das versichere ich Ihnen, haben ihr Bestes getan, den allgemeinen Irrtum zu verbreiten, von dem Sie da reden und der darum nicht minder irrig ist, weil er als Wahrheit propagiert wird. Mit einer Geschicklichkeit, die einer besseren Sache würdig gewesen wäre, haben sie zum Beispiel den Begriff ›Analysis‹ heimlich, still und leise für die Algebra angewendet. Die Franzosen sind die Urheber dieser außerordentlichen Irreführung; doch wenn ein Ausdruck irgend von Bedeutung ist – wenn Worte überhaupt Wert aus ihrer Anwendbarkeit herleiten –, dann drückt ›Analysis‹ etwa geradeso ›Algebra‹ aus, wie im Lateinischen ›*ambitus*‹ den ›Ehrgeiz‹ in sich beschließt, ›*religio*‹ die ›Religion‹ oder ›*homines honesti*‹ eine Schar *Ehren*männer.«

»Wie ich sehe«, sagte ich, »haben Sie Streit im Sinne mit einigen der Pariser Algebraiker; doch fahren Sie fort.«

»Ich bestreite die Gültigkeit und damit den Wert eines solchen Verstandes, der in irgendeiner anderen speziellen Form denn der abstrakt-logischen ausgebildet wird. Ich bestreite insbesondere den Verstand, der sich an mathematischen Studien entwickelt. Die Mathematik ist die Wissenschaft von Form und Größe; mathematisches Denken ist lediglich auf die Beobachtung von Form und Größe angewandte Logik. Der große Irrtum liegt in der Annahme, daß die Wahrheiten dessen, was *reine* Algebra heißt, abstrakte oder allgemeine Wahrheiten seien. Und dieser Irrtum ist so ungeheuerlich, daß ich bestürzt darüber bin, mit welcher Universalität er hingenommen wird. Mathematische Axiome sind *nicht* Axiome allgemeiner Wahrheit. Was für *Relation* – für Form und Größe gilt – ist oft gröblich falsch im Hinblick auf die Ethik zum Beispiel. In dieser letzteren Wissenschaft ist es sehr häufig *unwahr*, daß die Summe der Teile gleich dem Ganzen sei. Auch in der Chemie stimmt das Axiom nicht. Hinsichtlich des Beweggrunds trifft es nicht zu; denn zwei Motive, jeweils von gegebenem Wert, haben nicht notwendigerweise vereint einen Wert, welcher der Summe ihrer Einzelwerte gleich wäre. Es gibt noch zahlreiche andere mathematische Wahrheiten, die einzig innerhalb der Grenzen der *Relation* Wahrheiten sind. Doch der Mathematiker, aus Gewohnheit, schließt von seinen *begrenzten Wahrheiten*, als wären sie von absolut allgemeingültiger Anwendbarkeit – wofür die Welt sie ja auch wirklich hält. Bryant erwähnt in seiner höchst gelehrten ›Mythologie‹ eine analoge Fehlerquelle, wenn er sagt: ›Wiewohl die heidnischen Sagen nicht geglaubt werden, vergessen wir uns doch fortwährend und ziehen aus ihnen Schlüsse, als wären es existente Realitäten.‹ Bei den Algebraikern jedoch, die selber Heiden sind, *werden* die ›heidnischen Sagen‹ geglaubt, und daß daraus Schlüsse gezogen werden, ist nicht so sehr ein Lapsus des Gedächtnisses als unerklärliche Hirnlosigkeit. Kurzum, ich bin noch nie dem reinen Mathematiker begegnet, dem man außerhalb von Gleichungswerten hätte trauen können, oder einem, der es nicht insgeheim für einen Glaubensartikel hielt, daß $x^2 + px$ absolut und bedingungslos gleich q sei. Sagen Sie nur einmal versuchshalber zu einem dieser Herren, bitte sehr, Sie wären der

Ansicht, es könnten Fälle eintreten, wo $x^2 + px$ durchaus *nicht* gleich *q* sei, und wenn Sie ihm verständlich gemacht haben, was Sie meinen, so begeben Sie sich, so rasch es Ihnen möglich ist, aus seiner Reichweite, denn zweifellos wird er versuchen, es Ihnen recht handgreiflich und niederschmetternd zu beweisen.

Ich will damit sagen«, fuhr Dupin fort, während ich über seine letzten Bemerkungen bloß lachte, »daß der Präfekt sich nicht gezwungen gesehen hätte, mir diesen Scheck auszustellen, wäre der Minister nichts anderes denn ein Mathematiker gewesen. Ich kannte ihn jedoch als Mathematiker und Dichter, und meine Maßnahmen richteten sich nach seinen Fähigkeiten, unter Berücksichtigung der Umstände, von denen er umgeben war. Auch kannte ich ihn als Höfling und als kühnen *Intriganten*. Ein solcher Mann, so zog ich in Betracht, mußte unfehlbar über die üblichen polizeilichen Maßnahmen Bescheid wissen. Er mußte einfach damit rechnen – und hat es ja auch, wie die Ereignisse beweisen –, daß man ihm auflauern, ihn überfallen würde. Und er mußte auch, so überlegte ich mir, die geheimen Durchsuchungen seines Grundstücks vorhergesehen haben. Seine häufige Abwesenheit von zu Hause bei Nacht, die der Präfekt als sichere Hilfe zum Erfolg begrüßte, betrachtete ich nur als *List*, der Polizei Gelegenheit zu gründlicher Suche zu bieten, um ihr damit nur um so eher die Überzeugung aufzudrängen, zu der G.. ja tatsächlich am Ende gelangte – die Überzeugung nämlich, daß sich der Brief gar nicht auf dem Grundstück befinde. Auch war ich der Ansicht, daß der ganze Gedankengang, den ich Ihnen soeben mit einiger Mühe auseinandergesetzt habe, bezüglich des unveränderlichen Prinzips polizeilichen Vorgehens bei der Suche nach versteckten Gegenständen –

ich war also der Ansicht, daß dieser ganze Gedankengang notwendigerweise auch dem Minister durch den Kopf ginge. Er würde ihn unbedingt dazu veranlassen, all die gewöhnlichen Versteck*winkel* zu verschmähen. *Er* konnte, so überlegte ich, nicht so schwachköpfig sein, zu übersehen, daß noch das ausgeklügeltste und abgelegenste Versteck seines Palais für die Augen, die Sonden, die Bohrer und die Mikroskope des Präfekten ebenso offen daläge wie der allergewöhnlichste Wandschrank. Kurzum, ich begriff, daß er ganz selbstverständlich zur *Einfachheit* getrieben würde, wenn er nicht gar schon aus weisem Vorbedacht von sich aus zu dieser Wahl sich entschieden hätte. Vielleicht erinnern Sie sich, wie furchtbar der Präfekt lachen mußte, als ich bei unserem ersten Gespräch zu verstehen gab, es sei sehr wohl möglich, daß dieses Geheimnis ihm gerade darum soviel Ärger bereite, weil es so *sehr* selbstverständlich sei.«

»Ja«, sagte ich, »ich erinnere mich recht wohl noch seiner Heiterkeit. Ich glaubte schon, er würde regelrecht einen Lachkrampf bekommen.«

»Die materielle Welt«, fuhr Dupin fort, »ist reich an strengen Analogien zur immateriellen; und so ist schon etwas Wahres an dem rhetorischen Dogma, es könnten Metapher oder Gleichnis dazu dienen, sowohl ein Argument zu erhärten als auch eine Beschreibung auszuschmücken. Das Prinzip der *vis inertiae* zum Beispiel scheint in Physik wie Metaphysik identisch zu sein. Von nicht größerer Gültigkeit ist in der ersteren, daß ein großer Körper mit mehr Schwierigkeit in Bewegung zu setzen ist als ein kleinerer und daß sein nachfolgender *Impuls* dieser Schwierigkeit entspricht, als in der letztgenannten Wissenschaft gilt, daß Intellekte höherer Fähigkeit zwar kräftiger, stetiger und bedeutender in ihren

Bewegungen sind als die geringeren Grades, doch sind sie schwieriger in Bewegung zu bringen und in den ersten Schritten ihres Vorgehens stärker behindert und zögerlicher. Und noch etwas: haben Sie schon einmal darauf geachtet, welche Straßenschilder über den Ladentüren die meiste Aufmerksamkeit auf sich ziehen?«

»Darauf habe ich noch nie einen Gedanken verwendet«, sagte ich.

»Es gibt da ein Ratespiel«, fuhr er fort, »das wird auf einer Landkarte gespielt. Ein Spieler fordert einen anderen auf, ein bestimmtes Wort zu suchen – den Namen einer Stadt, eines Flusses, Staates oder Reiches – kurz, ein beliebiges Wort auf der bunten und verwirrenden Kartenfläche. Ein Neuling im Spiel sucht nun gewöhnlich seine Gegner dadurch in Verlegenheit zu bringen, daß er ihnen die am kleinsten gedruckten Namen aufgibt; der Eingeweihte aber wählt gerade solche Worte aus, die sich in großen Buchstaben vom einen Ende der Karte zum andern erstrecken. Diese entgehen, wie die übergroß beschrifteten Schilder und Plakate an der Straße, gerade darum der Aufmerksamkeit, weil sie so übermäßig ins Auge fallen; und hier entspricht das physische Übersehen genau dem geistigen Nicht-Wahrnehmen, denn Überlegungen oder Rücksichten, die allzu aufdringlich und allzu handgreiflich selbstverständlich sind, läßt der Verstand unbemerkt vorüber. Doch das ist, scheint es, ein Punkt, der für die Begriffe des Präfekten entweder ein wenig zu hoch oder zu niedrig ist. Nicht ein einziges Mal hat er es für wahrscheinlich oder möglich gehalten, der Minister könne den Brief aller Welt direkt vor die Nase gelegt haben, um so am ehesten zu verhindern, daß einer ihn bemerkt.

Je mehr ich aber nun über den verwegenen, blendenden

und scharfen Verstand D . . s nachdachte; über den Umstand, daß er das Dokument jederzeit *zur Hand* haben mußte, wollte er es mit gutem Erfolg gebrauchen; und über die maßgebliche Gewißheit, welche dem Präfekten geworden, es sei der Brief nicht im gewöhnlichen Durchsuchungsbereich dieses Würdenträgers versteckt – je mehr ich das alles überlegte, desto mehr wuchs in mir die Überzeugung, daß der Minister, um diesen Brief zu verbergen, kurzerhand auf den klugen Ausweg verfallen sein mußte, gar nicht erst zu versuchen, ihn zu verstecken.

Von diesen Gedanken erfüllt, rüstete ich mich mit einer grünen Brille aus und sprach eines schönen Morgens wie von ungefähr im Palais des Ministers vor. Ich traf D . . zu Hause an; wie üblich gähnte er, rekelte sich, faulenzte und tat ganz so, als litte er im höchsten Grade an *ennui*. Dabei ist er in Wirklichkeit vielleicht der tatkräftigste Mensch auf Erden – das aber nur, wenn niemand ihn sieht.

Um es ihm gleichzutun, klagte ich über meine schlechten Augen und lamentierte über die Notwendigkeit der Brille, unter deren Schutz ich vorsichtig und gründlich das Gemach musterte, indes ich scheinbar nur auf die Unterhaltung mit meinem Gastgeber achthatte.

Besondere Aufmerksamkeit wandte ich auf einen großen Schreibtisch, in dessen Nähe er saß und auf dem allerlei Briefe und andere Papiere in buntem Durcheinander lagen, dazu ein oder zwei Musikinstrumente und ein paar Bücher. Hier freilich fiel mir auch nach langer und sehr bedachtsamer Musterung nichts auf, was besonderen Argwohn hätte erregen können.

Endlich fielen meine Blicke, die ich durch das Zimmer schweifen ließ, auf ein schäbiges Behältnis aus durchbrochener Pappe, welches an einem schmutzigen blauen Band von einem kleinen Messingknauf just in der Mitte unter dem Kaminsims herabbaumelte. In diesem Gestell, das drei oder vier Fächer hatte, staken fünf oder sechs Visitenkarten und ein einzelner Brief. Dieser letztere war stark verschmutzt und zerknittert. Er war fast mittendurch gerissen – wie wenn die Absicht, ihn im ersten Augenblick als wertlos gänzlich zu zerreißen, im nächsten dann geändert oder aufgegeben worden wäre. Er hatte ein großes schwarzes Siegel, das *höchst* auffällig D..s Initialen trug, und war, in winziger Frauenhandschrift, an D.., den Minister selber, adressiert. Nachlässig und, wie es schien, gar verächtlich war er in eines der oberen Fächer des Gestells gesteckt worden.

Kaum hatte ich diesen Brief erspäht, so stand bei mir fest, dies müsse der gesuchte sein. Gewiß, allem Anschein nach war er grundverschieden von dem, dessen minutiöse Beschreibung der Präfekt uns vorgelesen hatte. Hier war das Siegel groß und schwarz, mit D..s Initialen; dort war es klein und rot gewesen, mit dem herzoglichen Wappen der Familie S... Hier war die Adresse des Ministers winzig und von weiblicher Hand geschrieben; dort hatte die Anschrift an eine gewisse königliche Persönlichkeit auffällig kühnen, energischen Schwung verraten; einzig im Format stimmten beide überein. Aber gerade diese so über die Maßen, ja übertrieben große, diese so *fundamentale* Verschiedenheit; der Schmutz; der Zustand des Papiers, befleckt und zerrissen, der so gar nicht zu D..s *wahren* pedantischen Gewohnheiten passen wollte und geradezu die Absicht durchblicken ließ, den Betrachter zu verleiten, das Dokument für wertlos zu halten; all dies, zusammen mit dem mehr als auffälligen Aufbewahrungsort dieses Dokuments, jedem Besucher offen vor Augen und somit genau in Übereinstimmung mit den Schlüssen, zu denen ich zuvor gelangt war; wie gesagt, dies alles war ungemein dazu angetan, den Verdacht zu bestätigen, zumal wenn man mit dem Vorsatze des Argwohns schon hergekommen war.

Ich dehnte meinen Besuch so lange wie möglich aus, und während ich mich mit dem Minister aufs lebhafteste über einen Gegenstand unterhielt, welcher, wie ich wohl wußte, ihn noch stets interessiert und gereizt hatte, hielt ich in Wirklichkeit mein Augenmerk ganz auf den Brief gerichtet. Bei dieser Prüfung prägte ich meinem Gedächtnis seine äußere Erscheinung und Anordnung in dem Kartengestell ein; und kam denn auch schließlich auf eine Entdeckung, die endgültig beschwichtigte, was immer an geringfügigem Zweifel ich noch gehegt haben mochte. Als ich nämlich die Ränder des Papiers genauer betrachtete, bemerkte ich, daß sie viel *abgenutzter* waren, als es nötig dünkte. Sie sahen so *gebrochen* aus, wie es sich zeigt, wenn ein steifes Papier, das bereits einmal gefaltet und mit einem Falzbein gepreßt gewesen ist, nach der anderen Seite umgefaltet wird, in denselben Kniffen oder Kanten, welche den ursprünglichen Falz gebildet hatten. Diese Entdeckung genügte. Mir war klar, daß der Brief wie ein Handschuh gewendet worden war, das Innere nach außen gekehrt, neu adressiert und gesiegelt. Ich wünschte dem Minister einen guten Morgen und empfahl mich sogleich, wobei ich auf dem Tisch eine goldene Schnupftabakdose liegenließ.

Am nächsten Morgen sprach ich wieder vor, um die Schnupftabakdose zu holen, und eifrig nahmen wir das Gespräch vom Vortage wieder auf. Während wir ganz darein vertieft waren, erscholl jedoch unmittelbar unter den Fenstern des Palais ein lauter Knall, wie von einem Pistolen-schuß, darauf folgte ängstliches Geschrei und das Lärmen des Pöbels. D.. stürzte zu einem Fenster, riß es auf und sah hinaus. Indessen trat ich zu dem Kartenhalter, nahm den Brief, steckte ihn in die Tasche und ersetzte ihn durch ein (was das Äußere betraf) *Faksimile*, welches ich zu Hause sorgfältig angefertigt hatte; D..s Initialen hatte ich dabei sehr einfach mit Hilfe eines aus Brot geformten Siegels nach-ahmen können.

Der Aufruhr auf der Straße war durch das tolle Gebaren eines Mannes mit einer Flinte ausgelöst worden. Er hatte sie mitten in einen Haufen Weiber und Kinder abgefeuert. Es erwies sich jedoch, daß sie nicht scharf geladen gewesen war, und so ließ man den Kerl als verrückt oder betrunken laufen. Als er fort war, kam D.. vom Fenster zurück, wohin ich ihm unmittelbar, nachdem ich mich des bewußten Ge-genstandes versichert hatte, gefolgt war. Bald darauf ver-abschiedete ich mich. Der angeblich Verrückte war ein Mann in meinem Solde.«

»Doch welchen Zweck haben Sie damit verfolgt«, fragte ich, »daß Sie den Brief durch ein *Faksimile* ersetzten? Wäre es nicht besser gewesen, Sie hätten den Brief gleich beim er-sten Besuch ganz offen an sich genommen und wären damit verschwunden?«

»D..«, erwiderte Dupin, »ist ein rücksichtsloser Mann und rechter Draufgänger. Auch fehlt es in seinem Palais nicht an Dienern, die seinen Interessen ergeben sind. Hätte ich den aberwitzigen Versuch unternommen, den Sie vorschlagen, so hätte ich die ministerliche Audienz niemals lebend verlas-sen. Die lieben Pariser hätten wohl nie wieder etwas von mir gehört. Aber abgesehen von diesen Erwägungen hatte ich noch einen Grund. Meine politischen Vorurteile kennen sie ja. In dieser Angelegenheit nun handle ich als Parteigänger der betroffenen Dame. Achtzehn Monate lang hat der Minister sie in seiner Gewalt gehabt. Nun hat sie ihn in der ihren; denn da er nicht weiß, daß sich der Brief nicht mehr in seinem Besitze befindet, wird er mit seinen Erpressungen fortfahren, wie wenn er es noch wäre. So wird er sich unvermeidlich selber alsbald in sein politisches Verderben bringen. Auch wird sein Sturz ebenso jäh wie schmählich sein. Es ist leicht reden vom *facilis descensus Averni*; doch bei jeder Sorte Kletterei ist es, wie die Catalani vom Singen sagte, weitaus leichter, hinauf zu kommen als wieder herunter. Im vorliegenden Fall hege ich kein Mitgefühl – zumindest keinerlei Mitleid – für den, der fällt. Er ist ein *monstrum horrendum*, ein prinzipienloses Genie. Gar zu gern, so gestehe ich freilich, wüßte ich die genaue Art seiner Gedanken, welche ihn wohl bewegen mögen, wenn er, herausgefordert von ihr, die der Präfekt ›eine gewisse Persönlichkeit‹ nennt, genötigt ist, den Brief zu öffnen, den ich in dem Kartengestell für ihn zurückgelassen habe.«

»Wie? Haben Sie etwas Besonderes hineingeschrieben?«

»Nun ja – es schien mir durchaus nicht rechtens zu sein, die Innenseite leer zu lassen – das wäre beleidigend gewesen. D.. hat mir einmal in Wien einen üblen Streich gespielt, und damals habe ich ihm bei bester Laune zugesagt, ich würde ihm das nicht vergessen. Da ich nun wußte, daß ihn doch die Neugier plagen würde zu erfahren, wer ihn wohl überlistet habe, hätte ich es schade gefunden, ihm nicht einen Wink zu geben. Meine Handschrift ist ihm wohlvertraut, und so habe ich eben nur mitten auf das leere Blatt die Worte geschrieben –

›Un dessein si funeste,
S'il n'est digne d'Atrée, est digne de Thyeste.‹

Sie stehen in Crébillons ›Atrée‹.«

Das Geheimnis um Marie Rogêt

Eine Fortsetzung zu den ›Morden in der Rue Morgue‹

> Es gibt eine Reihe idealischer Begebenheiten, die der
> Wirklichkeit parallel läuft. Selten fallen sie zusammen.
> Menschen und Zufälle modifizieren gewöhnlich die
> idealische Begebenheit, so daß sie unvollkommen er-
> scheint und ihre Folgen gleichfalls unvollkommen
> sind. So bei der Reformation; statt des Protestantismus
> kam das Luthertum hervor.
>
> Novalis,* ›Moralische Ansichten‹

Es gibt nur wenige Menschen, selbst unter den besonnensten
Denkern, die nicht gelegentlich der jähe Schauder eines vagen, doch schreckerregenden Halbglaubens an das Übernatürliche gepackt hätte, da ihnen *Koinzidenzen* von scheinbar so wunderbarer Natur begegnen, daß der Verstand es
nicht vermochte, sie für *bloße* Zufälle zu halten. Solche Empfindungen – denn die Halbgläubigkeit, von der ich rede, besitzt niemals die volle Stärke des *Gedankens* –, solche Empfindungen lassen sich selten gänzlich unterdrücken, es sei
denn, man beruft sich auf die Lehre von den Möglichkeiten
oder, wie der *terminus technicus* dafür heißt, die Wahrscheinlichkeitsrechnung. Nun ist diese Rechnung ihrem Wesen nach reine Mathematik; und so haben wir denn hier den
anomalen Fall, daß die strengste, exakteste Wissenschaft An-

---

* *nom de plume*, eigentlich von Hardenberg

wendung findet auf den unwirklichen Schatten der vagsten Spekulation, die so gar nicht greifbar.

Die außergewöhnlichen Umstände, welche ich nun mitzuteilen aufgerufen bin, bilden, so wird man feststellen, was die zeitliche Abfolge betrifft, die erste Phase einer Reihe kaum faßlicher *Koinzidenzen*, deren zweite oder Schlußphase alle Leser in dem Morde an MARY CECILIA ROGERS, der vor kurzem in New York geschah, wiedererkennen werden.

Als ich mich vor etwa einem Jahre in einer Arbeit des Titels ›Die Morde in der Rue Morgue‹ bemühte, einige sehr bemerkenswerte Züge im geistigen Charakter meines Freundes, des Chevaliers C. Auguste Dupin, zu schildern, wäre es mir nie eingefallen, daß ich das Thema jemals wieder aufgreifen würde. War es doch mein Anliegen gewesen, diesen Charakter zu beschreiben; und dieses Anliegen nun fand in der Folge der Umstände Erfüllung, welche ich zum Belege für Dupins Eigenart beigebracht hatte. Ich hätte noch andere Beispiele anführen können, doch mehr hätte ich damit auch nicht bewiesen. Indes haben nun jüngste Ereignisse in ihrer überraschenden Wendung mich aufgeschreckt, noch weitere Einzelheiten mitzuteilen, die etwas nach einem erzwungenen Geständnis aussehen mögen. Doch im Betrachte dessen, was mir kürzlich zu Ohren gekommen, wäre es nun wahrlich recht merkwürdig, wollte ich auch fürderhin über das, was ich schon vor so langer Zeit gehört und gesehen, Stillschweigen üben.

Als der Fall um den tragischen Tod der Madame L'Espanaye und ihrer Tochter abgeschlossen war, wandte der Chevalier sogleich seine Aufmerksamkeit von der Affäre ab und verfiel wieder in seine alte Gewohnheit verdrossener Träumerei. Jederzeit zur Zurückgezogenheit geneigt, schloß ich mich bereitwillig seiner Laune an; und so bewohnten wir denn weiter unsere Zimmer im Faubourg Saint-Germain, ließen die Zukunft Zukunft sein und dämmerten ruhig in der Gegenwart dahin, indem wir die schnöde Welt um uns in Träume spannen.

Doch diese Träume blieben nicht gänzlich ungestört. Es läßt sich leicht denken, wie die Rolle, welche mein Freund in dem Drama in der Rue Morgue gespielt hatte, ihren Eindruck auf die Phantasie der Pariser Polizei nicht verfehlt hatte. Bei ihren Emissären war der Name Dupins ein Begriff geworden. Da der einfache Charakter jener induktiven Schlüsse, vermittels derer er das Geheimnis gelüftet hatte, außer mir keinem Menschen, nicht einmal dem Präfekten, erklärt worden war, überrascht es natürlich keineswegs, daß man die Affäre für kaum weniger denn ein Wunder ansah beziehungsweise daß des Chevaliers analytische Fähigkeiten ihm den Ruf außerordentlicher Intuition eintrugen. Seine Offenheit hätte ihn dazu veranlaßt, einen jeden, der danach gefragt, eines Besseren zu belehren; doch seine indolente Gemütsart ließ keine Erörterung eines Gegenstandes zu, der ihm längst gleichgültig geworden. So geschah es denn, daß er dem Auge des Gesetzes wie ein Leitstern leuchtete; und der Fälle waren nicht wenige, bei denen die Präfektur versuchte, seine Dienste in Anspruch zu nehmen. Einer der bemerkenswertesten hierbei war der des Mordes an einem jungen Mädchen namens Marie Rogêt.

Dies Ereignis begab sich etwa zwei Jahre nach der Greueltat in der Rue Morgue. Marie, deren Tauf- und Familienname ob ihrer Ähnlichkeit mit denen des unglücklichen ›Zigarrenmädchens‹ sogleich aufmerken lassen werden, war die einzige Tochter der Witwe Estelle Rogêt. Der Vater war schon während ihrer Kindheit gestorben, und vom Zeitpunkte seines Todes an bis achtzehn Monate vor ihrer Ermordung, die den Gegenstand unserer Erzählung bildet, hatten Mutter und Tochter zusammen in der Rue Pavée Saint Andrée* gewohnt, wo Madame, unterstützt von Marie, eine Pension unterhielt. So gingen die Dinge dahin, bis Marie ihr zweiundzwanzigstes Jahr erreicht hatte und ihre große Schönheit die Aufmerksamkeit eines Parfümhändlers auf sich zog, welcher einen der Läden im Untergeschoß des Palais Royal innehatte und dessen Kundschaft vornehmlich aus den verzweifelten Abenteurern bestand, die jene Gegend unsicher machten. Monsieur Le Blanc** war sich wohl bewußt, welche Vorteile seiner Parfümerie daraus erwachsen müßten, wenn die schöne Marie darin bediente; und seine großzügigen Angebote wurden von dem Mädchen voller Eifer, von Madame freilich erst nach einigem Zögern angenommen.

Die Erwartungen des Ladenbesitzers erfüllten sich, und bald hatten die Reize der munteren *grisette* seinen Laden stadtbekannt gemacht. Wohl ein Jahr hatte Marie bei ihm in Dienst gestanden, als ihr plötzliches Verschwinden aus dem Laden ihre Verehrer in Aufregung versetzte. Monsieur Le Blanc sah sich außerstande, ihre Abwesenheit zu erklären, und Madame Rogêt war vor Angst und Sorge außer sich. Die Zeitungen griffen die Sache unverzüglich auf, und schon stand die Polizei im Begriffe, ernstliche Nachforschungen anzustellen, als eines schönen Morgens, nach Verlaufe einer Woche, Marie bei guter Gesundheit, doch mit bekümmerter Miene wieder hinter ihrem gewohnten Ladentisch in der Par-

* Nassau Street.
** Anderson

fümerie auftauchte. Natürlich wurde alle Nachfrage, sofern nicht rein privater Art, augenblicklich eingestellt. Monsieur Le Blanc bekundete nach wie vor totale Unwissenheit. Marie wie auch Madame erwiderten auf alle Fragen, sie habe die letzte Woche im Hause einer Verwandten auf dem Lande verbracht. So ward es denn ruhig um die Affäre, und bald war sie gänzlich in Vergessenheit geraten; denn das Mädchen nahm nicht lange danach endgültig Abschied von der Parfümerie, offensichtlich, um sich der zudringlichen Neugier zu entziehen, und suchte Zuflucht im Hause der Mutter in der Rue Pavée Saint Andrée.

Es mochte wohl drei Jahre nach dieser Heimkehr sein, daß ihre Freunde zum zweiten Male durch ihr plötzliches Verschwinden in Aufregung versetzt wurden. Drei Tage vergingen, ohne daß man etwas von ihr hörte. Am vierten aber fand man ihren Leichnam in der Seine* treiben, nahe dem Ufer, welches dem Viertel der Rue Saint Andrée gegenüberliegt, und an einer Stelle, die nicht allzuweit von der einsamen Gegend der Barrière du Roule** entfernt ist.

Die Abscheulichkeit dieses Mordes (denn daß es sich hier um einen Mordfall handelte, war sogleich klar), die Jugend und Schönheit des Opfers, vor allem aber dessen frühere Bekanntheit – all dies zusammen erzeugte eine ungeheure Erregung in den Gemütern der empfindsamen Pariser. Ich kann mich an kein vergleichbares Vorkommnis erinnern, das eine so allgemeine und so gewaltige Wirkung hervorgebracht hätte. Mehrere Wochen lang vergaß man über der Erörterung dieses einen, alles beherrschenden Themas selbst die wichtigsten politischen Tagesfragen. Der Präfekt unternahm un-

* im Hudson.
** Weehawken

gewöhnliche Anstrengungen; und natürlich wurden die Kräfte der gesamten Pariser Polizei bis zum äußersten aufgeboten.

Anfangs, als die Leiche entdeckt wurde, nahm man nicht an, daß der Mörder den Nachforschungen, die unmittelbar in Gang gesetzt wurden, für länger denn nur eine sehr kurze Zeit entgehen könnte. Erst nach Ablauf einer ganzen Woche erachtete man es für notwendig, eine Belohnung auszusetzen; und selbst da noch wurde diese Belohnung auf tausend Francs beschränkt. Inzwischen ging die Untersuchung nach Kräften, wenn auch nicht immer mit Verstand, voran, und zahlreiche Personen wurden ergebnislos vernommen; derweil die allgemeine Aufregung, da nach wie vor jegliche Spur fehlte, gewaltig wuchs. Am Ende des zehnten Tages hielt man es für ratsam, die ursprünglich ausgesetzte Summe zu verdoppeln; und als schließlich auch die zweite Woche verstrichen war, ohne irgendwelche Aufschlüsse zu erbringen, und das Vorurteil, das in Paris immer gegen die Polizei besteht, sich in mehreren ernsthaften *émeutes* Luft gemacht hatte, nahm es der Präfekt auf sich, die Summe von zwanzigtausend Francs ›für die Überführung des Meuchelmörders‹ auszusetzen beziehungsweise, falls es sich erweisen sollte, daß mehr als einer an der Tat beteiligt war, ›für die Überführung eines der Meuchelmörder‹. In der Bekanntmachung, welche diese Belohnung ankündigte, wurde auch jedem etwaigen Komplizen, der gegen seinen Kumpan Zeugnis ablegen würde, volle Straffreiheit zugesichert; und dem Anschlag war, wo immer er erschien, der private Aushang eines Bürgerkomitees angefügt, das zusätzlich zu der von der Präfektur ausgesetzten Summe noch weitere zehntausend Francs bot. Die gesamte Belohnung betrug also nicht weniger denn dreißigtausend Francs, was als eine außergewöhnliche Summe gelten muß, wenn man den bescheidenen Stand des Mädchens bedenkt sowie die Tatsache, daß Greueltaten wie die beschriebene in großen Städten doch recht häufig geschehen.

Nun zweifelte niemand mehr daran, daß das Geheimnis dieser Mordtat alsbald ans Licht käme. Doch wiewohl in ein oder zwei Fällen Verhaftungen erfolgten, die Aufklärung verhießen, wurde jedoch nichts aufgedeckt, was den Verdacht bestätigt hätte; und so wurden die Betreffenden bald darauf auf freien Fuß gesetzt. So seltsam es auch scheinen mag, doch war schon die dritte Woche seit Entdeckung des Leichnams verstrichen, und verstrichen, ohne daß irgend Aufschluß gewonnen worden wäre, ehe auch nur ein Gerücht von den Ereignissen, welche die öffentliche Meinung so in Aufruhr versetzt hatten, Dupin und mir zu Ohren kam. In Forschungen vertieft, welche unsere ganze Aufmerksamkeit in Anspruch nahmen, war es schon nahezu einen Monat her, daß einer von uns ausgegangen war oder einen Besucher empfangen oder mehr als nur einen flüchtigen Blick auf die politischen Leitartikel in einer der Tageszeitungen geworfen hatte. Die erste Nachricht von dem Morde wurde uns von G.. höchstpersönlich überbracht. Am frühen Nachmittag des 13. Juli 18.. sprach er bei uns vor und blieb bis spät in der Nacht. Er war verärgert über die Erfolglosigkeit all seiner Bemühungen, die Mörder aufzuspüren. Sein Ruf – so sagte er mit typisch Pariser *air* – stehe auf dem Spiele. Selbst seine Ehre sei betroffen. Die Augen der Öffentlichkeit seien auf ihn gerichtet; und es gebe wirklich kein Opfer, das er nicht gern für die Aufklärung des Geheimnisses bringen würde. Er schloß seine etwas komische Rede mit einem Kompliment über das, was er Dupins *Taktgefühl* zu nennen beliebte, und machte ihm ein direktes und gewiß großzügiges Anerbieten, dessen genaue Natur zu enthüllen ich mich nicht befugt fühle, das aber für den eigentlichen Gegenstand meiner Erzählung auch keine Bedeutung hat.

Das Kompliment wies mein Freund zurück, so gut er es vermochte, den Vorschlag aber nahm er sofort an, obwohl dessen Vorteile nur zeitweiliger Natur waren. Nachdem nun dieser Punkt geregelt war, beeilte sich der Präfekt, sogleich seine eigenen Ansichten darzulegen, in die er lange Kommentare über die Zeugenaussagen einflocht, welch letztere noch nicht in unsere Hände gelangt waren. Er redete viel und ohne Zweifel in gelehrter Weise; wobei ich hier und da einen gelegentlichen Einwurf wagte, dieweil die Nacht sich schläfrig dahinschleppte. Dupin, der reglos in seinem gewohnten Lehnstuhl saß, war die Verkörperung respektvoller Aufmerksamkeit. Er trug während des gesamten Gesprächs eine Brille; und ein gelegentlicher Blick hinter ihre grünen Gläser reichte hin, mich davon zu überzeugen, daß er während der ganzen sieben oder acht bleiernfüßig dahinschleichenden Stunden, welche dem Aufbruch des Präfekten vorausgingen, sich einem zwar leisen, darum aber nicht weniger tiefen Schlaf hingegeben.

Am Morgen besorgte ich auf der Präfektur einen umfassenden Bericht sämtlicher vorliegender Zeugenaussagen, dazu bei den verschiedenen Zeitungsbüros ein Exemplar jeder Nummer, von der ersten bis zur letzten, darin wichtige Informationen über diese traurige Angelegenheit veröffentlicht worden waren. Befreit von allem, was eindeutig widerlegt wurde, ergab sich aus dieser Masse an Mitteilungen der folgende Tatbestand:

Marie Rogêt verließ die Wohnung ihrer Mutter in der Rue

Pavée St. Andrée am Sonntag, dem zweiundzwanzigsten Juni 18.., gegen neun Uhr morgens. Beim Fortgehen teilte sie einem Monsieur Jacques St. Eustache,* und nur ihm allein, ihre Absicht mit, den Tag bei einer Tante zu verbringen, welche in der Rue des Drômes wohnte. Die Rue des Drômes ist eine kurze und enge, doch belebte Verkehrsstraße unweit der Flußufer und etwa zwei Meilen von der Pension der Madame Rogêt entfernt, wenn man den kürzesten Weg rechnet. St. Eustache war der in Gnaden aufgenommene Freier Maries und logierte in der Pension, wo er auch seine Mahlzeiten einnahm. Er hatte seine Verlobte bei Einbruch der Dunkelheit abholen und sie nach Hause begleiten sollen. Am Nachmittag jedoch setzte ein heftiger Regen ein; und in der Annahme, sie werde die Nacht über bei ihrer Tante bleiben (wie sie es unter ähnlichen Umständen zuvor schon getan hatte), hielt er es nicht für nötig, sein Versprechen zu halten. Als dann die Nacht hereinbrach, hörte man Madame Rogêt (die eine kränkliche alte Dame war, siebzig Jahre alt) die Befürchtung äußern, sie werde ›Marie wohl niemals wiedersehen‹; doch ward diese Bemerkung zu der Zeit nur wenig beachtet.

Am Montag stellte sich heraus, daß das Mädchen gar nicht in der Rue des Drômes gewesen war; und als der Tag ohne Nachricht von ihr vorüberging, nahm man an verschiedenen Punkten in der Stadt und Umgebung eine zögerliche Suche auf. Doch erst am vierten Tage nach ihrem Verschwinden ward Gewißheit über ihr Schicksal. An diesem Tage (Mittwoch, dem fünfundzwanzigsten Juni) erfuhr ein Monsieur Beauvais,** der zusammen mit einem Freunde in der Nähe der Barrière du Roule nach Marie gesucht hatte, an dem

* Payne
** Crommelin

Seine-Ufer, welches der Rue Pavée St. Andrée gegenüberliegt, daß soeben von Fischern eine Leiche an Land gezogen
worden sei, welche sie im Flusse treibend gefunden hatten.
Als Beauvais die Tote sah, identifizierte er sie nach einigem
Zögern als das Parfümeriemädchen. Sein Freund erkannte
sie auf der Stelle.

Das Gesicht war mit dunklem Blute überzogen, das teilweise aus dem Mund geströmt war. Schaum, wie er im Falle
bloß Ertrunkener auftritt, war nicht zu sehen. Es lag keine
Entfärbung im Zellengewebe vor. Am Hals befanden sich
blaue Flecke und Fingerabdrücke. Die Arme waren über
der Brust gebeugt und erstarrt. Die rechte Hand war geballt,
die linke halb geöffnet. Am linken Handgelenk sah man zwei
kreisförmige Hautabschürfungen, die allem Anschein nach
von Stricken herrührten oder von einem Strick, der mehrfach herumgeschlungen gewesen. Ein Teil des rechten Hand-
gelenks war ebenfalls stark abgeschürft, desgleichen der
Rücken über seine ganze Länge hin, besonders aber an den
Schulterblättern. Um den Leichnam ans Ufer zu ziehen, hatten die Fischer zwar ein Seil daran festgebunden; doch rührte keine der Abschürfungen davon her. Am Halse war das
Fleisch stark geschwollen. Platzwunden oder Prellungen,
wie sie etwa auf die Wirkung von Schlägen deuteten, waren
nicht sichtbar. Ein Stück Spitze fand man so fest um den Hals
geschlungen, daß es dem Blick entging; es schnürte tief ins
Fleisch ein und war mit einem Knoten festgebunden, der genau unter dem linken Ohr lag. Dies allein hätte ausgereicht,
den Tod herbeizuführen. Das ärztliche Zeugnis sprach mit
Gewißheit vom tugendhaften Charakter der Verstorbenen.
Sie sei, so hieß es, brutaler Gewalt zum Opfer gefallen. Der
Leichnam war, als man ihn fand, in solchem Zustande, wie

er für Freunde keinerlei Schwierigkeit hätte bieten dürfen, diesen zu identifizieren.

Die Bekleidung war arg zerrissen und auch sonst in großer Unordnung. Im Obergewande war ein Streifen, etwa ein Fuß breit, vom unteren Saum bis zur Taille ein-, doch nicht abgerissen worden. Dieser war dreimal um den Leib geschlungen und mit einer Art Knoten im Rücken festgezogen. Das Unterkleid unter dem oberen Gewande war von feinem Musselin; und hieraus war ein achtzehn Zoll breiter Streifen vollständig herausgerissen – und zwar sehr gleichmäßig und mit großer Sorgfalt. Ihn fand man lose um den Hals geschlungen und mit einem festen Knoten gesichert. Über diesem Musselinstreifen und dem aus Spitze waren noch die Bänder eines Hutes festgeknüpft; daran hing noch der Hut. Der Knoten, mit welchem die Hutbänder zusammengebunden waren, sah nicht dem einer Dame gleich, sondern war ein Zieh- oder Seemannsknoten.

Nach der Identifizierung des Leichnams ward dieser nicht, wie üblich, ins Leichenschauhaus gebracht (war diese Formalität doch überflüssig), sondern in aller Eile nicht weit von der Stelle, da man ihn an Land gezogen, begraben. Durch die Bemühungen Beauvais' wurde die Angelegenheit mit Fleiß vertuscht, soweit dies möglich; und so waren schon mehrere Tage verstrichen, ehe die Öffentlichkeit sich regte. Eine Wochenzeitschrift* jedoch griff schließlich die Sache auf; der Leichnam wurde exhumiert und eine neuerliche Untersuchung angestrengt; doch nichts kam ans Licht, was nicht bereits bekannt gewesen wäre. Indes wurden die Kleidungsstücke nun der Mutter und Freunden der Verstorbe-

* der ›New York Mercury‹

nen vorgelegt und völlig als diejenigen identifiziert, welche das Mädchen getragen hatte, als sie das Haus verlassen.

Unterdessen wuchs die Erregung stündlich. Mehrere Personen wurden festgenommen und wieder freigelassen. Ganz besonders geriet St. Eustache in Verdacht; und anfangs vermochte er auch nicht eine plausible Auskunft über seinen Aufenthalt an dem Sonntage zu geben, da Marie von zu Hause weggegangen war. Später dann legte er jedoch Monsieur G.. eidesstattliche Erklärungen vor, die ausreichend über jede Stunde des fraglichen Tages Rechenschaft ablegten. Als die Zeit verstrich und keine Entdeckung erfolgte, kursierten wohl tausend einander widersprechende Gerüchte, und die Journalisten ergingen sich eifrig in allerlei *Mutmaßungen*. Unter diesen fand am meisten Beachtung die Meinung, daß Marie Rogêt noch am Leben sei – daß der Leichnam, den man in der Seine gefunden hatte, der einer anderen Unglücklichen sei. Es ist nur recht und billig, daß ich dem Leser ein paar Passagen unterbreite, welche die erwähnte Vermutung zum Ausdruck bringen. Diese Stellen sind *wortgetreue* Übertragungen aus ›L'Etoile‹,* einem im allgemeinen mit viel Geschick geleiteten Blatte.

›Mademoiselle Rogêt verließ das Haus ihrer Mutter morgens am Sonntag, dem zweiundzwanzigsten Juni 18.., mit der angeblichen Absicht, ihre Tante oder irgendeine andere Verwandte in der Rue des Drômes zu besuchen. Von dieser Stunde an hat sie nachweislich niemand mehr gesehen. Es gibt von ihr keinerlei Spur oder Nachricht ... Bis jetzt hat sich auch niemand gemeldet, der sie an jenem Tage, nachdem sie aus der Türe des mütterlichen Hauses getreten, über-

---

* der New Yorker ›Brother Jonathan‹, herausgegeben von H. Hastings Weld

haupt noch gesehen hätte ... Wiewohl wir nun auch keinerlei Beweis besitzen, daß Marie Rogêt am Sonntag, dem zweiundzwanzigsten Juni, nach neun Uhr noch unter den Lebenden geweilt, so ist es doch gewißlich erwiesen, daß bis zu dieser Stunde sie am Leben war. Am Mittwochmittag, gegen zwölf, ward nun ein weiblicher Leichnam entdeckt, der in Ufernähe der Barrière du Roule dahintrieb. Das wären, selbst wenn wir annehmen, Marie Rogêt sei innerhalb von drei Stunden, nachdem sie das Haus ihrer Mutter verlassen hatte, in den Fluß geworfen worden, nur drei Tage von dem Zeitpunkt an, da sie von zu Hause weggegangen – auf die Stunde genau drei Tage. Aber es wäre töricht anzunehmen, daß der Mord, wenn überhaupt Mord an ihr begangen ward, hätte rasch genug vollbracht werden können, um es den Mördern zu ermöglichen, die Leiche noch vor Mitternacht in den Fluß zu werfen. Wer sich solch abscheulicher Verbrechen schuldig macht, wählt die Dunkelheit eher denn das Licht ... So sehen wir denn, daß der Leichnam, falls die Tote, die man im Flusse gefunden, überhaupt Marie Rogêt *war*, lediglich zweieinhalb, höchstens drei Tage im Wasser gelegen haben konnte. Alle Erfahrung hat aber gezeigt, daß es bei Ertrunkenen oder Leichen, welche unmittelbar nach gewaltsamem Tode ins Wasser geworfen wurden, sechs bis zehn Tage braucht, bis die Zersetzung weit genug fortgeschritten ist, um sie wieder an die Wasseroberfläche zu bringen. Selbst wo eine Kanone über einem Leichnam abgefeuert wird und dieser hochkommt, noch ehe er wenigstens fünf oder sechs Tage im Wasser gelegen, sinkt er wieder hinab, wenn man ihn sich selbst überläßt. Wir fragen nun, was denn in diesem Falle ein Abweichen vom normalen Gange der Natur hätte verursachen sollen? ... Wenn die Leiche in ihrem derart zugerichteten Zustande bis Dienstag nacht am Ufer verwahrt worden wäre, so wäre doch am Ufer irgendeine Spur der Mörder zu finden. Auch ist recht zweifelhaft, ob die Leiche so bald schon an der Oberfläche treiben würde, selbst wenn man sie erst zwei Tage nach dem Tode hineingeworfen hätte. Und überdies ist es höchst unwahrscheinlich, daß Schurken, welche solch einen Mord wie den hier vermuteten begangen, den Leichnam ins Wasser geworfen hätten, so ohne jegliches Gewicht, das ihn zum Sinken gebracht, wo doch eine solche Vorsichtsmaßregel so leicht sich hätte treffen lassen.‹

Der Redakteur führt des weiteren dann zum Beweise an, der Leichnam müsse ›nicht drei Tage nur, sondern wenigstens fünfmal drei Tage‹ im Wasser gelegen haben, weil er so weit zersetzt schon gewesen, daß Beauvais große Mühe gehabt, ihn zu identifizieren. Dieser letztere Punkt ward jedoch vollkommen widerlegt. Ich fahre mit der Übersetzung fort:

›Welches sind also die Tatsachen, auf welche hin Monsieur Beauvais behauptet, er hege keinen Zweifel, daß die Leiche die von Marie Rogêt sei? Er hat den Kleiderärmel aufgeschlitzt und, wie er sagt, Male gefunden, welche ihn von der Identität überzeugten. In der Öffentlichkeit nahm man nun allgemein an, diese Merkmale hätten in irgendwelchen Narben bestanden. Er aber rieb am Arm und fand darauf *Haare* – ein Umstand, der unseres Erachtens so unbestimmt ist, wie man es sich nur denken kann, und so wenig beweiskräftig wie etwa die Tatsache, daß man in dem Ärmel einen Arm fand. Monsieur Beauvais kam in jener Nacht nicht nach Hause, sondern ließ Madame Rogêt ausrichten, und zwar Mittwochabend sieben Uhr, eine Untersuchung, die ihre Tochter betreffe, sei noch im Gange. Wenn wir gelten lassen, daß Madame Rogêt auf Grund ihres Alters und Kummers nicht imstande gewesen, hinüberzugehen (was schon ein großes Zugeständnis wäre), so hätte doch bestimmt jemand da sein müssen, der es der Mühe für wert gehalten hätte, hinzugehen und der Untersuchung beizuwohnen, wäre man der Meinung gewesen, die Leiche sei die von Marie. Aber keiner ging hin. In der Rue Pavée St. Andrée verlautete nicht das geringste über die Angelegenheit, das auch nur bis zu den übrigen Hausbewohnern gedrungen wäre. Monsieur St. Eustache, der Liebhaber und zukünftige Gatte Maries, der im Hause ihrer Mutter logierte, sagt aus, er habe erst am nächsten Morgen erfahren, daß die Leiche seiner Verlobten gefunden worden sei, als Monsieur Beauvais zu ihm ins Zimmer gekommen sei und ihm davon berichtet habe. Bei einer Nachricht wie dieser dünkt es uns doch befremdlich, wie kühl sie aufgenommen wurde.‹

Auf diese Weise versuchte die Zeitung, den Eindruck zu erwecken, als hätten Maries Verwandte eine Gleichgültigkeit gezeigt, wie sie gänzlich unvereinbar sei mit der Annahme, es hielten diese Verwandten die Leiche für die des Mädchens. Die Andeutungen liefen darauf hinaus: – daß Marie sich mit dem stillschweigenden Einverständnis der Ihren aus der Stadt begeben habe, und zwar aus Gründen, die ihre Tugendhaftigkeit in Zweifel zogen; und daß diese Angehörigen nun bei der Entdeckung eines Leichnams in der Seine, welcher dem Mädchen einigermaßen ähnlich sah, die Gelegenheit genutzt hätten, die Öffentlichkeit glauben zu machen, Marie sei tot. Aber ›L'Etoile‹ war wieder einmal voreilig gewesen. Es wurde klar bewiesen, daß eine solche angebliche Gleichgültigkeit gar nicht bestand; daß die alte

Dame überaus hinfällig und so erschüttert war, daß sie keinerlei Verpflichtung nachkommen konnte; daß St. Eustache, weit davon entfernt, die Nachricht kühl aufzunehmen, vor Kummer so außer sich geriet und sich so rasend gebärdete, daß Monsieur Beauvais einen Freund und Verwandten bewog, auf ihn achtzugeben und zu verhindern, daß er etwa der Untersuchung bei der Exhumierung beiwohne. Und obgleich ›L'Etoile‹ darüber hinaus noch behauptete, der Leichnam sei auf öffentliche Kosten wieder bestattet worden – die Familie habe ein vorteilhaftes Angebot eines privaten Begräbnisses entschieden abgelehnt – und kein Mitglied der Familie habe der Zeremonie beigewohnt –; obgleich, wie gesagt, all dies von ›L'Etoile‹ behauptet wurde, um den beabsichtigten Eindruck zu befördern, ward doch *all* dies hinreichend widerlegt. In einer folgenden Nummer unternahm das Blatt dann den Versuch, Beauvais selbst zu verdächtigen. Der Redakteur schreibt:

›Nun kommt also ein anderes Licht in die Sache. Wie wir erfuhren, hat Monsieur Beauvais, der im Begriff war auszugehen, zu einer Gelegenheit einmal, da eine gewisse Madame B.. im Hause der Madame Rogêt weilte, ihr gegenüber geäußert, daß man einen *gendarme* erwarte und daß sie, Madame B., diesem nicht das mindeste sagen dürfe, bis er zurückkehre, sondern ihm die Sache überlassen solle ... Wie die Dinge jetzt stehen, scheint Monsieur Beauvais die ganze Angelegenheit in seinem Kopfe eingesperrt zu haben. Nicht ein einziger Schritt kann ohne Monsieur Beauvais getan werden; denn welchen Weg man auch immer gehen mag, man stößt auf ihn ... Aus irgendeinem Grunde bestimmte er, niemand außer ihm solle mit den Vorgängen etwas zu tun haben, und die männlichen Anverwandten hat er, nach deren eigener

Aussage, auf höchst sonderbare Weise beiseite gedrängt. Auch scheint er eine starke Abneigung dagegen gezeigt zu haben, den Verwandten die Besichtigung der Leiche zu gestatten.‹

Durch die folgende Tatsache erhielt der in solcher Weise auf Beauvais geworfene Verdacht den Anstrich von Wahrscheinlichkeit. Ein Besucher, der wenige Tage vor dem Verschwinden des Mädchens in sein Büro gekommen war, ihn dort aber nicht angetroffen hatte, hatte im Schlüsselloch der Tür eine *Rose* bemerkt und dazu auf einer daneben hängenden Schiefertafel den Namen ›Marie‹.

Soweit wir aus den Zeitungen ersehen konnten, schien der allgemeine Eindruck dahin zu gehen, daß Marie das Opfer einer *Bande* von Verbrechern geworden sei – daß diese sie über den Fluß geschleppt, mißhandelt und ermordet hätten. ›Le Commerciel‹* indessen, ein recht einflußreiches Blatt, war eifrig bemüht, diese weitverbreitete Meinung zu bekämpfen. Ich zitiere ein paar Stellen aus seinen Spalten:

›Wir sind überzeugt, daß die Nachforschungen bislang der falschen Fährte gefolgt sind, insofern sie sich auf die Barrière du Roule richteten. Es ist unmöglich, daß eine Person, die Tausenden so wohlbekannt war wie diese junge Frau, auch nur drei Häuserblocks weit gekommen sein sollte, ohne daß einer sie gesehen hätte; und hätte sie jemand gesehen, könnte er sich auch daran erinnern, denn sie interessierte alle, die sie kannten. Zu der Zeit, da sie weggegangen, waren die Straßen voller Menschen ... Es ist also unmöglich, daß sie zur Barrière du Roule oder zur Rue des Drômes hätte gehen können, ohne von einem Dutzend Personen erkannt zu werden; doch nicht einer hat sich gemeldet, der sie außerhalb

* das New Yorker ›Journal of Commerce‹

des Hauses ihrer Mutter gesehen hätte, und es gibt, abgesehen von dem Zeugnis, welches sich auf diesbezüglich von ihr *geäußerte Absichten* bezieht, nicht den mindesten Beweis dafür, daß sie überhaupt ausgegangen. Ihr Kleid war zerrissen, um sie gewickelt und verknotet; und auf diese Weise ließ sich der Körper wie ein Bündel tragen. Wenn der Mord an der Barrière du Roule begangen worden wäre, so hätte keinerlei Notwendigkeit für eine derartige Vorkehrung bestanden. Die Tatsache, daß der Leichnam in der Nähe der Barrière im Wasser gefunden ward, ist noch lange kein Beweis dafür, wo er in den Fluß geworfen wurde ... Aus einem der Unterröcke des unglücklichen Mädchens war ein Stück, zwei Fuß lang und ein Fuß breit, herausgerissen und unter dem Kinn um den Hinterkopf ihr gebunden, wahrscheinlich, um sie am Schreien zu hindern. Dies taten Kerle, welche kein Taschentuch besaßen.‹

Einen Tag oder zwei, bevor der Präfekt uns seinen Besuch gemacht, war der Polizei jedoch eine wichtige Information zugegangen, die zumindest den Hauptteil der Argumentation des ›Commerciel‹ über den Haufen zu werfen schien. Zwei kleine Jungen, Söhne einer Madame Deluc, gerieten, als sie in den Wäldern in der Nähe der Barrière du Roule umherstreiften, zufällig in ein Dickicht, worin drei oder vier große Steine lagen, die eine Art Sitz mit Rückenlehne und Fußbank bildeten. Auf dem oberen Stein lag ein weißer Unterrock; auf dem zweiten ein seidener Schal. Auch wurden hier noch ein Sonnenschirm, Handschuhe und ein Taschentuch gefunden. Das Taschentuch trug den Namen ›Marie Rogêt‹. Kleiderfetzen wurden an den Brombeerbüschen ringsum entdeckt. Der Erdboden war zertrampelt, das Gesträuch geknickt, und alles wies darauf, daß hier ein Kampf stattgefunden hatte. Zwischen dem Dickicht und dem Flusse waren die Einzäunungen umgestoßen, und der Boden zeigte Spuren, wie wenn eine schwere Last darauf entlanggeschleift worden wäre.

Eine Wochenzeitschrift, ›Le Soleil‹,* brachte die folgenden Kommentare zu dieser Entdeckung – Kommentare, die bloß die Meinung der gesamten Pariser Presse nachbeteten:

›Die Gegenstände haben offenbar sämtlich wenigstens drei oder vier Wochen dort gelegen; sie waren alle durch Regeneinwirkung stark verschimmelt und klebten vor Schimmel zusammen. Das Gras ringsum war gewachsen und hatte einige von ihnen überwuchert. Die Seide des Sonnenschirms war kräftiges Material, doch waren die Fäden innen schon ineinandergelaufen. Der obere Teil, wo sie zusammengefaltet und doppelt war, zeigte sich ganz verschimmelt und verrottet und zerriß beim Öffnen … Die Fetzen ihres Kleides, welche von dem Dornengestrüpp herausgerissen worden, waren etwa drei Zoll breit und sechs Zoll lang. Ein Stück davon war der Saum des Kleides, und er war ausgebessert; das andere stammte aus dem Rock selbst, nicht dem Saum. Sie sahen aus wie abgerissene Streifen und hingen am Dornengestrüpp, wohl einen Fuß über dem Boden … Es kann daher kein Zweifel daran bestehen, daß man den Ort dieser entsetzlichen Greueltat entdeckt hat.‹

Auf diese Entdeckung hin ergaben sich neue Spuren. Madame Deluc sagte aus, daß sie an der Landstraße nicht weit vom Flußufer, gegenüber der Barrière du Roule, ein Wirtshaus betreibe. Es sei eine gar einsame Gegend. Sonntags sei

---

* ›Saturday Evening Post‹ in Philadelphia, herausgegeben von C. J. Peterson

sie gewöhnlich das Ausflugsziel für allerlei Gesindel aus der Stadt, das in Booten über den Fluß setze. An dem fraglichen Sonntage nun, gegen drei Uhr nachmittags, sei ein junges Mädchen in Begleitung eines jungen Mannes von dunkler Gesichtsfarbe zum Wirtshaus gekommen. Die beiden seien eine Weile dageblieben. Als sie gegangen, hätten sie den Weg zu einigen dichten Wäldern in der Umgebung eingeschlagen. Madame Deluc sei auf das Kleid aufmerksam geworden, welches das Mädchen trug, sei es doch dem, wie es eine verstorbene Verwandte getragen, recht ähnlich gewesen. Besonders sei ihr ein Schal aufgefallen. Bald nachdem das Paar weggegangen, sei eine Bande von Raufbolden erschienen, habe herumgelärmt, gegessen und getrunken, ohne zu bezahlen, und sei dann demselben Weg gefolgt, wie ihn der junge Mann und das Mädchen genommen, sei in der Dämmerung ins Wirtshaus zurückgekehrt und dann, als ob sie es sehr eilig hätte, wieder über den Fluß gefahren.

Es sei bald nach Einbruch der Dunkelheit an diesem selben Abend gewesen, daß Madame Deluc wie auch ihr ältester Sohn in der Nähe des Gasthauses die Schreie einer Frauensperson vernommen. Die Schreie seien heftig, aber kurz gewesen. Madame D. erkannte nicht nur den Schal wieder, welcher in dem Dickicht gefunden worden, sondern auch das Kleid, das man an der Leiche entdeckt hatte. Ein Omnibus-Kutscher, Valence,* trat nun ebenfalls mit seinem Zeugnis hervor, daß er Marie Rogêt an dem fraglichen Sonntage in Begleitung eines jungen Mannes von dunkler Gesichtsfarbe habe mit einer Fähre über die Seine fahren sehen. Er, Valence, kenne Marie und habe sich in ihrer Identität ge-

* Adam

wiß nicht getäuscht. Die in dem Dickicht gefundenen Gegenstände wurden von Maries Verwandten sämtlich identifiziert.

Die Einzelheiten an Beweisen und Informationen, die ich solcherart auf Anregung Dupins aus den Zeitungen gesammelt, enthielten nur noch einen weiteren Punkt – doch war dies ein Punkt von anscheinend ungeheurer Tragweite. Alsbald nämlich nach der oben beschriebenen Entdeckung der Kleidungsstücke fand man in der Nähe der Stelle, welche allgemein nun als der Schauplatz der Gewalttat galt, den leblosen oder nahezu leblosen Körper von St. Eustache, Maries Verlobtem. Ein Fläschchen, leer, mit der Aufschrift ›Laudanum‹ lag neben ihm. Sein Atem zeugte von dem Gift. Er starb, ohne noch einmal gesprochen zu haben. An seinem Leibe fand man einen Brief, welcher kurz seine Liebe zu Marie und die Absicht des Selbstmordes darlegte.

»Ich brauche Ihnen wohl kaum zu sagen«, meinte Dupin, als er die Durchsicht meiner Notizen beendet hatte, »daß dieser Fall weit verworrener ist als jener von der Rue Morgue, von welchem er sich in einem wesentlichen Betrachte unterscheidet. Hier handelt es sich um ein zwar scheußliches, aber doch *gewöhnliches* Verbrechen. Daran ist nichts, was besonders *outré* wäre. Es wird Ihnen aufgefallen sein, daß man aus diesem Grunde das Geheimnis für leicht lösbar gehalten hatte, wo dies doch, eben aus diesem Grunde, gerade für schwierig hätte gelten sollen. So hatte man es zunächst auch nicht für nötig erachtet, eine Belohnung auszusetzen. Die Schergen von G . . sahen sich sogleich imstande zu begreifen, wie und warum eine solche Greueltat *begangen worden sein könnte.* Sie vermochten sich in ihrer Phantasie einen Hergang – viele Arten des Hergangs – und ein Motiv – viele Motive – auszumalen; und weil es nicht ausgeschlossen war, daß von diesen zahlreichen Möglichkeiten von Hergang und Motiv eine die tatsächliche gewesen sein *konnte*, haben sie es denn für erwiesen genommen, daß es eine davon gewesen sein *mußte*. Doch die Leichtigkeit, mit der man zu diesen verschiedenen Vorstellungen gelangt, und die gar große Wahrscheinlichkeit, die eine jede an sich hatte, wären wohl besser als Hinweis auf die Schwierigkeiten verstanden worden, welche bei der Aufklärung zu gewärtigen, denn als Anzeichen für eine leichte Lösbarkeit. Ich habe schon früher einmal bemerkt, wie die Vernunft sich, wenn überhaupt, bei ihrer Suche nach der Wahrheit ihren Weg anhand dessen ertastet, was aus der Ebene des Gewöhnlichen herausragt, und wie in Fällen wie diesem gar nicht so sehr gefragt werden sollte ›Was ist geschehen?‹ als vielmehr ›Was ist geschehen, das noch nie zuvor geschehen ist?‹ Bei den Untersuchungen im Hause der Madame L'Espanaye* waren G..s Beamte entmutigt und verwirrt von eben dem *Ungewöhnlichen*, welches aber gerade einem wohlgeregelten Verstande das sicherste Omen des Erfolgs bedeutet hätte; dieweil derselbe Verstand angesichts des gewöhnlichen Charakters all dessen, was sich im Falle des Parfümeriemädchens dem Auge bot, wohl hätte verzweifeln mögen, während die Beamten der Präfektur nichts denn leichten Sieg darin witterten.

Im Falle der Madame L'Espanaye und ihrer Tochter hatte von allem Anfang unserer Untersuchung an kein Zweifel daran bestanden, daß da ein Mord verübt worden war. Der Gedanke an Selbstmord war von vornherein ausgeschlossen. Auch hier sind wir gleich zu Beginn jeglicher Annahme von

---

* Siehe ›Die Morde in der Rue Morgue‹

Selbstmord enthoben. Die an der Barrière du Roule entdeckte Leiche wurde unter Umständen aufgefunden, die uns keinen Raum für etwaige Unklarheiten in diesem wichtigen
Punkte lassen. Nun ist aber die Vermutung laut geworden,
der aufgetauchte Leichnam sei nicht der von Marie Rogêt,
in deren Falle ja für die Überführung des Mörders – oder
der Mörder – die Belohnung ausgesetzt ist und einzig im Hinblick auf deren Fall wir mit dem Präfekten unser Überein-
kommen getroffen. Wir beide kennen diesen Herrn recht
wohl. Es ist nicht tunlich, ihm allzusehr zu trauen. Ob wir
nun bei unseren Nachforschungen von der gefundenen Leiche ausgehen, von daher also uns auf die Spur eines Mörders
begeben, um dann doch zu entdecken, daß diese Leiche die
einer anderen Person als Marie ist; oder ob wir von der lebenden Marie ausgehen, sie auch finden, doch eben nicht ermordet – in beiden Fällen vergeuden wir unsere Mühe; denn es ist
ja Monsieur G.., mit dem wir es zu tun haben. Daher ist es
denn schon unsretwegen, wenn nicht gar um der Gerechtigkeit willen unerläßlich, daß unser erster Schritt darin bestehen muß, die Identität der Leiche mit der vermißten Marie
Rogêt festzustellen.

Für die Öffentlichkeit haben die Argumente von ›L'Etoile‹
Gewicht gehabt; und daß dieses Blatt selbst von ihrer Bedeutung überzeugt ist, geht schon aus der Art und Weise hervor,
wie es einen seiner Artikel zum Gegenstande beginnt – ›Mehrere der heutigen Morgenblätter‹, heißt es dort, ›sprechen
von dem *beweiskräftigen* Artikel in unserer Montagsausga-
be‹. Mir scheint dieser Artikel höchstens recht kräftig den
Eifer seines Verfassers zu beweisen. Wir sollten doch nicht
vergessen, daß es im allgemeinen unseren Zeitungen viel
mehr darum geht, Aufsehen zu erregen – Eindruck zu ma-

chen, als darum, die Sache der Wahrheit zu fördern. Letzteres Ziel wird nur dann verfolgt, wenn es sich mit ersterem deckt. Das Blatt, welches lediglich in die allgemeine Meinung einstimmt (so wohlbegründet diese Meinung auch sein mag), erntet beim Pöbel keinen Glauben. Die große Masse betrachtet als tiefsinnig nur den, der *scharfe Widerrede* gegen die allgemeine Ansicht führt. In der Logik nicht minder denn in der Literatur ist es das *Epigramm*, welches sich der unmittelbarsten und allgemeinsten Wertschätzung erfreut. In beiden hat es das geringste Verdienst.

Ich will damit sagen, daß es bei der Ansicht, Marie Rogêt lebe noch, wohl eher die Mischung aus Epigramm und Melodram ist und nicht etwa wahrhafte Plausibilität, was ›L'Etoile‹ zu dieser Vorstellung bewogen und ihr eine günstige Aufnahme in der Öffentlichkeit gesichert hat. Untersuchen wir doch einmal die Hauptpunkte der Argumentation dieses Blattes, und bemühen wir uns dabei, die Zusammenhanglosigkeit zu vermeiden, mit welcher sie ursprünglich vorgetragen ward.

Das erste Anliegen des Schreibers ist, auf Grund der Kürze der Zeit, welche zwischen Maries Verschwinden und der Entdeckung des im Wasser treibenden Leichnams lag, zu beweisen, daß dieser Leichnam nicht der Maries sein könne. Die Verminderung dieser Zeitspanne auf das kleinstmögliche Maß wird mithin sogleich ein Zweck desjenigen, der so argumentiert. In der Hast, mit der er diesem Ziel zustrebt, verfällt er nun gleich zu Beginn in bloße Vermutung. ›Es wäre töricht anzunehmen‹, sagt er, ›daß der Mord, wenn überhaupt Mord an ihr begangen ward, hätte rasch genug vollbracht werden können, um es den Mördern zu ermöglichen, die Leiche noch vor Mitternacht in den Fluß zu werfen.‹ Da fragen wir denn sogleich und ganz selbstverständlich, *wieso?* Wieso wäre es töricht anzunehmen, der Mord sei *binnen fünf Minuten*, nachdem das Mädchen das Haus ihrer Mutter verlassen, begangen worden? Wieso wäre es töricht anzunehmen, der Mord sei zu einer beliebigen Zeit des Tages verübt worden? Es hat doch zu allen Stunden Ermordungen gegeben. Hätte aber der Mord irgendwann am Sonntag zwischen neun Uhr morgens und einer Viertelstunde vor Mitternacht stattgefunden, so wäre durchaus genügend Zeit gewesen, ›die Leiche noch vor Mitternacht in den Fluß zu werfen‹. Diese Annahme läuft also genau darauf hinaus – daß der Mord überhaupt nicht am Sonntag begangen worden sei – und wenn wir ›L'Etoile‹ dies zugestehen, mögen wir ihm gleich alle möglichen Freiheiten einräumen. Der Absatz, so ließe sich vorstellen, der mit den Worten ›Es wäre töricht anzunehmen, daß der Mord usw.‹ beginnt, mag er auch im ›L'Etoile‹ stehen, wie er steht, hat im Hirn seines Verfassers tatsächlich vielleicht *so* gelautet: ›Es wäre töricht anzunehmen, daß der Mord, wenn überhaupt Mord an ihr begangen ward, hätte rasch genug begangen werden können, um den Mördern zu ermöglichen, die Leiche noch vor Mitternacht in den Fluß zu werfen; es wäre töricht, wie gesagt, all dies anzunehmen und gleichzeitig auch anzunehmen (wozu wir entschlossen sind), daß die Leiche *nicht nach* Mitternacht hineingeworfen worden sei‹ – ein Satz, der an sich schon genugsam inkonsequent ist, aber doch nicht so ausgesprochen widersinnig wie der gedruckte.

Ginge es mir lediglich darum«, fuhr Dupin fort, »gegen diesen Passus in der Argumentation von ›L'Etoile‹ triftige *Gründe anzuführen*, so könnte ich es wohl dabei belassen. Doch nicht mit ›L'Etoile‹ haben wir es zu tun, sondern mit der Wahrheit. Der fragliche Satz hat so, wie er da steht, nur eine Bedeutung; und diese Bedeutung habe ich klar und deutlich festgestellt; doch ist es wesentlich, daß wir hinter den bloßen Worten nach dem Gedanken suchen, den diese Worte offensichtlich ausdrücken sollten, auch wenn dies nicht gelang. Was der Zeitungsschreiber hatte sagen wollen, war wohl dies: zu welcher Tages- oder Nachtzeit am Sonntag dieser Mord auch begangen wurde, es sei unwahrscheinlich, daß die Täter es gewagt hätten, die Leiche noch vor Mitternacht zum Fluß zu tragen. Und hierin liegt nun wirklich die Annahme, gegen die ich Beschwerde führe. Man geht einfach davon aus, daß der Mord an einem Orte und unter Umständen begangen worden sei, die es notwendig machten, die Leiche zum Fluß zu *tragen*. Nun könnte die Mordtat ja aber auch am Flußufer verübt worden sein oder gar auf dem Flusse selbst; und somit hätte man die Leiche jederzeit, sei es bei Tage oder bei Nacht, in den Fluß werfen können, es wäre die nächstliegende und unmittelbarste Art und Weise gewesen, sich ihrer zu entledigen. Sie können sich wohl denken, daß ich hier nichts als wahrscheinlich verstanden wissen will oder etwa als meine Meinung. Bis jetzt war mein Anliegen nicht auf die *Tatsachen* des Falles gerichtet. Ich möchte Sie nur vor dem ganzen Tenor warnen, in welchem die *These* des ›L'Etoile‹ gehalten, indem ich Ihre Aufmerksamkeit darauf lenke, wie *einseitig* sie schon im Ansatz ist.

Nachdem das Blatt auf diese Weise eine Grenze gezogen hat, die zu seinen eigenen vorgefaßten Ansichten paßt; nachdem es also einfach angenommen hat, der Leichnam Maries, so er dies wäre, könne nur sehr kurze Zeit im Wasser gelegen haben, führt es sodann weiter aus:

›Alle Erfahrung hat aber gezeigt, daß es bei Ertrunkenen

oder Leichen, welche unmittelbar nach gewaltsamem Tode ins Wasser geworfen wurden, sechs bis zehn Tage braucht, bis die Zersetzung weit genug fortgeschritten ist, um sie wieder an die Wasseroberfläche zu bringen. Selbst wo eine Kanone über einem Leichnam abgefeuert wird und dieser hochkommt, noch ehe er wenigstens fünf oder sechs Tage im Wasser gelegen, sinkt er wieder hinab, wenn man ihn sich selbst überläßt.‹

Diese Behauptungen sind stillschweigend von sämtlichen Blättern in Paris hingenommen worden, mit Ausnahme von ›Le Moniteur‹.* Dies letztere Blatt bemüht sich wenigstens, jenen Passus in dem Artikel anzufechten, in welchem von ›Ertrunkenen‹ die Rede ist, und zitiert dazu etwa fünf oder sechs Fälle, in denen man die Leichen von Personen, die, wie man wußte, ertrunken waren, schon nach Ablauf einer kürzeren Zeit, als ›L'Etoile‹ so hartnäckig behauptet, an der Oberfläche treibend gefunden hatte. Doch liegt etwas überaus Unphilosophisches in diesem Versuch des ›Moniteur‹, die allgemeine Behauptung von ›L'Etoile‹ durch Zitieren einiger besonderer Fälle widerlegen zu wollen, die gegen jene Behauptung sprechen. Selbst wenn es möglich gewesen wäre, fünfzig statt nur fünf Beispiele dafür anzuführen, wie Leichen bereits nach zwei oder drei Tagen wieder oben schwammen, so hätte man dennoch in diesen fünfzig Beispielen mit Fug und Recht nur die Ausnahmen zu der Regel von ›L'Etoile‹ sehen dürfen, solange die Regel selbst nicht widerlegt war. Läßt man aber die Regel gelten (und diese bestreitet ›Le Moniteur‹ ja nicht, wenn er nur ihre Ausnahmen hervorhebt), behält die Argumentation von ›L'Etoile‹ ihre volle

* der New Yorker ›Commercial Advertiser‹, herausgegeben von Oberst Stone

Kraft; denn diese Argumentation erhebt ja keinen Anspruch darauf, es als mehr denn eine Frage der *Wahrscheinlichkeit* zu begreifen, ob die Leiche in weniger als drei Tagen wieder an die Oberfläche gekommen sei; und diese Wahrscheinlichkeit wird so lange dem Standpunkt von ›L'Etoile‹ zuneigen, wie die so kindisch angeführten Gegenbeispiele nicht eine hinreichende Zahl ergeben, um eine Gegenregel aufstellen zu können.

Sie werden sogleich sehen, wie sich die ganze Auseinandersetzung um dieses Kapitel, wenn überhaupt gegen etwas, dann gegen die Regel selbst richten sollte; und zu diesem Behufe müssen wir die *logische Grundlage* der Regel untersuchen. Nun, im allgemeinen ist der menschliche Körper weder viel leichter noch viel schwerer als das Wasser der Seine; das heißt, das spezifische Gewicht des menschlichen Körpers, in seiner natürlichen Beschaffenheit, gleicht in etwa dem der Süßwassermenge, die er verdrängt. Die Körper von fetten und fleischigen Personen mit dünnen Knochen, und allgemein die von Frauen, sind leichter als die von mageren und grobknochigen und die von Männern; und das spezifische Gewicht des Wassers eines Flusses unterliegt in gewisser Weise dem Einfluß der Gezeiten vom Meere her. Doch wenn wir diese Gezeiten außer Betracht lassen, läßt sich sagen, daß auch in Süßwasser überhaupt nur *sehr* wenige menschliche Körper *von selbst* untergehen. Fast jeder, welcher in einen Fluß fällt, ist imstande, obenauf zu treiben, wenn er das spezifische Gewicht des Wassers einigermaßen zu seinem eigenen ins Verhältnis bringt – das heißt, wenn er seinen ganzen Körper bis auf einen geringstmöglichen Rest untertauchen läßt. Die richtige Lage für einen, der nicht schwimmen kann, ist die aufrechte Haltung des Fußgängers an Land, wobei der Kopf gänzlich zurückgeworfen und eingetaucht ist; einzig Mund und Nase sollten noch herausschauen. Unter solchen Umständen wird man finden, daß man ohne Schwierigkeit und ohne Anstrengung oben bleibt. Es ist jedoch offensichtlich, daß die Gewichte des Körpers und der von ihm verdrängten Wassermenge sich sehr genau die Waage halten und daß schon eine Kleinigkeit einem von beiden ein Übergewicht verschaffen kann. Ein Arm zum Beispiel, aus dem Wasser gestreckt und somit seiner Unterstützung beraubt, ist ein zusätzliches Gewicht, welches bereits genügt, den ganzen Kopf unter Wasser zu drücken, während der zufällige Beistand des kleinsten Stückchens Holz uns befähigt, den Kopf so weit zu heben, daß wir uns umsehen können. Nun ist es aber so, daß einer, der des Schwimmens ungewohnt, in seinem verzweifelten Ringen unweigerlich die Arme hochwirft, indes er versucht, den Kopf in seiner üblichen senkrechten Lage zu halten. Mit dem Ergebnis, daß Mund und Nase untertauchen und bei dem Bemühen, unter Wasser zu atmen, Wasser in die Lungen dringt. Ein gut Teil gelangt auch in den Magen, und der ganze Körper wird schwerer um die Gewichtsdifferenz zwischen der Luft, welche diese Hohlräume ursprünglich gefüllt, und der Flüssigkeit, die nun darinnen ist. Diese Differenz reicht in der Regel aus, den Körper untersinken zu lassen; doch reicht sie nicht aus im Falle von Personen mit dünnen Knochen und einer abnormen Menge von schlaffem Fleische oder Fett. Solche Menschen schwimmen selbst nach dem Ertrinken an der Oberfläche.

Nehmen wir nun an, der Leichnam sei auf den Grund des Flusses gesunken, so wird er dort bleiben, bis auf irgendeine Weise sein spezifisches Gewicht wieder geringer wird als das der von ihm verdrängten Wassermenge. Diese Wirkung tritt durch Zersetzung und dergleichen ein. Im Ergebnis des Zersetzungsprozesses entsteht Gas, welches das Zellgewebe und alle Hohlräume aufbläht und jenes *gedunsene* Aussehen erzeugt, das so schrecklich ist. Wenn diese Aufblähung so weit fortgeschritten ist, daß der Leichnam wesentlich an Volumen zugenommen hat, ohne aber an *Masse* oder Gewicht entsprechend zuzunehmen, so wird sein spezifisches Gewicht geringer als das des verdrängten Wassers, und er steigt alsbald wieder an die Oberfläche. Der Verwesungsprozeß wird aber von zahllosen Umständen modifiziert – wird beschleunigt oder gehemmt von zahllosen Wirkungsfaktoren: zum Beispiel von Hitze oder Kälte der Jahreszeit, von Mineralgehalt oder Reinheit des Wassers, von dessen Tiefe oder Seichtheit, Strömung oder Stagnation, von der körperlichen Beschaffenheit des Leichnams, dessen Gesundheit oder Krankheit vor dem Tode. So leuchtet es denn ein, daß wir auch nicht mit annähernder Genauigkeit den Zeitpunkt bestimmen können, zu welchem der Leichnam durch Zersetzung wieder emporsteigen wird. Unter gewissen Bedingungen kann dies Ergebnis binnen einer Stunde eintreten; unter anderen hinwieder findet es vielleicht überhaupt nicht statt. Es gibt chemische Extrakte, durch welche die leibliche Hülle *für immer* vor Verwesung bewahrt werden kann; einer davon ist das Bichlorid des Quecksilbers. Doch von der Zersetzung einmal ganz abgesehen, kann im Magen, und meistens geschieht dies auch, durch Gärung pflanzlicher Stoffe (oder in anderen Hohlräumen aus anderen Ursachen) sich Gas bilden, welches ausreicht, den Körper so aufzublähen, daß er an die Oberfläche kommt. Die Wirkung, welche durch Abfeuern einer Kanone erzielt wird, beruht auf simpler Erschütterung. Diese kann den Leichnam entweder aus dem weichen Schlamm oder Schlick lösen, darin er eingebettet ist, und ihm so das Aufsteigen ermöglichen, falls andere Wirkungsfaktoren ihn bereits entsprechend dazu vorbereitet haben; oder sie kann die Festigkeit einiger faulender Teile des Zellgewebes überwinden, wodurch die Hohlräume sich unter dem Einfluß des Gases weiter ausdehnen.

Nachdem wir nun die gesamte Weisheit dieses Gegenstandes vor uns ausgebreitet haben, können wir mit ihrer Hilfe leicht die Behauptungen in ›L'Etoile‹ überprüfen. ›Alle Erfahrung hat aber gezeigt‹, schreibt das Blatt, ›daß es bei Ertrunkenen oder Leichen, welche unmittelbar nach gewaltsamem Tode ins Wasser geworfen wurden, sechs bis zehn Tage braucht, bis die Zersetzung weit genug fortgeschritten ist, um sie wieder an die Wasseroberfläche zu bringen. Selbst wo eine Kanone über einem Leichnam abgefeuert wird und dieser hochkommt, noch ehe er wenigstens fünf oder sechs Tage im Wasser gelegen, sinkt er wieder hinab, wenn man ihn sich selbst überläßt.‹

Dieser ganze Abschnitt muß nun als ein Gespinst aus Inkonsequenz und Inkohärenz erscheinen. Die Erfahrung zeigt nämlich durchaus *nicht*, daß es bei ›Ertrunkenen‹ sechs bis zehn Tage *brauche*, bis die Zersetzung weit genug fortgeschritten, um sie wieder an die Wasseroberfläche zu bringen. Sowohl die Wissenschaft als auch die Erfahrung zeigen, daß der Zeitpunkt ihres Auftauchens unbestimmt ist und notwendigerweise sein muß. Wenn darüber hinaus ein Körper durch Abfeuern einer Kanone an die Oberfläche gekommen ist, so sinkt er eben *nicht* ›wieder hinab, wenn man ihn sich selbst überläßt‹, jedenfalls nicht eher, als die Zersetzung so weit fortgeschritten ist, daß sie dem entstandenen Gase zu entweichen erlaubt. Doch ich möchte Ihre Aufmerksamkeit auf die Unterscheidung lenken, welche hier zwischen ›Ertrunkenen‹ und ›Leichen, welche unmittelbar nach gewaltsamem Tode ins Wasser geworfen wurden‹, gemacht wird. Obschon der Schreiber den Unterschied gelten läßt, faßt er beide doch in ein und derselben Kategorie. Ich habe ja nun gezeigt, wie es kommt, daß der Körper eines Ertrinkenden spezifisch schwerer wird als sein Wasservolumen und daß er überhaupt nicht sinken würde, wenn er nicht verzweifelt um sich schlüge und dabei die Arme aus dem Wasser streckte oder unter Wasser nach Atem ränge – wodurch an Stelle der ursprünglichen Luft nun Wasser in die Lungen dringt. Doch dieses Umsichschlagen und Nach-Luft-Schnappen entfällt ja nun bei ›Leichen, welche unmittelbar nach gewaltsamem Tode ins Wasser geworfen wurden‹. Somit würde denn im letzteren Falle *der Körper in der Regel überhaupt nicht hinuntersinken* – eine Tatsache, welche ›L'Etoile‹ offensichtlich unbekannt ist. Erst wenn die Zersetzung schon sehr weit fortgeschritten wäre – wenn das Fleisch weitgehend von den Knochen sich gelöst hätte –, dann allerdings, doch *erst dann*, würde der Leichnam unserem Blick entschwinden.

Und was sollen wir nun von dem Argumente halten, daß die gefundene Leiche deswegen nicht die Marie Rogêts sein könne, weil erst drei Tage vergangen waren, da man diese Leiche an der Oberfläche treibend fand? Wäre sie ertrunken, so wäre sie, eine Frau, möglicherweise nie hinabgesunken; oder wäre sie gesunken, so wäre sie vielleicht nach vierundzwanzig Stunden oder gar noch eher wieder aufgetaucht. Doch keiner nimmt an, sie sei ertrunken; und wenn sie also starb, ehe sie in den Fluß geworfen wurde, so hätte man sie jederzeit danach an der Oberfläche treibend finden können.

›Aber‹, sagt ›L'Etoile‹, ›wenn die Leiche in ihrem derart zugerichteten Zustande bis Dienstagnacht am Ufer verwahrt worden wäre, so wäre doch am Ufer irgendeine Spur der Mörder zu finden.‹ Hier fällt es zunächst schwer, die Absicht des Beweisführenden zu erkennen. Er will etwas vorwegnehmen, das seiner Meinung nach ein Einwand gegen seine Theorie wäre – nämlich: daß der Körper zwei Tage an Land gelegen habe und dabei schnell verwest sei – *schneller* als unter Wasser. Der Schreiber nimmt also an, daß in diesem Falle die Leiche schon am Mittwoch an die Oberfläche gekommen sein *könnte*, und meint, daß dies *nur* unter solchen Umständen möglich gewesen wäre. Folglich hat er nichts Eiligeres zu tun, als zu beweisen, daß die Leiche *nicht* an Land gelegen habe; denn in dem Falle ›wäre doch am Ufer irgendeine Spur der Mörder zu finden‹. Ich nehme an, Sie lächeln ob dieses *sequitur*. Sie vermögen nicht einzusehen, wie die bloße Zeitdauer, welche die Leiche *länger* an Land gelegen, es hätte bewirken können, die Spuren der Mörder zu *mehren*. Ich auch nicht.

›Und überdies‹, so fährt unser Blatt nun fort, ›ist es höchst unwahrscheinlich, daß Schurken, welche solch einen Mord wie den hier vermuteten begangen, den Leichnam ins Wasser geworfen hätten, so ohne jegliches Gewicht, das ihn zum Sinken gebracht hätte, wo doch eine solche Vorsichtsmaßregel so leicht sich hätte treffen lassen.‹ Man achte hier doch nur einmal auf die lächerliche Verworrenheit der Gedanken! Niemand – nicht einmal ›L'Etoile‹ – zieht in Zweifel, daß *an dem gefundenen Körper* ein Mord begangen wurde. Zu auffällig sind die Spuren von Gewalt. Unserem Schreiber geht es einzig und allein um den Nachweis, daß diese Leiche nicht die Maries sei. Er möchte beweisen, daß *Marie* nicht ermor-

123

det wurde – nicht etwa, daß die Leiche es nicht sei. Doch seine Bemerkung beweist eben nur den letzteren Punkt. Hier ist eine Leiche, die nicht mit einem Gewicht beschwert ist. Mörder, welche sie hineingeworfen, hätten es nicht versäumt, ein Gewicht daran zu befestigen. Darum wurde sie nicht von Mördern ins Wasser geworfen. Dies ist alles, was bewiesen wird, wenn überhaupt etwas bewiesen wird. Die Frage der Identität wird nicht einmal gestreift, und ›L'Etoile‹ hat sich die ganze große Mühe gegeben, um lediglich das zu bestreiten, was sie nur einen Augenblick zuvor anerkannt hatte. ›Wir sind vollkommen davon überzeugt‹, schreibt das Blatt, ›daß der gefundene Körper der einer ermordeten weiblichen Person ist.‹

Und dies ist nicht das einzige Mal, selbst in diesem Teile des Themas nicht, wo unser Logiker unwissentlich wider sich selbst argumentiert. Wie schon gesagt, ist es sichtlich sein Anliegen, die Zeitspanne zwischen Maries Verschwinden und der Entdeckung der Leiche so weit wie möglich zu verringern. Dennoch ertappen wir ihn dabei, wie er höchst *nachdrücklich hervorhebt*, daß von dem Augenblicke an niemand das Mädchen mehr gesehen, da sie das Haus ihrer Mutter verlassen hatte. ›Wir besitzen keinerlei Beweis‹, heißt es, ›daß Marie Rogêt am Sonntag, dem zweiundzwanzigsten Juni, nach neun Uhr noch unter den Lebenden weilte.‹ Da sein Argument ganz offensichtlich *einseitig* ist, hätte er wenigstens diese Sache außer acht lassen sollen; denn wäre es bekannt, daß doch irgend jemand Marie, sagen wir am Montag oder Dienstag, gesehen hätte, so hätte sich die fragliche Zeitspanne erheblich reduziert und ergo, nach seiner eigenen Logik, auch die Wahrscheinlichkeit, daß die Leiche die der *grisette* sei. Dessenungeachtet ist es höchlich amüsant zu beobachten, wie ›L'Etoile‹ auf diesem Punkte beharrt, im guten Glauben, er befördere ihre allgemeine Argumentation.

Lesen Sie nun nochmals jenen Abschnitt dieser Beweisführung durch, der sich auf die Identifizierung des Leichnams durch Beauvais bezieht. Was das *Haar* auf dem Arm betrifft, so ist ›L'Etoile‹ sichtlich unredlich gewesen. Monsieur Beauvais, der ja kein Schwachkopf ist, hat unmöglich bei der Identifizierung der Leiche nur vorbringen können, daß *Haar auf ihrem Arm* sei. Kein Arm ist *ohne* Haar. Die *Allgemeinheit* der Ausdrucksweise von ›L'Etoile‹ hat die Äußerung des Zeugen einfach verfälscht. Er muß von irgendeiner *Besonderheit* dieses Haars gesprochen haben. Es muß eine Besonderheit der Farbe, der Menge, der Länge oder der Lage gewesen sein.

›Ihr Fuß‹, schreibt das Blatt, ›war klein – das sind wohl tausende Füße. Ihr Strumpfband ist nun ganz und gar kein Beweis – ebensowenig ihr Schuh – denn Schuhe und Strumpfbänder werden kartonweise verkauft. Dasselbe darf man wohl von den Blumen an ihrem Hute sagen. Eine Sache, welche Monsieur Beauvais so hartnäckig hervorhebt, ist die, daß die Schnalle an dem gefundenen Strumpfbande versetzt worden war, um es enger zu machen. Das besagt überhaupt nichts; denn die meisten Frauen finden es schicklicher, ein Paar Strumpfbänder mit nach Hause zu nehmen und sie dort den Gliedmaßen, die sie umschließen sollen, anzupassen, anstatt sie in dem Laden, wo sie diese kaufen, anzuprobieren.‹ Hier fällt es schwer zu glauben, daß der Beweisführende dies ernst meine. Hätte Monsieur Beauvais bei der Suche nach dem Körper Maries einen Leichnam entdeckt, dessen allgemeine Gestalt und Erscheinung dem vermißten Mädchen entsprach, so wäre er (von der Frage der Bekleidung einmal ganz abgesehen) durchaus berechtigt gewesen, sich die Meinung zu bilden, seine Suche habe Erfolg gehabt. Wenn er nun zusätzlich zu dem Punkte der allgemeinen Gestalt und Statur noch eine Eigentümlichkeit der Behaarung auf dem Arme vorgefunden, wie an der lebenden Marie er sie bemerkt hatte, so hätte dies seine Meinung füglich bestärkt; und die Zunahme an Gewißheit mochte sehr wohl im Verhältnis zu der Eigentümlichkeit oder Ungewöhnlichkeit des Haarmerkmals gestanden haben. Wenn nun die Füße Maries klein waren und die der Leiche auch, so wüchse die Wahrscheinlichkeit, daß die Leiche die Maries sei, nicht in einem bloß arithmetischen, sondern in einem höchlich geometrischen oder akkumulativen Verhältnis. Kommen zu all dem noch Schuhe hinzu, wie sie Marie bekanntermaßen am Tage ihres Verschwindens getragen, so vergrößern selbige, mögen diese Schuhe auch noch so kartonweise verkauft werden, die Wahrscheinlichkeit bis zu einem an Gewißheit grenzenden Maße. Was an und für sich kein Identitätsbeweis wäre, wird durch seine bestätigende Zusatz-Behauptung zu höchst sicherem Beweis. Werden dann noch am Hute Blumen präsentiert, welche denen ähnlich sind, wie sie die Vermißte getragen, so suchen wir nach nichts anderem mehr. Schon bei *einer* Blume nur suchten wir nach keinem weiteren Beweise – wie aber, wenn es nun zwei oder drei oder gar mehr sind? Jede weitere vervielfacht die Beweiskraft – *addiert* nicht nur Beweis zu Beweis, sondern *multipliziert* mit Hunderten oder Tausenden. Entdecken wir nun an der Toten noch Strumpfbänder, wie die Lebende sie benutzte, so wäre es fast töricht, noch fortzufahren. Diese Strumpfbänder aber fand man gar enger gemacht, indem ein Haken versetzt worden war, ganz genauso, wie Marie die ihren enger gemacht hatte, kurz bevor sie das Haus verlassen. Da wäre es nun schon Wahnsinn oder Heuchelei, wollte man noch zweifeln. Was ›L'Etoile‹ in bezug auf diese Verkürzung des Strumpfbandes sagt, nämlich daß dies gang und gäbe sei, zeigt nichts weiter, als wie hartnäckig das Blatt auf seinen Irrtum pocht. Die elastische Natur des Haftstrumpfbandes belegt an und für sich schon das *Unge-wöhnliche* der Verkürzung. Was so beschaffen ist, sich selber anzupassen, bedarf wohl notwendigerweise nur äußerst selten anderweitiger Anpassung. Es muß wohl im strengsten Wortsinne reiner Zufall gewesen sein, daß diese Strumpfbänder Maries das beschriebene Engermachen nötig hatten. Sie allein schon hätten ihre Identität hinreichend erwiesen. Nun verhält es sich aber nicht so, daß man nur die Strumpfbänder der Vermißten an dem Leichnam fand oder ihre Schuhe, oder ihren Hut, oder die Blumen an ihrem Hut, oder ihre Füße, oder ein besonderes Kennzeichen auf dem Arm, oder ihre allgemeine Gestalt und Erscheinung – sondern es verhält sich doch so, daß die Leiche all und jedes dieser Kennzeichen, sie *alle miteinander* aufwies. Könnte als sicher gelten, daß der Herausgeber von ›L'Etoile‹ unter solchen Umständen *wirklich* noch Zweifel hegte, so brauchte es in seinem Falle gewiß nicht noch einer Kommission *de lunatico inqui-rendo*. Ihn dünkte es wohl scharfsinnig, das Geschwätz der Advokaten nachzubeten, welche sich meistenteils damit begnügen, die recht-winkligen Verordnungen der Gerichte herunterzubeten. Ich möchte hier anmerken, daß sehr vieles von dem, was ein Gericht als Beweis ablehnt, dem Verstande als bester Beweis gilt. Denn das Gericht, das sich von den allgemeinen Grundsätzen der Beweisführung leiten läßt – den anerkannten und *verbrieften* Grundsätzen –, ist nicht geneigt, in besonderen Fällen davon abzuweichen. Und diese unerschütterliche Prinzipientreue, im Vereine mit rigoroser Mißachtung jeglicher widerstreitender Ausnahme, ist ja wohl eine sichere Methode, in langen Zeiträumen ein *Maximum* erreichbarer Wahrheit zu erreichen. Die Praxis, *en masse*, ist daher wohl weise; doch gilt es als nicht weniger gewiß, daß sie im einzelnen ungeheure Irrtümer hervorbringt.*

Was nun die gegen Beauvais gerichteten Verdächtigungen betrifft, so sind Sie wohl nur zu bereit, sie augenblicklich abzutun. Sie haben den wahren Charakter dieses verehrten Herrn natürlich schon erkannt. Er ist ein *Wichtigtuer*, mit viel Romantik und wenig Witz. Wer derart veranlagt ist, wird sich bei einer *wirklich* aufregenden Gelegenheit leicht so benehmen, daß er sich bei den Überschlauen oder Übelgesinnten selber in Verdacht bringt. Monsieur Beauvais hatte (wie aus Ihren Notizen hervorgeht) einige persönliche Unterredungen mit dem Herausgeber von ›L'Etoile‹ und verärgerte diesen, indem er die Ansicht zu äußern wagte, der Leichnam sei, ungeachtet der Theorie des Herausgebers, wirklich und wahrhaftig der Maries. ›Hartnäckig bleibt er bei seiner Behauptung‹, schreibt das Blatt, ›der Leichnam sei der Maries, doch kann er außer den von uns bereits kommentierten keinen weiteren Umstand nennen, um auch andere da-

---

* ›Eine Theorie, welche sich auf die Eigenschaften eines Gegenstandes gründet, verhindert, daß dieser nach seinen Zwecken erklärt wird; und wer Regeln mit Rücksicht auf ihre Ursachen bestimmt, hört auf, sie nach ihren Ergebnissen zu beurteilen. So zeigt die Jurisprudenz einer jeden Nation, daß das Gesetz, wird es zur Wissenschaft und zum System, aufhört, Gerechtigkeit zu sein. Die Irrtümer, zu welchen die blinde Anhänglichkeit an Klassifikations*prinzipien* das gemeine Recht verleitet hat, lassen sich daran ersehen, wie oft die Gesetzgebung einschreiten mußte, um das Billigkeitsrecht wiederherzustellen, welches ihrem Schema verlorengegangen.‹ Landor

von zu überzeugen.‹ Nun, ohne daß wir wieder auf die Tatsache zurückkommen wollen, daß ein stärkerer Beweis, ›um auch andere davon zu überzeugen‹, sich *überhaupt nicht* hätte anführen lassen, sei doch die Bemerkung erlaubt, daß man sich sehr wohl vorstellen kann, wie ein Mann in einem Falle dieser Art von etwas überzeugt wäre, ohne dabei imstande zu sein, auch nur einen einzigen Grund vorbringen zu können, der andere zu überzeugen vermöchte. Nichts ist wohl unbestimmter als Eindrücke von persönlicher Identität. Jedermann erkennt seinen Nachbarn wieder, doch dürften sich nur wenige Fälle finden, wo einer dann auch imstande wäre, einen *Grund* für dieses Wiedererkennen zu nennen. Der Herausgeber von ›L'Etoile‹ hatte kein Recht, Monsieur Beauvais' nicht von Vernunft geleitete Überzeugung übelzunehmen.

Die verdächtigen Umstände, welche ihn belasten, passen, so wird man finden, viel besser zu meiner Hypothese *romantischer Wichtigtuerei* denn zu den Andeutungen von Schuld, wie sie unser Zeitungslogiker anklingen läßt. Hat man sich einmal zu wohlwollenderer Interpretation bequemt, fällt es auch nicht schwer, die Rose im Schlüsselloch zu verstehen; das ›Marie‹ auf der Schiefertafel; die Behauptung, er habe ›die männlichen Verwandten beiseite gedrängt‹; seine ›Abneigung, den Verwandten die Besichtigung der Leiche zu gestatten‹; seine Warnung gegenüber Madame B.., nicht mit dem *gendarme* zu sprechen, bevor er (Beauvais) zurückkehre; und schließlich seine offensichtliche Entschlossenheit, ›niemand außer ihm solle mit den Vorgängen etwas zu tun haben‹. Es scheint mir außer Frage zu stehen, daß Beauvais ein Verehrer Maries war, daß sie mit ihm kokettierte, und daß er ehrgeizig darauf bedacht war, als ihr intimer Freund und Vertrauter zu gelten. Ich werde zu diesem Punkte nichts weiter sagen; und da das vorliegende Beweismaterial die Behauptung von ›L'Etoile‹ hinsichtlich der *Gleichgültigkeit* auf seiten der Mutter und der anderen Verwandten vollauf widerlegt – einer Gleichgültigkeit, die unvereinbar wäre mit ihrer mutmaßlichen Überzeugung, es sei der Leichnam der des Parfümeriemädchens –, werden wir nun im weiteren fortfahren, als sei die Frage der *Identität* zu unserer vollkommenen Zufriedenheit geklärt.«

»Und was«, fragte ich hier, »halten Sie von den Ansichten des ›Commerciel‹?«

»Daß sie ihrem Wesen nach weit mehr Beachtung verdienen als alles, was zu diesem Thema verbreitet worden ist. Die aus den Prämissen abgeleiteten Schlüsse sind einsichtig und scharfsinnig; allerdings gründen sich die Prämissen in wenigstens zwei Fällen auf mangelhafte Beobachtung. ›Le Commerciel‹ möchte zu verstehen geben, Marie sei nicht weit vom Hause ihrer Mutter von einer Bande gemeiner Kerle ergriffen worden. ›Es ist unmöglich‹, unterstreicht das Blatt, ›daß eine Person, die Tausenden so wohlbekannt war wie diese junge Frau, auch nur drei Häuserblocks weit gekommen sein sollte, ohne daß einer sie gesehen hätte.‹ Das ist die Vorstellung eines Mannes, der schon lange in Paris ansässig ist – der im öffentlichen Leben steht – und dessen Gänge in der Stadt sich meist auf den Umkreis öffentlicher Gebäude beschränken. Er ist sich bewußt, daß *er* kaum von seinem *Bureau* ein Dutzend Häuserblocks weit gehen kann, ohne daß er erkannt und gegrüßt wird. Und da er weiß, wie viele Leute er selber kennt und wie viele ihn kennen, vergleicht er diese seine Bekanntheit mit der des Parfümeriemädchens, findet keinen großen Unterschied zwischen ihnen beiden und gelangt alsbald zu dem Schlusse, daß sie auf ihren Gängen gleichermaßen Bekannte hätte treffen müssen wie er auf den seinen. Dies hätte aber nur dann der Fall sein können, wenn ihre Gänge von demselben unveränderlichen, methodischen Charakter gewesen wären und sich in derselben *species* begrenzter Gegend bewegt hätten wie die seinen. Seine Wege führen ihn hierhin und dahin in regelmäßigen Abständen innerhalb eines bestimmten Umkreises, wo es von Leuten wimmelt, welche seiner Person schon deshalb Beachtung schenken, weil sie ob ähnlich gearteter Tätigkeiten Interesse verbindet. Die Gänge Maries aber dürften im allgemeinen doch wohl unstet gewesen sein. In diesem besonderen Falle versteht es sich als höchst wahrscheinlich, daß sie einen Weg eingeschlagen hatte, der mehr als nur durchschnittlich von den ihr gewohnten Wegen abwich. Die Parallele, welche unseres Erachtens ›Le Commerciel‹ im Geiste vorgeschwebt haben muß, wäre nur haltbar unter der Voraussetzung, daß die beiden Personen die ganze Stadt durchquert hätten. In diesem Falle, gesetzt, ihrer beider Bekanntenkreis wäre gleich groß, bestünden auch gleiche Chancen, daß beide eine gleich große Zahl von Begegnungen hätten. Ich für mein Teil halte es nicht nur für möglich, sondern für mehr als wahrscheinlich, daß Marie zu jeder beliebigen Zeit jeden der vielen Wege zwischen ihrer eigenen Wohnung und der ihrer Tante hätte gehen können, ohne auch nur einen einzigen Menschen zu treffen, den sie kannte oder dem sie bekannt war. Wollen wir diese Frage im vollen und rechten Lichte besehen, so müssen wir uns ständig vor Augen halten, welch großes Mißverhältnis doch besteht zwischen den persönlichen Bekanntschaften selbst der größten Pariser Berühmtheit und der ganzen Bevölkerung von Paris selbst.

Doch wieviel Beweiskraft der Hypothese des ›Commerciel‹ trotz allem noch innewohnen mag, wird diese doch stark geschwächt, wenn wir *die Stunde* in Erwägung ziehen, zu der das Mädchen ausgegangen. ›Zu der Zeit, da sie weggegangen‹, sagt ›Le Commerciel‹, ›waren die Straßen voller Menschen.‹ Aber nicht doch. Es war neun Uhr morgens. Nun, es stimmt schon, um neun Uhr morgens herrscht in den Straßen der Stadt ein einziges Menschengewimmel, an jedem Tage der Woche *außer am Sonntag*. Sonntags um neun aber sind die meisten Leute wohl größtenteils zu Hause und *bereiten sich auf den Kirchgang vor*. Keinem aufmerksamen Beobachter kann entgangen sein, wie so merkwürdig verlassen die Stadt von etwa acht bis zehn Uhr morgens an jedem Sabbat aussieht. Zwischen zehn und elf wimmelt es dann wieder in den Straßen von Menschen, nicht aber zu so früher Stunde wie der genannten.

Es gibt noch einen weiteren Punkt, wo allem Anschein nach die *Beobachtung* seitens des ›Commerciel‹ zu wünschen übrigläßt. ›Aus einem der Unterröcke des unglücklichen Mädchens‹, heißt es da, ›war ein Stück, zwei Fuß lang und ein Fuß breit, herausgerissen und unter dem Kinn und um den Hinterkopf ihr gebunden, wahrscheinlich, um sie am Schreien zu hindern. Dies taten Kerle, welche kein Taschentuch besaßen.‹ Ob dieser Gedanke wohlbegründet ist oder nicht, werden wir später noch untersuchen; doch mit ›Kerlen, die kein Taschentuch besitzen‹, meint der Herausgeber nun offensichtlich die niedrigste Sorte Lumpengesindel. Und das sind nun freilich gerade die Leute, die man immer im Besitze von Taschentüchern finden wird, selbst wenn es ihnen an Hemden fehlen sollte. Gewiß haben Sie selber schon Gelegenheit gehabt festzustellen, wie absolut unentbehrlich dem abgefeimtesten Halunken in den letzten Jahren das Taschentuch geworden ist.«

»Und was«, fragte ich, »sollen wir von dem Artikel in ›Le Soleil‹ halten?«

»Daß es jammerschade ist, daß sein Verfasser nicht als Papagei geboren wurde – in welchem Falle er das berühmteste Exemplar seiner Art gewesen wäre. Hat er doch lediglich die Einzelheiten der bereits veröffentlichten Meinung wiederholt; hat sie mit durchaus löblichem Fleiße aus dieser und jener Zeitung zusammengeschrieben. ›Die Gegenstände‹, sagt er, ›haben *offenbar* sämtlich wenigstens drei oder vier Wochen dort gelegen, und es kann *kein Zweifel* daran bestehen, daß man den Ort dieser entsetzlichen Greueltat entdeckt hat.‹ Die Tatsachen, welche ›Le Soleil‹ hier noch einmal darstellt, sind nun freilich sehr weit davon entfernt, mir die Zweifel, die ich in dieser Sache hege, zu zerstreuen, und wir wollen sie uns ausführlicher später in Verbindung mit einem anderen Kapitel des Themas gründlicher vornehmen.

Im Augenblick müssen wir uns mit anderen Nachforschungen befassen. Ihnen ist gewiß nicht entgangen, mit welch außerordentlicher Nachlässigkeit die Untersuchung des Leichnams erfolgte. Gewiß, die Frage der Identität war rasch entschieden – oder hätte es jedenfalls sein sollen; doch da galt es noch andere Punkte zu klären. War die Leiche in irgendeiner Hinsicht *beraubt* worden? Hatte die Verstorbene irgendwelchen Schmuck an sich getragen, als sie das Haus verließ? Wenn ja, war dieser noch vorhanden, als man ihre Leiche fand? Das sind durchaus wichtige Fragen, die bei der Beweisaufnahme gänzlich außer acht geblieben sind; und da wären noch andere, nicht minder von Belang, welchen man keinerlei Beachtung geschenkt hat. Wir müssen versuchen, uns durch persönliche Überprüfung darüber Klarheit zu verschaffen. Auch der Fall von St. Eustache muß erneut untersucht werden. Ich habe diesen Mann zwar nicht in Verdacht; doch wollen wir ganz methodisch vorgehen. Wir werden also zweifelsfrei feststellen müssen, was die *eidesstattlichen Aussagen* wert sind, welche er bezüglich seines Aufenthalts am Sonntag gemacht. Solche eidesstattlichen Aussagen werden gern zu Täuschungszwecken genutzt. Sollte sich jedoch hierbei nichts Unrechtes herausstellen, können wir St. Eustache aus unseren Nachforschungen ausklammern. Sein Selbstmord ist, so sehr dieser auch den Verdacht erhärten würde, fände sich Betrug in den Aussagen, ohne solchen Betrug in keiner Weise ein unerklärlicher Umstand oder für uns gar Anlaß, von der Linie gewohnter Analyse abzuweichen.

Im folgenden nun, so schlage ich vor, lassen wir die zentralen Punkte dieser Tragödie einmal beiseite und konzentrieren unsere Aufmerksamkeit auf das, was am Rande liegt. Bei Untersuchungen wie dieser ist es nicht der geringste, wenngleich ein häufiger, Irrtum, die Nachforschungen auf das Unmittelbare zu beschränken und dabei die Begleit- oder Nebenumstände gänzlich außer acht zu lassen. Es ist die sträfliche Praxis der Gerichte, die Beweisaufnahme und Verhandlung auf die engen Grenzen des augenscheinlich Relevanten einzuengen. Doch die Erfahrung hat gezeigt, wie es auch wahre Philosophie stets erweisen wird, daß ein großer, vielleicht der überwiegende Teil der Wahrheit aus dem scheinbar Irrelevanten erwächst. Im Geiste, wenn nicht gar getreu dem Buchstaben dieses Prinzips hat sich die moderne Wissenschaft entschlossen, *mit dem Unvorhergesehenen zu rechnen*. Aber vielleicht verstehen Sie mich gar nicht. Die Geschichte der menschlichen Erkenntnis hat so unablässig bewiesen, wie wir den nebensächlichen, beiläufigen oder zufälligen Ereignissen die allermeisten und wertvollsten Entdeckungen verdanken, daß es schließlich im Hinblick auf künftige Vervollkommnung geradezu zur Notwendigkeit wurde, nicht nur weit-, sondern weitestgehend Erfindungen, welche sich von ungefähr und gänzlich außerhalb des gewöhnlichen Erwartungshorizonts ergeben, zu berücksichtigen. Es kann nicht länger mehr als wissenschaftlich gelten, die Sicht auf Zukünftiges auf das nur zu gründen, was war und ist. Der *Zufall* ist als Bestandteil des Unterbaus anerkannt. Wir machen ihn zum Gegenstand absoluter Berechnung. Wir unterwerfen das Unvorhergesehene und Ungeahnte den mathematischen *Formeln* der Scholastiker.

Ich wiederhole, es ist schlicht und einfach eine Tatsache, daß der *überwiegende* Teil aller Wahrheit vom Nebensächlichen gewonnen ward; und es entspricht also nur dem Geiste des in dieser Tatsache enthaltenen Prinzips, wenn ich im vorliegenden Falle den ausgetretenen und bislang unergiebigen Boden des eigentlichen Geschehnisses verlasse und die Untersuchung auf die Begleitumstände lenke, in die es eingebettet ist. Während nun Sie die eidesstattlichen Aussagen auf ihre Richtigkeit hin überprüfen, werde ich noch einmal die Zeitungen durchsehen, und zwar noch umfassender, als Sie es bereits getan haben. Bisher haben wir nur das Feld unserer Untersuchung erkundet; aber es sollte mich doch wahrhaftig wundern, wenn uns eine so umfängliche Bestandsaufnahme der Presse, wie ich sie vorschlage, nicht die geringsten Anhaltspunkte böte, welche der Untersuchung eine *Richtung* wiesen.«

Ich folgte Dupins Anregung und machte mich an eine gründliche Überprüfung der eidesstattlichen Aussagen. Und diese führte zu der festen Überzeugung, daß es damit seine Richtigkeit habe und die Unschuld von St. Eustache somit feststehe. Inzwischen war mein Freund, und zwar mit einer peinlichen und, wie mir dünken wollte, völlig verfehlten Genauigkeit damit beschäftigt, die diversen Zeitungsstöße durchzusehen. Nach Ablauf einer Woche legte er mir die folgenden Auszüge vor:

›Vor etwa dreieinhalb Jahren hatte das Verschwinden dieser selben Marie Rogêt aus der *parfumerie* des Monsieur Blanc im Palais Royal schon einmal einige Verwirrung, ähnlich der gegenwärtigen, gestiftet. Nach Ablauf einer Woche jedoch war Marie wieder hinter ihrem gewohnten *comptoir* erschienen, so gesund und frisch wie immer, bis auf eine leichte Blässe, wie sie an ihr sonst ungewohnt. Monsieur Le Blanc und ihre Mutter verbreiteten, sie sei lediglich bei einer Verwandten auf dem Lande zu Besuch gewesen; und die ganze Sache ward eiligst vertuscht. Wir nehmen an, daß es sich bei der derzeitigen Abwesenheit um eine Laune derselben Art handelt und daß nach Verlauf einer Woche oder vielleicht auch eines Monats sie wieder unter uns weilen wird.‹ – ›Abendblatt‹ – Montag, 23. Juni.*

›Eine Abendzeitung bezieht sich in ihrer gestrigen Ausgabe auf ein früheres geheimnisvolles Verschwinden von Mademoiselle Rogêt. Wie man weiß, hatte sich diese während der Woche ihrer Abwesenheit von Le Blancs *parfumerie* in der Gesellschaft eines jungen Marineoffiziers befunden, der als notorischer Verführer berüchtigt ist. Vermutlich führte, Fügung des Schicksals, ein Streit dazu, daß sie wieder heimkehrte. Wir kennen den Namen des besagten Lothario, der gegen-

---

* ›New York Express‹

wärtig in Paris stationiert ist, sehen aber aus naheliegenden Gründen davon ab, ihn öffentlich zu nennen.‹ – ›Le Mercurie‹ – Dienstagmorgen, 24. Juni.*

›Eine Gewalttat abscheulichster Art wurde vorgestern in der Nähe unserer Stadt verübt. Ein Herr, in Begleitung von Frau und Tochter, nahm in der Dämmerung die Dienste von sechs jungen Männern in Anspruch, welche müßig mit einem Boot in Ufernähe auf der Seine herumruderten, und ließ sich von ihnen über den Fluß setzen. Am anderen Ufer angekommen, stiegen die drei Passagiere aus, und da sie sich gerade so weit vom Ufer entfernt, daß sie das Boot nicht mehr sehen konnten, merkte die Tochter, daß sie ihren Sonnenschirm darin zurückgelassen hatte. Sie ging zurück, ihn zu holen, wurde von der Bande ergriffen, hinaus auf den Fluß gebracht, geknebelt, auf brutale Weise mißhandelt und schließlich unweit der Stelle, wo sie zuvor mit den Eltern das Boot bestiegen hatte, an Land gesetzt. Die Schurken sind für den Augenblick entkommen, doch die Polizei ist ihnen auf der Spur, und einige von ihnen werden bald gefaßt sein.‹ – ›Morgenblatt‹ – 25. Juni.**

›Wir haben ein paar Mitteilungen erhalten, welche darauf abzielen, die Schuld an dem kürzlich begangenen Verbrechen Mennais anzulasten;*** doch da dieser Herr durch eine gerichtliche Untersuchung vollkommen entlastet wurde und die Argumente unserer diversen Korrespondenten mehr von Eifer denn Gründlichkeit zeugen, halten wir es nicht

* ›New York Herald‹
** ›New York Courier and Inquirer‹
*** Mennais gehörte zu denen, die ursprünglich verdächtigt und verhaftet, später aber mangels Beweises freigelassen wurden.

für angeraten, sie zu veröffentlichen.‹ – ›Morgenblatt‹ – 28. Juni.*

›Uns sind, allem Anschein nach von verschiedenen Quellen, mehrere überzeugend verfaßte Zuschriften zugegangen, welche so weit gehen, es als gewiß hinzustellen, daß die unglückliche Marie Rogêt einer der zahlreichen Banden gemeinen Gesindels zum Opfer gefallen ist, welche sonntags die Umgebung der Stadt unsicher machen. Auch wir neigen ganz entschieden zu dieser Annahme. Wir werden uns bemühen, einigen dieser Argumente demnächst hier Raum zu geben.‹ – ›Abendblatt‹ – Dienstag, 31. Juni.**

›Am Montag sah ein im Zolldienst stehender Schiffer ein leeres Boot auf der Seine treiben. Auf dem Boden des Bootes lagen Segel. Der Schiffer bugsierte es zum Bootsamt. Am nächsten Morgen war es von dort verschwunden, ohne daß irgendeiner der Beamten davon gewußt hätte. Das Steuerruder befindet sich jetzt noch auf dem Bootsamt.‹ – ›Le Diligence‹ – Donnerstag, 26. Juni.***

Als ich diese verschiedenen Auszüge durchlas, erschienen sie mir nicht nur irrelevant, sondern ich vermochte mir auch nicht vorzustellen, in welcher Weise irgendeiner von ihnen mit der vorliegenden Angelegenheit in Zusammenhang gebracht werden könnte. So wartete ich denn auf Dupins Erklärung.

»Es ist im Augenblick nicht meine Absicht«, sagte er, »mich bei den ersten beiden dieser Auszüge *aufzuhalten*. Ich habe sie hauptsächlich deswegen abgeschrieben, um Ihnen die außerordentliche Nachlässigkeit der Polizei zu zeigen, die sich,

* ›New York Courier and Inquirer‹
** ›New York Evening Post‹
*** ›New York Standard‹

138

soweit ich vom Präfekten erfahren konnte, nicht einmal die Mühe gemacht hat, den hier erwähnten Marineoffizier zu verhören. Doch wäre es ausgesprochen töricht, wollte man behaupten, zwischen dem ersten und zweiten Verschwinden Maries könne kein *denkbarer* Zusammenhang bestehen. Nehmen wir einmal an, das erste Fortlaufen des Mädchens habe mit einem Streit der Liebenden und der Heimkehr der Verführten geendet. Wir sind nun vorbereitet, in einem zweiten *Davonlaufen* (falls wir *wissen*, daß es sich erneut um ein solches handelt) eher den Hinweis auf eine neuerliche Annäherung desselben Verführers zu sehen als auf ganz neue Anträge eines zweiten Mannes – wir sind also vorbereitet, darin eher eine Wiederaufnahme der alten *amour* zu erblicken als den Beginn einer neuen. Die Chancen stehen zehn zu eins, daß wohl eher der Mann, der schon einmal mit Marie auf und davon gegangen war, ihr dasselbe wieder antrug, als daß ihr, die sich auf eine Entführung schon einmal eingelassen, selbige von einem anderen vorgeschlagen würde. Und hier möchte ich Ihre Aufmerksamkeit auf die Tatsache lenken, daß die Zeit, welche zwischen der ersten gesicherten und der zweiten vermuteten Entführung verstrichen ist, nur ein paar wenige Monate mehr beträgt, als im allgemeinen die Fahrten unserer Kriegsschiffe dauern. War der Liebhaber etwa bei seinem ersten Schurkenstreich durch die Notwendigkeit gestört worden, auf Fahrt zu gehen, und hat er dann nach seiner Rückkehr gleich die erste Gelegenheit ergriffen, die gemeinen Absichten zu erneuern, welche noch nicht gänzlich in die Tat umgesetzt worden waren – oder wenigstens noch nicht gänzlich *von ihm?* Von all diesen Dingen wissen wir nichts.

Sie werden nun jedoch einwenden, daß im zweiten Falle

ja *keine* Entführung, wie vermutet, vorliege. Gewiß nicht – doch sind wir auch geneigt zu behaupten, es habe auch nicht die, vereitelte, Absicht dazu bestanden? Außer St. Eustache und vielleicht noch Beauvais finden wir keine anerkannten, keine offenen, keine ehrenwerten Freier Maries. Von keinem andern ist je die Rede. Wer ist dann aber der heimliche Liebhaber, von dem die Verwandten *(zumindest die meisten von ihnen)* so gar nichts wissen, mit dem sich Marie aber am Sonntagmorgen trifft und der so ganz ihr Vertrauen genießt, daß sie nicht im geringsten zögert, mitten im einsamen Gehölz der Barrière du Roule mit ihm zu verweilen, bis die Abendschatten sich herniedersenken? Wer ist dieser heimliche Liebhaber, frage ich, von dem zumindest die *meisten* Verwandten nichts wissen? Und was bedeutet die merkwürdige Prophezeiung, die Madame Rogêt am Morgen von Maries Weggang geäußert? – ›Ich fürchte, ich werde Marie nie wiedersehen.‹

Doch wenn wir uns auch nicht vorstellen können, daß Madame Rogêt in den Fluchtplan eingeweiht gewesen, dürfen wir nicht wenigstens annehmen, daß das Mädchen diese Absicht hegte? Als sie von zu Hause wegging, ließ sie wissen, daß sie ihre Tante in der Rue des Drômes besuchen wolle, und St. Eustache ward gebeten, sie nach Einbruch der Dunkelheit dort abzuholen. Nun spricht freilich diese Tatsache auf den ersten Blick stark gegen meine Hypothese – aber überlegen wir doch einmal. Daß sie sich *tatsächlich* mit irgendeinem Begleiter traf, mit ihm über den Fluß setzte und erst zu so später Stunde, nämlich um drei Uhr nachmittags, die Barrière du Roule erreichte, ist bekannt. Aber indem sie sich solcherart darauf einließ, diesen Menschen zu begleiten *(mit welcher Absicht auch immer – und ob nun ihre Mutter davon wußte oder nicht)*, muß sie doch daran gedacht haben, welche Absicht sie beim Weggehen geäußert hatte und wie Erstaunen und Argwohn sich im Herzen ihres Verlobten, St. Eustache, regen würden, wenn er sie zur vereinbarten Zeit in der Rue des Drômes abholen käme und erführe, daß sie gar nicht dort gewesen, und wenn er überdies dann mit seiner beunruhigenden Kunde in die Pension zurückkehrte und feststellen müßte, daß sie noch immer ausbliebe. An all dies muß sie wohl gedacht haben, meine ich. Sie muß den Verdruß St. Eustaches, den Argwohn aller vorausgesehen haben. Sie konnte doch wohl kaum im Sinne gehabt haben, bei ihrer Heimkehr diesem Argwohn zu begegnen; dieser Argwohn wird nun aber für sie zu einem Punkt von so gar keinem Belange, sobald wir voraussetzen, daß sie *gar nicht* die Absicht hatte zurückzukehren.

Wir dürfen uns vielleicht vorstellen, daß sie folgendermaßen gedacht hat – ›Ich soll mit einer gewissen Person zusammentreffen, um mit ihr auf und davon zu gehen, oder aus bestimmten anderen, nur mir bekannten Gründen. Es ist notwendig, daß nichts Störendes dazwischenkommen kann – wir müssen genügend Zeit zur Verfügung haben, um etwaiger Verfolgung zu entgehen – ich werde also angeben, daß ich meine Tante in der Rue des Drômes besuchen und den Tag bei ihr verbringen werde – St. Eustache werde ich sagen, mich nicht vor Dunkelheit abzuholen – auf diese Weise ist meine Abwesenheit von zu Hause für die längstmögliche Zeit erklärt, ohne Anlaß für Argwohn oder Besorgnis zu geben, und ich gewinne mehr Zeit als auf irgendeine andere Art. Wenn ich St. Eustache bitte, mich bei Dunkelheit abzuholen, wird er ganz gewiß nicht früher kommen; doch wenn ich es gänzlich unterlasse, ihn darum zu bitten, so verringert sich die Zeit, die zum Entkommen bleibt, da man dann erwarten wird, daß ich desto früher heimkomme, und durch mein Ausbleiben um so eher in Unruhe geraten wird. Also, wenn ich *überhaupt* vorhätte, zurückzukehren – wenn ich also nichts weiter im Sinn hätte, als mit dem fraglichen Menschen ein wenig herumzuspazieren –, wäre es nicht gerade sehr klug von mir, St. Eustache darum zu bitten, mich abzuholen; denn wenn er kommt, muß er ja mit *Sicherheit* merken, daß ich ein falsches Spiel mit ihm getrieben habe – eine Tatsache, über die ich ihn für alle Zeit in Unwissenheit halten könnte, wenn ich von zu Hause wegginge, ohne ihm meine Absicht mitzuteilen, wenn ich vor Einbruch der Dunkelheit wiederkäme und dann erklärte, ich sei bei meiner Tante in der Rue des Drômes gewesen. Doch da es aber meine Absicht ist, *nie* mehr zurückzukehren – oder zumindest für einige Wochen nicht – oder nicht, bis gewisse Heimlichkeiten geschehen –, ist Zeitgewinn der einzige Punkt, der mich kümmert.‹

Sie haben in Ihren Notizen bemerkt, daß die allgemeine Meinung in bezug auf diese traurige Angelegenheit dahin geht, und von allem Anfang an dahin ging, das Mädchen sei das Opfer einer Verbrecher*bande* geworden. Nun ist, unter gewissen Umständen, die Volksmeinung nicht geringzuschätzen. Wenn sie von selbst entsteht – wenn sie sich auf ganz spontane Weise bildet –, sollten wir sie in Analogie zu jener *Intuition* sehen, wie sie dem einzelnen Genie eigen ist. In neunundneunzig von hundert Fällen würde ich mich an ihre Entscheidung halten. Wichtig ist aber dabei, daß wir keinerlei augenfällige Spuren von *Beeinflussung* feststellen. Es muß sich ganz strikt um der Öffentlichkeit *eigene* Meinung handeln; und den Unterschied zu erkennen und zu behaupten ist oft überaus schwierig. Im vorliegenden Falle will es mir scheinen, daß diese ›öffentliche Meinung‹ bezüglich einer *Bande* doch herbeigeführt worden ist durch den parallelen Vorfall, wie er im dritten meiner Auszüge ausführlich beschrieben steht. Ganz Paris befindet sich in Aufregung, da der Leichnam Maries gefunden worden ist, eines jungen, schönen, stadtbekannten Mädchens. Entdeckt wird dieser Leichnam im Fluß, er treibt an der Oberfläche dahin und weist Spuren von Gewalt auf. Nun wird aber bekanntgegeben, wie genau, oder doch annähernd, um die gleiche Zeit, da der Mord an dem Mädchen vermutlich begangen wurde, eine im Ausmaß zwar geringere, der Art nach aber doch ähnliche Gewalttat wie jene, welcher die Tote zum Opfer gefallen, von einer Bande junger Strolche an einem zweiten jungen Mädchen verübt worden ist. Sollte es da verwundern, daß nun die eine bekannte Untat das allgemeine Urteil bezüglich der anderen, unaufgeklärten beeinflußt? Dieses Urteil wartete auf Orientierung, und die bekannte Freveltat schien eine solche bestens anzubieten! Auch Marie ward im Flusse gefunden; und an ebendemselben Flusse war ja diese bekannte Schandtat begangen worden. Die Verbindung beider Ereignisse lag so, zum Greifen, auf der Hand, daß es wahrhaft verwunderlich gewesen wäre, wenn das Volk es *versäumt* hätte, diesen Zusammenhang zu erkennen und aufzugreifen. Doch in Wirklichkeit nun ist dieses eine Verbrechen, von dem es bekannt, daß es auf diese Weise begangen wurde, wenn überhaupt etwas, so ein Beweis dafür, daß das andere, welches beinahe zur gleichen Zeit geschah, *nicht* auf diese Weise begangen wurde. Es wäre ja nun wirklich ein Wunder gewesen, hätte es, während eine Bande von Strolchen an einem bestimmten Orte eine gänzlich unerhörte Schandtat beging, noch eine andere ähnliche Bande gegeben, welche an ähnlichem Orte, in ein und derselben Stadt, unter denselben Umständen, mit denselben Mitteln und Methoden, zu genau derselben Zeit ein Verbrechen genau derselben Art beging! Doch was ist es denn, das zu glauben die so vom Zufall *beeinflußte* Volksmeinung von uns verlangt, wenn nicht diese gar wundersame Kette von Koinzidenzen?

Bevor wir weitergehen, wollen wir uns doch den angeblichen Tatort im Dickicht an der Barrière du Roule einmal näher betrachten. Dieses Dickicht, obzwar nahezu undurchdringlich, liegt in nächster Nähe einer Landstraße. Darinnen befinden sich drei oder vier große Steine, die eine Art Sitzgelegenheit mit Rückenlehne und Fußbank bilden. Auf dem oberen Stein nun entdeckte man einen weißen Unterrock, auf dem zweiten einen seidenen Schal. Auch wurden hier noch ein Sonnenschirm, Handschuhe und ein Taschentuch gefunden. Das Taschentuch trug den Namen ›Marie Rogêt‹. Kleiderfetzen wurden an den Zweigen ringsum entdeckt. Der Erdboden war zertrampelt, das Gesträuch geknickt, und alles wies darauf, daß hier ein heftiger Kampf stattgefunden hatte.

Ungeachtet des Beifalls, mit welchem die Entdeckung dieses Dickichts von der Presse aufgenommen ward, und der Einmütigkeit, mit welcher man annahm, es bezeichne den tatsächlichen Schauplatz des Verbrechens, muß doch zugestanden werden, daß es guten Grund zum Zweifel gab. Ob es der Tatort *war*, mag ich glauben oder auch nicht – daran zu zweifeln, gab es jedenfalls vortrefflichen Grund. Hätte sich der *wirkliche* Tatort, wie ›Le Commerciel‹ meinte, in der Nachbarschaft der Rue Pavée St. Andrée befunden, so wären die Täter, angenommen, sie hielten sich noch in Paris auf, natürlich in Schrecken geraten darob, wie die allgemeine Aufmerksamkeit so scharfsinnig auf die rechte Spur gelenkt war; und bei Gemütern einer gewissen Sorte hätte sich sogleich die Einsicht geregt, wie doch einige Anstrengung nun erforderlich sei, diese Aufmerksamkeit wieder abzulenken. Und da das Gehölz an der Barrière du Roule sowieso schon in Verdacht geraten war, so mochte ihnen ganz natürlich der Einfall gekommen sein, die Gegenstände dort hinzulegen, wo man sie dann auch gefunden hatte. Es gibt keinen gültigen Beweis, auch wenn ›Le Soleil‹ dies annimmt, daß die gefundenen Gegenstände länger als ein paar Tage in dem Dickicht gelegen hätten; wogegen viele Indizien dafür sprechen, daß sie dort, ohne Aufmerksamkeit zu erregen, nicht die ganzen zwanzig Tage hätten liegen können, welche zwischen jenem verhängnisvollen Sonntag und dem Nachmittag verstrichen waren, da die Jungen sie gefunden. ›Sie waren alle durch Regeneinwirkung stark *verschimmelt*‹, sagt ›Le Soleil‹ und macht sich damit die Ansichten seiner Vorgänger zu eigen, ›und klebten vor *Schimmel* zusammen. Das Gras ringsum war gewachsen und hatte einige von ihnen überwuchert. Die Seide des Sonnenschirms war kräftiges Material, doch waren die Fäden innen schon ineinandergelaufen. Der obere Teil, wo sie zusammengefaltet und doppelt war, zeigte sich ganz *verschimmelt* und verrottet und zerriß beim Öffnen.‹ Was nun das Gras betrifft, welches ›ringsum gewachsen war und einige von ihnen überwuchert hatte‹, so ist klar, daß diese Tatsache einzig aus den Worten und somit der Erinnerung zweier kleiner Jungen sich herleitete; denn diese Jungen hatten die Gegenstände ja aufgehoben und mit nach Hause genommen, noch ehe sie ein Dritter zu Gesicht bekommen hatte. Nun wächst aber Gras, besonders bei warmem und feuchtem Wetter (wie es zur Zeit des Mordes herrschte), immerhin zwei bis drei Zoll an einem einzigen Tag. Ein Sonnenschirm, der auf einem mit frischem Rasen bedeckten Boden liegt, kann von dem aufsprießenden Gras also schon innerhalb einer Woche völlig dem Blick verborgen sein. Und was diesen *Schimmel* anlangt, auf dem der Herausgeber von ›Le Soleil‹ so hartnäckig besteht, daß er das Wort nicht weniger denn dreimal in dem eben zitierten kurzen Absatz verwendet, weiß er denn wirklich nicht, wie es sich mit diesem *Schimmel* verhält? Muß man ihm erst sagen, daß es sich dabei um eine der vielen Sorten *fungus* handelt, deren gewöhnlichstes Merkmal darin besteht, daß sie innerhalb von vierundzwanzig Stunden entstehen und vergehen?

So sehen wir denn auf einen Blick, wie alles, was höchst triumphierend zur Stützung der Meinung vorgebracht wurde, die Gegenstände hätten ›wenigstens drei oder vier Wochen‹ in dem Dickicht gelegen, absurderweise überhaupt nichts dazu beiträgt, diesen Umstand zu beweisen. Andererseits ist es überaus schwer zu glauben, diese Gegenstände könnten in dem genannten Gehölz auch nur länger als eine einzige Woche gelegen haben – länger als von einem Sonntag zum andern. Wer die Umgebung von Paris kennt, weiß, wie äußerst schwierig es ist, *Abgeschiedenheit* zu finden, außer weit draußen vor den Vororten. Etwas Derartiges wie einen noch unerforschten oder auch nur selten aufgesuchten Winkel inmitten seiner Wälder oder Wäldchen ist auch nicht einen Augenblick vorstellbar. Lassen Sie doch einmal einen, der die Natur von Herzen liebt, von der Pflicht aber an den Staub und die Hitze dieser großen Metropole gekettet ist – lassen Sie einen solchen den Versuch wagen, selbst während der Wochentage, seinen Durst nach Einsamkeit inmitten der

Schönheit der Natur in unserer unmittelbaren Umgebung zu stillen. Auf Schritt und Tritt wird er den wachsenden Zauber vergällt finden, weil irgendein Strolch oder ein Trupp von Zechbrüdern mit Stimme und Person ihn hierin stört. Auch unterm dichtesten Blätterdach wird er die Einsamkeit vergeblich suchen. Hier sind ja gerade die Schlupfwinkel, wo sich der Pöbel am meisten tummelt – hier sind die Tempel am meisten entweiht. Krank am Herzen wird unser Wanderer wieder zurückflüchten in das verderbte Paris, wie zu einem weniger abscheulichen, weil weniger unpassenden Pfuhle der Verderbnis. Doch wenn die nähere Umgebung der Stadt schon während der Arbeitstage der Woche so überlaufen ist, um wieviel mehr erst am Sonntag! Gerade dann zieht es das Stadtgesindel, frei von den Zwängen der Arbeit oder der gewöhnlichen Gelegenheiten zum Verbrechen beraubt, in die Umgebung der Stadt, nicht etwa aus Liebe zum Ländlichen, das jeder Strolch im Grunde seines Herzens verabscheut, sondern um den Fesseln und Konventionalitäten der Gesellschaft zu entfliehen. Ihn gelüstet es weniger nach der frischen Luft und den grünen Bäumen denn nach der gänzlichen *Ungebundenheit* des Landes. Hier, im Wirtshaus an der Landstraße oder unter dem Blätterdach der Wälder, unbehelligt von anderen Blicken als denen seiner Zechkumpane, frönt er all den wahnsinnigen Ausschweifungen einer falschen Fröhlichkeit, wie Freiheit und Branntwein im Vereine sie zeugen. Ich sage nichts mehr, als was jedem unbefangenen Beobachter einleuchten muß, wenn ich wiederhole, der Umstand, daß die besagten Gegenstände in *irgendeinem* Dickicht in der unmittelbaren Umgebung von Paris länger als von einem Sonntag zum andern unentdeckt geblieben sein sollten, dürfte schon fast an ein Wunder grenzen.

Doch fehlt es auch nicht an anderen Gründen für den Verdacht, daß die Gegenstände in dem Dickicht zu dem Zwecke hingelegt wurden, die Aufmerksamkeit von dem wirklichen Schauplatz der Bluttat abzulenken. Richten Sie Ihr Augenmerk zunächst doch bitte einmal auf das *Datum* der Entdeckung dieser Gegenstände. Vergleichen Sie dies sodann mit dem Datum des fünften Auszugs, den ich aus den Zeitungen gemacht habe. Sie werden feststellen, daß die Entdeckung fast unmittelbar auf jene dringenden Zuschriften hin erfolgte, welche dem ›Abendblatte‹ zugegangen waren. Diese Zuschriften, wiewohl verschieden und offensichtlich aus verschiedenen Quellen, zielten sämtlich auf denselben Punkt – nämlich die Aufmerksamkeit auf eine *Bande* als die Täter und auf die Gegend der Barrière du Roule als den Tatort zu lenken. Nun geht es hier natürlich nicht um den Verdacht, daß infolge dieser Mitteilungen oder der von ihnen gelenkten öffentlichen Aufmerksamkeit die Jungen die Gegenstände erst gefunden hätten; sondern es mochte und mag sich sehr wohl der Argwohn aufdrängen, daß die Gegenstände einfach deswegen nicht *eher* von den Jungen gefunden wurden, weil sie sich eher noch gar nicht in dem Dickicht befanden; sind sie doch erst zu einem späteren Zeitpunkt, zum Datum dieser Zuschriften oder kurz zuvor, von den schuldbeladenen Verfassern der nämlichen Zuschriften dort hingelegt worden.

Dieses Dickicht war nun wahrlich einzig in seiner Art. Es war ungewöhnlich dicht. Innerhalb seiner natürlichen Einfriedung fanden sich drei außergewöhnliche Steine, *die einen Sitz mit Rückenlehne und Fußbank bildeten.* Und dieses Dickicht, so voller Naturkunstwerke, befand sich in unmittelbarer Nähe, *nur wenige Ruten entfernt,* von der Wohnung der Madame Deluc, deren Söhne das Gebüsch ringsum auf der Suche nach Sassafras-Rinde zu durchstreifen pflegten. Wäre es nun wohl sehr unbesonnen, wollte ich wetten – und zwar tausend zu eins wetten –, daß für diese Jungen niemals auch nur *ein Tag* verging, da nicht wenigstens einer der beiden sich in der schattenreichen Halle versteckte und auf deren natürlichem Throne Platz nahm? Wer eine solche Wette scheute, ist entweder nie selber ein Junge gewesen oder hat vergessen, wie Jungen sind. Ich wiederhole – es ist überaus schwer begreiflich, wie diese Gegenstände länger als einen Tag oder zwei unentdeckt in diesem Dickicht hätten liegen können; und es besteht mithin guter Grund zu dem Verdacht, trotz der entschiedenen Ignoranz von ›Le Soleil‹, daß sie erst zu einem verhältnismäßig späten Zeitpunkt dort hingelegt worden waren, wo man sie gefunden.

Es gibt aber noch andere und zwingendere Gründe für die Annahme, daß sie nachträglich hingelegt wurden, als ich sie bis jetzt vorgebracht habe. Und nun richten Sie Ihr Augenmerk doch bitte einmal auf das höchst künstliche Arrangement der Gegenstände. Auf dem *oberen* Steine lag ein weißer Unterrock, auf dem *zweiten* ein seidener Schal, ringsum verstreut waren ein Sonnenschirm, Handschuhe und ein Taschentuch mit dem Namenszug ›Marie Rogêt‹. Und dies ist nun gerade eine solche Anordnung, wie sie *natürlicher* weise ein nicht allzu scharfsinniger Mensch vornähme, wenn er die Gegenstände auf möglichst *natürliche* Weise zurechtlegen wollte. Es ist dies jedoch mitnichten ein *wirklich* natürliches Arrangement. Ich hätte vielmehr erwartet, die Gegenstände *sämtlich* auf dem Boden liegend und zertrampelt zu finden. Auf dem engen Raume dieser Laube wäre es doch wohl kaum möglich gewesen, daß bei dem ständigen Hin und Her vieler in einen Kampf verstrickter Personen Unterrock und Schal auf den Steinen liegengeblieben sein sollten. ›Alles wies darauf hin‹, heißt es, ›daß hier ein Kampf stattgefunden habe; und der Erdboden war zertrampelt, das Gesträuch geknickt‹ – doch Unterrock und Schal liegen da wie in ein Regal einsortiert. ›Die Fetzen ihres Kleides, welche von dem Dornengestrüpp herausgerissen worden, waren etwa drei Zoll breit und sechs Zoll lang. Ein Stück davon war der Saum des Kleides, und er war ausgebessert. Sie *sahen aus wie abgerissene Streifen.*‹ Hier hat sich ›Le Soleil‹ aus Versehen eines äußerst verdächtigen Ausdrucks bedient. Die so beschriebenen Stücke sehen nun tatsächlich ›wie abgerissene Streifen‹ aus; doch vorsätzlich abgerissen und mit der Hand. Es geschieht nur äußerst selten, daß aus einem Gewande wie dem hier vorliegenden ein Stück durch die Wirkung eines *Dorns* ›abgerissen‹ wird. Es liegt in der Natur solcher Gewebe, daß ein Dorn oder Nagel, bleibt er darin hängen, einen rechten Winkel hineinreißt – den Stoff also in zwei Längsrissen durchtrennt, die im rechten Winkel zueinander verlaufen und an einem Scheitelpunkte zusammentreffen, dort, wo der Dorn eingedrungen ist – doch ist es kaum vorstellbar, daß das Stück ›abgerissen‹ worden sein soll. Das habe ich noch nie erlebt und Sie wohl auch nicht. Um von solchem Gewebe ein Stück *ab*zureißen, bedarf es in nahezu jedem Falle zweier verschiedener Kräfte, die in verschiedenen Richtungen wirken. Wenn das Gewebe zwei Ränder besäße – wenn es sich zum Beispiel um ein Taschentuch handelte, und man wünschte davon einen Streifen abzureißen, dann und nur dann würde die eine Kraft dem Zweck genügen. Im vorliegenden Falle geht es aber um ein Kleid, und das hat nur einen Rand. Ein Stück aus seinem Innern herauszureißen, wo kein

Rand vorhanden ist, könnte von Dornen nur durch ein Wunder bewerkstelligt werden, und ein *einzelner* Dorn brächte es nun gar nicht fertig. Doch selbst bei einem Rande wären zwei Dornen nötig, von denen der eine in zwei verschiedenen Richtungen, der andere in nur einer wirken müßte. Und auch dies nur unter der Voraussetzung, daß der Rand nicht eingesäumt ist. Ist er indessen gesäumt, wäre das Ganze so gut wie ausgeschlossen. Somit sehen wir denn, welch zahlreiche und beträchtliche Hindernisse dem ›Abreißen‹ von Stoffstücken durch die einfache Wirkung von ›Dornen‹ im Wege stehen; gleichwohl sollen wir nun gar glauben, nicht nur ein Stück, sondern viele seien solcherart abgerissen worden. ›Und eines davon war‹ noch dazu ›*der Saum des Kleides*‹! Ein anderes Stück ›stammte *aus dem Rock selbst, nicht dem Saum*‹ – das heißt, es war durch die Wirkung der Dornen vollständig aus dem randlosen Innern des Kleides gerissen! Daß man so etwas nicht glaubt, das ist, so meine ich, nun wirklich keinem zu verübeln; dennoch ergeben diese Dinge zusammengenommen vielleicht einen weniger plausiblen Grund zum Verdacht als der eine staunenswerte Umstand, daß die Gegenstände überhaupt von irgendwelchen *Mördern*, die genügend Vorsicht bewiesen hatten, an die Entfernung des Leichnams zu denken, in diesem Dickicht zurückgelassen worden sein sollten. Wenn Sie nun aber annehmen, ich wolle *bestreiten*, daß dieses Dickicht den Tatort vorstelle, dann haben Sie mich allerdings mißverstanden. Es mag durchaus *hier* ein Unrecht geschehen sein oder, was wahrscheinlicher ist, ein Unglücksfall im Wirtshaus der Madame Deluc. Doch ist dies nun wahrhaftig ein Punkt von geringem Belang. Schließlich sind wir ja nicht damit befaßt, den Tatort zu ermitteln, sondern die Mörder ausfindig zu machen. Was ich hier ausgeführt habe, ist nun, wenn ich es auch mit so umständlicher Genauigkeit getan, mit der Absicht geschehen, Ihnen erstens einmal die Torheit der so unbedingten und vorschnellen Behauptungen von ›Le Soleil‹ darzutun, zweitens und hauptsächlich aber, Sie auf allernatürlichstem Wege zu weiterem Nachdenken hinsichtlich der höchst zweifelhaften Frage anzuregen, ob dieser Mord nun das Werk *einer Bande* gewesen sei oder nicht.

Wir wollen diese Frage wieder aufnehmen, indem wir lediglich auf die empörenden Einzelheiten verweisen, welche der Wundarzt bei der Leichenschau festgestellt. Gesagt zu werden braucht hier nur, daß die *Folgerungen*, wie er sie bezüglich der Anzahl der Schurken veröffentlicht hat, von allen namhaften Anatomen in Paris mit vollem Recht als unzutreffend und absolut grundlos bespöttelt worden sind. Nicht, daß das Ganze sich nicht so zugetragen haben *könnte*, wie er gefolgert, sondern daß keinerlei Grund für eine solche Folgerung gegeben war: – dafür aber um so mehr für eine andere?

Wenden wir uns nun den ›Spuren eines Kampfes‹ zu; und lassen Sie mich fragen, was denn diese Spuren angeblich beweisen sollen. Eine Bande. Aber beweisen sie nicht vielmehr im Gegenteil, daß es eine Bande nicht gewesen sein kann? Was für ein *Kampf* mochte da wohl stattgefunden haben – was für ein Kampf, der noch dazu so heftig und so lange tobte, daß er nach allen Richtungen hin seine ›Spuren‹ hinterließ – zwischen einem schwachen und wehrlosen Mädchen und jener imaginären *Bande* von gemeinen Strolchen? Nur wenige derbe Arme, die lautlos zugepackt, und alles wäre vorüber gewesen. Das Opfer hätte ihnen völlig widerstandslos zu Willen sein müssen. Hier sollten Sie daran denken, daß die Argumente, welche gegen das Dickicht als den möglichen Tatort eingewendet wurden, größtenteils nur dann zutreffen, wenn es als der Schauplatz einer Gewalttat gelten soll, die von *mehr als nur einer einzigen Person* begangen worden wäre. Wenn wir uns aber nur *einen* Täter vorstellen, dann – und nur dann – ließe sich begreifen, daß der Kampf von so heftiger und hartnäckiger Natur gewesen, daß er sichtbare ›Spuren‹ hinterließ.

Und noch einmal. Ich habe schon erwähnt, wie verdächtig doch die Tatsache ist, daß die besagten Gegenstände *überhaupt* in dem Dickicht, wo man sie fand, liegengelassen wurden. Es scheint schon fast unmöglich, daß diese Schuldbeweise rein zufällig am Fundort zurückgelassen worden sein sollten. Die Geistesgegenwart (so ist jedenfalls anzunehmen) war groß genug, den Leichnam wegzuschaffen; und doch läßt man einen klareren Beweis als die Leiche selbst (deren Züge wohl rasch durch Verwesung zerstört worden wären) so auffällig am Tatort zurück – ich meine das Taschentuch mit dem *Namen* der Verstorbenen. Wenn dies ein Versehen war, so war es doch nicht das einer *Bande*. Es läßt sich nur als das Versehen eines einzelnen denken. Wir wollen doch mal sehen. Ein einzelner Mensch hat den Mord begangen. Er ist allein mit dem Geist der Verschiedenen. Entsetzen packt ihn angesichts dessen, was da reglos vor ihm liegt. Seine Leidenschaft hat sich ausgetobt, und in seinem Herzen ist nun mehr als genug Raum für das natürliche Grauen ob solcher Tat. Er besitzt nichts von jener Zuversicht, wie sie die Gegenwart mehrerer Personen unweigerlich einflößt. Er ist *allein* mit der Toten. Er zittert und ist verstört. Doch steht er vor der Notwendigkeit, sich des Leichnams zu entledigen. Er schleppt ihn zum Flusse, läßt aber die anderen Schuldbeweise hinter sich zurück; denn es ist schwer, wenn nicht unmöglich, die ganze Last auf einmal fortzuschaffen, leicht ist es dagegen, zurückzukehren und das übrige zu holen. Doch auf seinem mühseligen Wege zum Wasser verdoppeln sich die Ängste in ihm. Die Laute des Lebens säumen seinen Pfad. Ein dutzendmal wohl hört er den Tritt eines Beobachters oder vermeint ihn zu hören. Selbst schon die Lichter von der Stadt her verwirren ihn. Doch mit der Zeit, und nach langen und häufigen Pausen tiefer Seelenpein, erreicht er das Ufer des Flusses und entledigt sich seiner grausigen Last – vielleicht mit der Hilfe eines Bootes. Doch *nun*, welche Schätze hätte die Welt zu bieten – mit welcher Rache könnte sie drohen –, die es vermöchten, den einsamen Mörder zur Rückkehr über jenen mühseligen und gefahrvollen Pfad zu bewegen, zur Rückkehr in jenes Dickicht mit seinen Erinnerungen, die das Blut in den Adern erstarren lassen? Er kehrt *nicht* zurück, komme, was da wolle. Er *könnte* gar nicht zurück, auch wenn er es wollte. Sein einziger Gedanke ist: nur schleunigst fort von hier. *Für immer* wendet er diesem entsetzlichen Dickicht den Rücken und flieht, als gelte es, dem künftigen Zorn zu entrinnen.

Wie verhält es sich aber nun mit einer Bande? Ihre Anzahl hätte ihnen Zuversicht eingegeben, falls es an Zuversicht im Busen des abgefeimten Schurken überhaupt je mangeln sollte; und einzig abgefeimte Schurken sind es, welche die vermutlichen *Banden* bilden. Ihre Anzahl schon hätte, wie gesagt, das kopflose und panische Entsetzen nicht aufkommen lassen, wie es nach meiner Vorstellung den einzelnen Täter lähmte. Könnten wir uns auch bei einem, zweien oder gar dreien ein Versehen denken, so hätte ein vierter dies Versehen korrigiert. Sie hätten nichts zurückgelassen; denn ihre

Anzahl hätte sie befähigt, *alles* auf einmal zu tragen. Eine *Rückkehr* wäre nicht nötig gewesen.

Bedenken Sie nun noch den Umstand, daß im ›Obergewande‹ der Leiche, da man sie gefunden, ›ein Streifen, etwa ein Fuß breit, vom unteren Saum bis zur Taille eingerissen, dreimal um den Leib geschlungen und mit einer Art Knoten im Rücken festgezogen war‹. Dies geschah zu dem offensichtlichen Zweck, einen *Haltegriff* zu schaffen, an welchem man die Leiche tragen konnte. Wäre es aber *mehreren* Männern auch nur im Traum eingefallen, sich eines solchen Hilfsmittels zu bedienen? Dreien oder vieren hätten die Gliedmaßen der Leiche nicht nur einen ausreichenden, sondern den besten Halt geboten. Die Vorrichtung ist das Werk eines einzelnen; und dies bringt uns zu der Tatsache, daß ›zwischen dem Dickicht und dem Flusse die Einzäunungen umgestoßen waren und der Boden deutlich Spuren zeigte, wie wenn eine schwere Last darauf entlanggeschleift worden sei‹. Doch hätten sich nun aber *mehrere* Männer der überflüssigen Mühe unterzogen, einen Zaun umzustoßen, nur um einen Leichnam hindurchzuzerren, den sie im Handumdrehen über jeden beliebigen Zaun hätten *hinüberheben* können? Hätten *mehrere* Männer eine Leiche überhaupt so entlanggeschleift, daß davon auffällige Schleif*spuren* zurückgeblieben wären?

Und hier müssen wir nun auf eine Bemerkung von ›Le Commerciel‹ zurückkommen, eine Bemerkung, auf die ich schon bis zu einem gewissen Grade eingegangen bin. ›Aus einem der Unterröcke des unglücklichen Mädchens‹, schreibt das Blatt, ›war ein Stück herausgerissen und unter dem Kinn um den Hinterkopf ihr gebunden, wahrscheinlich um sie am Schreien zu hindern. Dies taten Kerle, welche kein Taschentuch besaßen.‹

Ich habe zuvor bereits die Ansicht geäußert, daß ein echter Ganove niemals *ohne* Taschentuch ist. Aber nicht darauf möchte ich jetzt im besondern hinweisen. Daß diese Binde nicht in Ermangelung eines Taschentuches zu dem von ›Le Commerciel‹ vermuteten Zwecke Verwendung fand, erhellt schon daraus, daß im Gebüsch ein Taschentuch lag; und daß dies nicht mit der Absicht geschehen war, ›sie am Schreien zu hindern‹, geht daraus hervor, daß man ebendiese Binde dem vorgezogen, was diesem Zweck so viel besser entsprochen hätte. Doch ist in den Worten der Zeugenaussage die Rede davon, man habe den fraglichen Stoffstreifen ›nur lose um den Hals geschlungen und mit einem festen Knoten gesichert‹ gefunden. Diese Worte sind zwar reichlich vage, weichen aber doch wesentlich ab von dem, was ›Le Commerciel‹ schreibt. Der Streifen war achtzehn Zoll breit, und wenngleich aus Musselin, hätte er daher, der Länge nach gefaltet oder zusammengedreht, ein festes Band ergeben. Und so zusammengedreht wurde er ja auch gefunden. Daraus schließe ich nun folgendes: Nachdem der einzelne Mörder den Leichnam an der um seine Mitte *geknüpften* Schlinge eine Strecke weit getragen hatte (ob nun von dem Dickicht oder sonstwoher), fand er, daß bei dieser Trageweise die Last doch über seine Kräfte gehe. Er beschloß also, diese Last zu ziehen – und daß er dies *getan*, beweisen die Schleifspuren ja deutlich. Zu diesem Zwecke ward es notwendig, etwas Strickartiges an einer der Extremitäten zu befestigen. Am besten eignete sich dazu wohl der Hals, würde der Kopf doch dann ein Heruntergleiten verhindern. Und da besann sich der Mörder zweifellos auf die Schlinge, welche er um die Lenden der Leiche geknüpft hatte. Diese hätte er wohl auch verwendet, wäre sie nicht fest um den Leichnam geschlungen, wäre der

Knoten nicht hinderlich gewesen ebenso wie die Überlegung, daß der Streifen nicht von dem Kleide ›abgerissen‹ war. Also war es leichter, aus dem Unterrock einen neuen Streifen herauszureißen. Das tat er denn auch, befestigte ihn um den Hals und *schleifte* so sein Opfer zum Ufer des Flusses. Daß diese ›Bandage‹, die nur mit Mühe und Zeitverlust zu bewerkstelligen war, dazu ihren Zweck nur unvollkommen erfüllte – daß diese Bandage *überhaupt* Verwendung fand, beweist, daß die Notwendigkeit zu ihrem Gebrauch Umständen entsprang, die erst zu einem Zeitpunkt auftraten, da das Taschentuch nicht mehr verfügbar war – das heißt also, wie wir es angenommen haben, nach dem Verlassen des Dickichts (falls es das Dickicht war) und auf dem Wege zwischen dem Dickicht und dem Fluß.

Doch die Aussage von Madame Deluc (!), so werden Sie nun sagen, weist doch nachdrücklich darauf hin, daß sich genau oder doch annähernd zur Zeit des Mordes eine *Bande* in der Nähe des Dickichts herumgetrieben habe. Das gebe ich gerne zu. Ich frage mich, ob sich nicht ein *Dutzend* Banden, wie Madame Deluc sie beschrieben, genau oder doch *ungefähr* zum Zeitpunkt dieser Tragödie in der Umgehung der Barrière du Roule herumgetrieben hat. Aber die Bande, welche den strengen Tadel, dazu das freilich etwas säumige und sehr verdächtige Zeugnis von Madame Deluc herausgefordert hat, ist die *einzige* Bande, von welcher diese ehrenwerte und gewissenhafte alte Dame uns meldet, daß sie ihren Kuchen gegessen und ihren Branntwein getrunken habe, ohne sich der Mühe zu unterziehen, dafür zu zahlen. *Et hinc illae irae?*

Worin *besteht* denn aber nun die genaue Aussage von Madame Deluc? ›Eine Bande von Raufbolden sei erschienen, habe herumgelärmt, gegessen und getrunken, ohne zu bezahlen, und sei dann demselben Wege gefolgt, wie ihn der junge Mann und das Mädchen genommen, seien in der *Dämmerung* ins Wirtshaus zurückgekehrt und dann, als ob sie es sehr eilig hätten, wieder über den Fluß gefahren.‹

Nun, daß sie es ›sehr eilig‹ gehabt, ist den Augen der guten Madame Deluc möglicherweise als noch viel *eiliger* vorgekommen, da sie im Geiste noch immer des Jammerns kein Ende fand, welche Gewalt man ihrem Kuchen und Bier angetan – Kuchen und Bier, auf deren Bezahlung sie im stillen noch immer gehofft haben mochte. Warum hätte sie sonst wohl die *Eile* so betonen sollen, wo es doch schon *Dämmerung* war? Es ist gewiß nichts Verwunderliches daran, daß selbst eine Bande Strolche es *eilig* hat, nach Hause zu kommen, wenn in kleinen Booten ein breiter Fluß zu überqueren ist, wenn ein Unwetter droht und wenn es Nacht *werden will*.

Ich sage: *werden will*; denn es war *noch nicht* Nacht. Es herrschte erst *Dämmerung*, als die ungebührliche Eile dieser ›Raufbolde‹ die gestrengen Augen der Madame Deluc so kränkte. Wir erfahren aber, daß an ebendiesem Abend Madame Deluc wie auch ihr ältester Sohn ›in der Nähe des Gasthauses die Schreie einer Frauensperson vernommen‹. Und mit welchen Worten bezeichnet nun Madame Deluc die Zeit, zu welcher an jenem Abend diese Schreie zu hören waren? Es sei *bald nach Einbruch der Dunkelheit* gewesen, sagt sie. Doch ›bald *nach* Einbruch der Dunkelheit‹ heißt zumindest *Dunkelheit*; und ›in der Dämmerung‹ meint jedenfalls noch Tageslicht. Somit wäre also mehr als klar, daß die Bande die Barrière du Roule verlassen hatte, *noch ehe* diese Schreie Madame Deluc zu Ohren (?) gekommen. Und obwohl in all den vielen Berichten über die Zeugenaussagen die diesbezüglichen in Rede stehenden Ausdrücke deutlich und unverändert gebraucht werden, ganz so, wie ich sie in dieser Unterhaltung mit Ihnen gebraucht habe, so ist doch bislang noch keinem der Zeitungsblätter wie auch keinem der Polizeischergen diese ungeheuerliche Diskrepanz irgendwie aufgefallen.

Ich möchte den Argumenten gegen *eine Bande* nur noch eines hinzufügen; dieses *eine* aber hat, zumindest für meine Begriffe, ein gänzlich unwiderstehliches Gewicht. Unter den gegebenen Umständen, da eine beträchtliche Belohnung ausgesetzt ist und jeder Kronzeuge volle Straffreiheit genießen soll, ist es auch nicht einen Augenblick vorstellbar, daß nicht schon längst irgendein Mitglied *einer Bande*, seien es gemeine Strolche oder auch bloß eine Schar irgendwelcher Männer, seine Komplizen verraten hätte. Jeden einzelnen einer so gestellten Bande beherrscht nicht so sehr die Gier nach Belohnung oder das Verlangen, davonzukommen, als die *Angst vor Verrat*. So übt er denn fleißig und beizeiten Verrat, auf daß *er nicht verraten werde*. Daß das Geheimnis noch nicht gelüftet ist, beweist wohl am allerbesten, daß es tatsächlich ein Geheimnis ist. Die Greuel dieser dunklen Tat sind nur *einem* oder zwei lebenden Menschen bekannt und Gott.

Fassen wir nun die mageren, doch sicheren Früchte unserer langen Analyse zusammen. Wir sind zu der Ansicht gelangt, daß es sich entweder um einen verhängnisvollen Unglücksfall handelt, welcher sich unter dem Dache von Madame Deluc zugetragen, oder um einen Mord, welchen in jenem Dickicht an der Barrière du Roule ein Liebhaber oder wenigstens ein vertrauter und heimlicher Freund der Verstorbenen verübt. Jener Vertraute ist von dunkler Gesichtsfarbe. Diese Gesichtsfarbe, die ›Schlaufe‹ im Trageband und der ›Schifferknoten‹, mit dem das Hutband verknüpft war, deuten auf einen Seemann. Daß er mit der Verstorbenen Umgang hatte, einem lebenslustigen, doch nicht verdorbenen jungen Mädchen, zeigt, daß er mehr als ein gemeiner Matrose war. Dies bestätigen auch die recht gut und eindringlich abgefaßten Zuschriften an die Zeitungen. Der Umstand, daß Marie, wie ›Le Mercurie‹ meldet, schon einmal davongelaufen war, legt den Gedanken nahe, diesen Seemann mit dem ›Marineoffizier‹ gleichzusetzen, der bekanntlich die Unglückliche zuerst auf Abwege geführt hatte.

Und hierzu paßt nun vortrefflich die Überlegung, daß jener Mann mit der dunklen Gesichtsfarbe nach wie vor verschwunden ist. Lassen Sie mich die Bemerkung einstreuen, daß die Gesichtsfarbe dieses Mannes dunkel, ja schwarzbraun ist; es war keine gewöhnliche Bräune, welche den *einzigen* Punkt bildete, dessen sich sowohl Valence als auch Madame Deluc erinnerten. Doch warum ist dieser Mann verschwunden? Wurde auch er von der Bande getötet? Wenn ja, warum gibt es dann nur *Spuren* von dem ermordeten *Mädchen*? Den Schauplatz beider Verbrechen müßte man selbstverständlich als ein und denselben sich denken. Und wo ist sein Leichnam? Höchstwahrscheinlich hätten sich die Mörder doch beider Leichen auf die nämliche Weise entledigt. Doch darf man möglicherweise sagen, daß dieser Mann am Leben ist und ihn nur die Angst, des Mordes beschuldigt zu werden, davon abhält, sich zu melden. Diese Überlegung, so ist wohl anzunehmen, dürfte für ihn jetzt bestimmend sein – zu diesem späten Zeitpunkt –, da inzwischen Zeugen ausgesagt haben, daß er mit Marie gesehen wurde – zur Tatzeit wäre sie wohl kaum von Belang gewesen.

Ein Unschuldiger wäre dem ersten Antrieb gefolgt und hätte die Mordtat gemeldet und mitgeholfen, die Verbrecher zu identifizieren. Das hätte schon die *Klugheit* geboten. Man hatte ihn mit dem Mädchen gesehen. Auf einem offenen Fährschiff war er mit ihr über den Fluß gefahren. Die Mörder anzuzeigen wäre selbst einem Idioten als das sicherste und einzige Mittel erschienen, sich selbst vom Verdacht zu befreien. Wir können uns nicht vorstellen, daß er an der Greueltat jenes verhängnisvollen Sonntagabends sowohl selber unschuldig sein als auch nichts davon wissen sollte. Doch nur unter solchen Umständen ließe es sich denken, daß er, falls er überhaupt noch am Leben ist, unterlassen hätte, die Mörder anzuzeigen.

Und welche Mittel stehen uns nun zu Gebote, die Wahrheit zu ergründen? Wir werden feststellen, wie sich diese, indes wir voranschreiten, vervielfachen und an Klarheit gewinnen werden. Gehen wir doch dieser ersten Entführungsaffäre einmal so recht auf den Grund. Erforschen wir die ganze Geschichte ›des Offiziers‹, seine gegenwärtigen Umstände wie auch seinen Aufenthalt zur genauen Zeit des Mordes. Und vergleichen wir die verschiedenen Zuschriften, welche bei dem ›Abendblatte‹ eingegangen sind und worin die Schuld einer *Bande* zugeschoben wird, sorgfältig miteinander. Ist das getan, so wollen wir diese Zuschriften auf Stil und Handschrift hin wiederum mit jenen vergleichen, welche zu einem früheren Zeitpunkt an das Morgenblatt gesandt worden waren und so heftig auf der Schuld von Mennais beharrten. Und ist auch dies alles getan, sollten wir wiederum diese verschiedenen Schriftstücke mit der bekannten Handschrift des Offiziers vergleichen. Versuchen wir weiter, durch wiederholtes Befragen von Madame Deluc und ihren Söhnen wie auch des Omnibuskutschers Valence etwas mehr über die äußere Erscheinung und das Auftreten des ›Mannes von dunkler Gesichtsfarbe‹ zu erfahren. Geschickt gestellte Fragen dürften nicht verfehlen, von manchen der Betreffenden zu diesem besonderen Punkte (oder zu anderen) Informationen zu gewinnen – Informationen, von denen die Betreffenden selber vielleicht nicht einmal wissen, daß sie sie besitzen. Und gehen wir nun noch den Spuren des *Bootes* nach, welches am Montagmorgen, dem dreiundzwanzigsten Juni, von dem Schiffer aufgegriffen ward und dann einige Zeit vor der Entdeckung des Leichnams vom Bootsamte wieder verschwand, *ohne das Steuerruder* und ohne daß der diensthabende Beamte etwas gemerkt hätte. Lassen wir dabei die gebührende Vorsicht und Beharrlichkeit walten, werden wir dieses Boot unfehlbar ausfindig machen; denn nicht nur kann es von dem Schiffer, welcher es aufgefischt hat, identifiziert werden, sondern es ist ja noch das *Steuerruder* vorhanden. Und das Steuerruder eines *Segelbootes* hätte wohl keiner, der ein ruhiges Gewissen hat, so ohne Nachfrage verloren gegeben. Und hier lassen Sie mich innehalten, um eine Frage einzuschalten. Daß dieses Boot aufgegriffen worden war, wurde durch keinerlei *Anzeige* öffentlich bekanntgemacht. In aller Stille ward es zum Bootsamte gebracht, und in aller Stille verschwand es wieder von dort. Doch der Eigentümer oder Nutzer – wie *konnte* er schon so zeitig, nämlich am Dienstagmorgen, ohne daß eine Anzeige erschienen war, über den Verbleib des am Montag aufgegriffenen Bootes unterrichtet sein, wenn wir nicht davon ausgehen, daß er in irgendeiner Verbindung zur *Marine* stand – daß fortwährende persönliche Beziehung ihm von den kleinsten Vorkommnissen – den unbedeutendsten Lokal-Neuigkeiten Kenntnis gab?

Als ich davon gesprochen, wie der einzelne Mörder, allein, seine Last ans Ufer schleifte, habe ich bereits die Wahrscheinlichkeit angedeutet, daß er ein *Boot* benutzt habe. Nun sollten wir uns darüber klar sein, daß Marie Rogêt *tatsächlich* von einem Boot ins Wasser geworfen wurde. Das dürfte gewiß der Fall gewesen sein. Den Leichnam konnte man ja schlecht dem seichten Wasser am Ufer anvertrauen. Die eigentümlichen Male auf Rücken und Schultern des Opfers verraten die Spanten eines Bootes. Daß die Leiche, von keinem Gewichte beschwert, gefunden wurde, bestärkt diesen Gedanken ebenfalls. Wäre sie vom Ufer aus hineingeworfen worden, so hätte man ein Gewicht daran befestigt. Wir können uns das Fehlen eines solchen nur durch die Annahme erklären, daß der Mörder versäumt hatte, sich vorsorglich damit zu versehen, ehe er vom Ufer abstieß. Als er den Leichnam dann dem Wasser übergab, hat er fraglos sein Versäumnis bemerkt; doch da war dem nicht mehr abzuhelfen. Jedes Risiko wäre wohl nun einer Rückkehr an jenes verfluchte Ufer vorzuziehen gewesen. Nachdem sich der Mörder also seiner grausigen Last entledigt, hat er sich eilends stadtwärts gewandt. Dort, an irgendeiner dunklen Uferstelle, ist er dann an Land gesprungen. Doch das Boot – hat er das festgebunden? Wohl nicht, er wird in viel zu großer Eile gewesen sein, um an solche Dinge wie das Festmachen eines Bootes noch zu denken. Überdies mochte es ihm gar vorgekommen sein, wie wenn er mit dem Boote ein Beweisstück gegen sich selber an der Anlegestelle festmachte. Sein natürlicher Gedanke mußte sein, so weit wie möglich alles von sich zu werfen, was mit seinem Verbrechen in Beziehung stand. So ist er also nicht nur selber von der Landestelle geflüchtet, sondern dürfte auf keinen Fall zugelassen haben, daß das *Boot* dort verblieb. So hat er es denn gewiß treiben lassen, ihm wohl gar noch einen Stoß versetzt. Überlegen wir also weiter. – Am Morgen wird der Schurke von maßlosem Entsetzen gepackt, als er erfährt, daß das Boot aufgegriffen worden ist und an einem Orte festliegt, den er alltäglich aufzusuchen pflegt – an einem Orte, den aufzusuchen ihn vielleicht gar die Pflicht heißt. In der nächsten Nacht schafft er es fort, *ohne daß er gewagt hätte, nach dem Steuerruder zu fragen.* Wo aber ist nun dieses steuerlose Boot? Das herauszufinden soll eines unserer ersten Ziele sein. Mit dem ersten Schimmer, der uns davon vergönnt, wird der Morgen unseres Erfolgs anbrechen. Dieses Boot soll uns mit einer Schnelligkeit, die uns selber überraschen wird, zu dem führen, der es zur Mitternacht des verhängnisvollen Sonntags benutzte. Bestätigung wird sich an Bestätigung reihen, und man wird den Mörder aufspüren.«

(Aus Gründen, welche wir nicht näher darlegen wollen, die vielen Lesern aber einleuchten werden, haben wir uns die Freiheit genommen, aus dem uns übergebenen Manuskripte hier jenen Abschnitt wegzulassen, welcher die *Verfolgung* der von Dupin gewonnenen, dem Anschein nach winzigen Spur im einzelnen beschreibt. Wir halten es lediglich für angeraten, in Kürze festzustellen, daß man zu dem gewünschten Ergebnis kam, und daß der Präfekt, obschon mit Widerstreben, die Bedingungen seiner Übereinkunft mit dem Chevalier genauestens erfüllte. Mr. Poes Artikel schließt mit den folgenden Worten. – *Die Herausgeber**)

Es versteht sich von selbst, daß ich von Koinzidenzen spreche *und nichts anderem.* Was ich weiter oben zu diesem The-

---

* des Magazins, in dem der Artikel erstmalig abgedruckt war

ma gesagt habe, muß genügen. In meinem Herzen hat der Glaube an das Übernatürliche keine Heimstatt. Daß die Natur und ihr Gott zweierlei sind, wird kein denkender Mensch leugnen. Daß letzterer, der erstere geschaffen, diese ganz nach Willen beherrschen oder verändern kann, steht ebenso außer Zweifel. Ich sage ›nach Willen‹; denn um das Wollen geht es dabei und nicht, wie logischer Aberwitz unterstellt hat, um Macht. Es steht nicht in Rede, daß die Gottheit ihre Gesetze nicht ändern *könnte*, sondern daß wir Gott beleidigen, wenn wir uns eine mögliche Notwendigkeit für eine Änderung vorstellen. Ihrem Ursprunge nach sind diese Gesetze geschaffen, *alle* Zufälle und Möglichkeiten zu umfassen, welche in der Zukunft liegen *könnten*. Für Gott ist alles JETZT!

So wiederhole ich denn, daß ich von diesen Dingen nur als von Koinzidenzen spreche. Und ferner: Man wird aus dem, was ich berichtet, ersehen, daß zwischen dem Schicksal der unglücklichen Mary Cecilia Rogers, soweit dieses Schicksal bekannt ist, und dem Schicksal einer gewissen Marie Rogêt bis zu einem gewissen Punkte in ihrer Geschichte eine Parallelität besteht, ob deren wunderbarer Genauigkeit der Verstand, so er darüber nachdenkt, in Verlegenheit gerät. Wie gesagt, all dies wird man sehen. Aber nicht einen Augenblick lang nehme man an, es sei beim weiteren Fortgang der traurigen Geschichte von Marie, von dem erwähnten Zeitpunkt an, und beim Aufspüren des Geheimnisses, welches sie umhüllte, bis zu seinem *dénouement* insgeheim meine Absicht gewesen, etwa eine Ausweitung dieser Parallele anzudeuten oder gar zu unterstellen, daß die Maßnahmen, wie man sie in Paris zur Entdeckung des Mörders einer *grisette* ergriff, oder Maßnahmen, welche auf ähnlichen Schlußfolgerungen beruhen, auch zu einem ähnlichen Ergebnis führen müßten.

Denn was den letzteren Teil der Vermutung betrifft, sollte man bedenken, daß schon die geringfügigste Abweichung in den Tatsachen der beiden Fälle höchst erhebliche Fehlschlüsse zeitigen könnte, indem sie die beiden Geschehen in ihrem Verlaufe auf ganz verschiedene Bahnen lenkte; ganz wie in der Arithmetik ein Versehen, welches an und für sich unbedeutend sein mag, schließlich vermöge der Multiplikation allenthalben im Verlaufe des Rechenprozesses zu einem Ergebnis führt, welches sehr weit von der Wahrheit entfernt ist. Und was den ersteren Teil angeht, so dürfen wir nicht aus den Augen verlieren, daß gerade die Wahrscheinlichkeitsrechnung, auf die ich mich bezogen habe, jeglichen Gedanken an eine Ausweitung der Parallele verbietet: – sie mit um so größerer und entschiedenerer Bestimmtheit verbietet, als diese Parallele bereits über eine weite Strecke und genau gegeben ist. Dies ist einer jener anomalen Lehrsätze, die sich anscheinend auf alles andere denn mathematisches Denken berufen, und doch ist es einer, mit dem nur der Mathematiker etwas anzufangen weiß. Nichts ist zum Beispiel schwieriger, als den bloßen Durchschnittsleser davon zu überzeugen, daß die Tatsache, daß ein Spieler beim Würfeln zweimal nacheinander Sechsen gewürfelt hat, hinreichend Grund ist, mit höchstem Einsatz darauf zu wetten, daß beim dritten Male keine Sechsen gewürfelt werden. Eine dementsprechende Andeutung wird vom Verstand gewöhnlich sofort zurückgewiesen. Es will nicht einleuchten, daß die beiden Würfe, die doch abgeschlossen sind und nun vollkommen der Vergangenheit angehören, Einfluß auf den Wurf ausüben können, der erst in der Zukunft existiert. Die Chance, Sechsen zu würfeln, scheint genau noch so zu sein, wie sie zu jeder beliebigen Zeit war – das heißt, sie scheint nur dem Einfluß der verschiedenen anderen Würfel zu unterliegen, welche mit dem Würfel sonst noch möglich sind. Und dies ist eine Überlegung, die so über die Maßen einleuchtend erscheint, daß alle Versuche, sie zu bestreiten, häufiger mit einem spöttischen Lächeln aufgenommen werden denn mit respektvoller Aufmerksamkeit. Den hierin liegenden Irrtum darzulegen – einen groben, unheilschwangeren Irrtum – kann ich mir innerhalb der mir im Augenblick gezogenen Grenzen nicht anmaßen; und für den wissenschaftlich-philosophischen Leser bedarf es dessen auch nicht. Hier mag es genügen festzustellen, daß er einen aus einer unendlichen Reihe von Fehlern darstellt, wie sie auf dem Pfade der Vernunft erstehen ob deren Neigung, die Wahrheit *im Einzelnen* zu suchen.

Beim Erstabdruck von ›Marie Rogêt‹ wurden die nun beigefügten Fußnoten für unnötig erachtet; doch da seit der Tragödie, auf welcher die Erzählung basiert, mehrere Jahre vergangen sind, erscheint es wohl angeraten, sie darzulegen und darüber hinaus einige Worte zur Erläuterung des allgemeinen Plans zu sagen. Ein junges Mädchen, *Mary Cecilia Rogers*, wurde in der Nähe New Yorks ermordet; und obwohl ihr Tod gewaltiges, lang anhaltendes Aufsehen erregte, waren die ihn umgebenden Rätsel zu der Zeit, da die vorliegende Arbeit niedergeschrieben und veröffentlicht wurde (November 1842), noch ungelöst geblieben. Hierin ist der Autor, unter dem Vorwande, vom Schicksal einer Pariser *grisette* zu berichten, im kleinsten Detail getreulich den wesentlichen Tatsachen des wirklichen Mordfalles Mary Rogers gefolgt, wobei er Nebensächlichkeiten nur entsprechend daran angepaßt hat. So ist die gesamte, auf Fiktion gegründete Beweisführung auf die wirklichen, wahren Ereignisse anwendbar: und Ziel war es ja, die Wahrheit aufzuspüren.

›Das Geheimnis um Marie Rogêt‹ wurde fern vom Schauplatz der Greueltat verfaßt und ohne andere Mittel der Untersuchung, denn die Zeitungen sie boten. So entging dem Autor vieles, was er sich hätte zunutze machen können, wäre er an Ort und Stelle gewesen und hätte die Örtlichkeiten in Augenschein genommen. Es mag jedoch nicht unangebracht sein zu erwähnen, daß die Geständnisse von *zwei* Personen (deren eine die Madame Deluc der Erzählung ist), zu verschiedenen Zeiten, lange nach der Veröffentlichung abgelegt, nicht nur die allgemeine Schlußfolgerung vollauf bestätigten, sondern auch ganz und gar *sämtliche* hypothetischen Hauptumstände, welche zu dieser Folgerung geführt.

Der Mann in der Menge

Ce grand malheur, de ne pouvoir être seul.

La Bruyère

Von einem gewissen deutschen Buch hat man treffend gesagt: »*Es läßt sich nicht lesen.*« So gibt es auch manche Ge-
heimnisse, die sich nicht erzählen lassen. Menschen sterben
allnächtlich in ihren Betten, pressen die Hände gespensti-
scher Beichtiger und sehen ihnen flehentlich in die Augen –
sterben mit Verzweiflung im Herzen und unter Erstickungs-
krämpfen, gemartert von grausigen Geheimnissen, die *sich
nicht enthüllen lassen.* Manchmal, ach, lädt sich das Gewissen des Menschen eine Bürde auf, so schwer von Schrecken,
daß sie nur hinab ins Grab geworfen werden kann. Und so
bleibt der Kern allen Verbrechens im Dunkel.

Vor nicht langer Zeit, eines frühen Abends im Herbst, saß
ich an dem großen Bogenfenster des D...-Kaffeehauses in
London. Einige Monate lang hatte ich gekränkelt, war nun
aber auf dem Wege der Besserung und befand mich, mit wie-
derkehrenden Kräften, in einer jener glücklichen Stimmun-
gen, die das genaue Gegenteil von *ennui* sind – einer Stimmung aufs höchste gesteigerter Empfänglichkeit, da der
Dunstschleier vom inneren Auge weicht – der ἀχλὺς ὃς πρὶν
ἐπῆεν – und der Geist, elektrisiert, sich so hoch über seinen
Alltagszustand erhebt wie der wache und doch unbestech-
liche Verstand eines Leibniz über die wirre und fadenscheini-
ge Rhetorik eines Gorgias. Schon das pure Atmen war ein
Genuß; und selbst aus vielen Quellen, denen in der Regel

Leid entspringt, sog ich lautere Lust. Ich empfand eine gelassene, aber wißbegierige Anteilnahme an all und jedem. Eine Zigarre im Mund und eine Zeitung auf dem Schoß, hatte ich mich den größten Teil des Nachmittags damit vergnügt, bald die Zeitungsinserate zu studieren, bald die zusammengewürfelte Gesellschaft in der Gaststube zu beobachten, bald durch die rauchtrüben Scheiben auf die Straße zu spähen.

Diese ist eine der Hauptdurchgangsstraßen der Stadt und war den ganzen Tag lang voller Menschen gewesen. Als nun aber die Dunkelheit hereinbrach, nahm das Gedränge mit jedem Augenblick zu, und um die Zeit, da die Lampen hell aufleuchteten, wälzten sich zwei dichte, ununterbrochene Menschenströme an der Tür vorüber. Zu dieser Abendstunde war ich noch nie zuvor in einer ähnlichen Lage gewesen, und das wogende Meer menschlicher Köpfe erfüllte mich daher mit nie gekannten köstlichen Empfindungen. Ich wendete schließlich meine Aufmerksamkeit ganz von den Vorgängen in der Gaststube ab und überließ mich nur der Betrachtung des Schauplatzes draußen.

Anfangs hatten meine Wahrnehmungen etwas Abstraktes und Allgemeines. Ich sah die Passanten nur als Masse, ohne sie aus dem Ganzen herauslösen zu können. Bald aber fielen mir Einzelheiten auf, und ich gewahrte mit geschärftem Interesse die unzähligen Spielarten von Gestalt, Kleidung, Gebaren, Gang, Antlitz und Gesichtsausdruck.

Die weitaus größere Zahl der Vorüberströmenden machte einen zufriedenen, geschäftsmäßigen Eindruck und schien nur darauf bedacht, sich einen Weg durch das Gewühl zu bahnen. Ihre Stirnen waren in Falten gelegt und ihre Augen in ständiger rascher Bewegung; wenn andere Passanten sie anstießen, zeigten sie keinerlei Unwillen, sondern glätteten nur ihre Kleidung und eilten weiter. Andere, auch sie in großer Zahl vertreten, waren ruhelos in ihren Bewegungen, hatten gerötete Gesichter und redeten gestikulierend mit sich selbst, als fühlten sie sich gerade wegen der Dichte der sie rings umgebenden Menge völlig vereinsamt. Wenn sie in ihrem Lauf behindert wurden, so hörten diese Leute plötzlich auf zu murmeln, verstärkten aber ihr Gebärdenspiel und warteten mit einem abwesenden und übertriebenen Lächeln auf den Lippen, bis die sie behindernden Personen vorüber waren. Wurden sie angestoßen, so verbeugten sie sich ausgiebig vor den Schuldigen und schienen ganz bestürzt vor Verlegenheit. – Außer dem, was ich hier aufgezeichnet habe, war nichts besonders Auffälliges an diesen beiden großen Menschenkategorien. Ihre Kleidung war von der Art, die man treffend als dezent bezeichnet. Sie waren ohne Zweifel Adlige, Kaufleute, Anwälte, Krämer, Börsenspekulanten – die Eupatriden und die Gemeinplätze der Gesellschaft –, begüterte Müßiggänger und Leute, die eifrig beschäftigt waren mit ihren eigenen Angelegenheiten – Männer, die auf eigene Verantwortung ihr Geschäft betrieben. Sie alle fesselten meine Aufmerksamkeit nur wenig.

Die Gruppe der Angestellten war deutlich herauszukennen, und hierbei unterschied ich zwei bemerkenswerte Spielarten. Da gab es einmal die Bediensteten der Gaunerspelunken – junge Herren mit knapp sitzenden Röcken, blanken Stiefeln, gut geöltem Haar und hochmütig geschürzten Lippen. Einmal abgesehen von gewissen gefälligen Umgangsformen, die man in Ermangelung eines besseren Wortes *Dienstbeflissenheit* nennen könnte, erschien mir das Gebaren dieser Leute als ein genaues Abbild dessen, was vor etwa zwölf oder achtzehn Monaten der Inbegriff des *bon ton* gewesen war. Sie trugen die abgelegten Tugenden der Gentry zur Schau – und dies, glaube ich, begreift in sich die beste Definition der Klasse.

Unverkennbar war die Kategorie der höheren Angestellten solider Firmen, der ›standfesten Alten‹. Man erkannte sie an ihren schwarzen oder braunen Röcken und Hosen von bequemem Zuschnitt, an den weißen Krawatten und Westen, den breiten, derb wirkenden Schuhen und dicken Strümpfen oder Gamaschen. – Sie hatten alle ein wenig kahle Köpfe, von denen das rechte Ohr, seit langem gewohnt, die Feder zu halten, auf kuriose Weise steil abzustehen pflegte. Ich beobachtete, daß sie ihren Hut stets mit beiden Händen abnahmen oder aufsetzten und daß sie Taschenuhren mit gediegen altväterischen kurzen Goldketten trugen. Ihre Sache war das Trachten nach Respektabilität – wenn es tatsächlich ein so ehrenwertes Trachten geben sollte.

Ferner gab es da viele verwegen aussehende Individuen, die ich gar leicht dem flotten Geschlecht der Taschendiebe zuordnen konnte, von dem alle großen Städte heimgesucht werden. Ich beobachtete diese Sippschaft mit großer Neugier und konnte mir schwerlich vorstellen, daß sie je von echten Gentlemen sollten fälschlich für Gentlemen gehalten werden. Ihre voluminöse Manschette sowie eine Miene übertriebener Offenherzigkeit dürften sie sogleich verraten.

Die Spieler, von denen ich nicht wenige ausfindig machte, waren noch leichter zu erkennen. Sie trugen alle erdenklichen Gewandungen, vom Kleid des verwegenen Taschenspielerganoven mit gelber Weste, Modehalstuch, Goldketten und Filigranknöpfen bis zum Habit des spartanisch schmucklosen Geistlichen, das wie nichts anderes über jeden Verdacht erhaben ist. Dennoch zeichneten sich alle durch einen etwas aufgedunsenen, sehr dunklen Teint aus, durch trüb verschleierte Augen und bleiche, zusammengekniffene Lippen. Und noch zwei weitere Merkmale gab es, an denen ich sie jederzeit erkennen konnte: eine wachsam gedämpfte Stimme im Gespräch und ein ganz außergewöhnlich weites, nahezu rechtwinkliges Abspreizen des Daumens von den Fingern. – Sehr oft bemerkte ich in Gesellschaft dieser Hasardeure eine Sorte Menschen, die zwar etwas anders gekleidet, aber doch unverkennbar Vögel aus demselben Nest waren. Man könnte sie als Leute bezeichnen, die in den Tag hinein leben. Sie scheinen in zwei Bataillonen der Öffentlichkeit zu Leibe zu rücken – dem Bataillon der Dandys und dem der Soldaten. Die Hauptkennzeichen der ersten Gattung sind lange Locken und ein ewiges Lächeln; die der zweiten mit Schnüren besetzte Röcke und ewig gerunzelte Stirnen.

Die Stufenleiter der sogenannten vornehmen Stände hinabsteigend, fand ich dunkleren und unergründlicheren Stoff zum Nachsinnen. Ich sah jüdische Hausierer mit Falkenaugen, die aus Gesichtern blitzten, welche in jedem anderen Zug nur demütige Unterwürfigkeit an den Tag legten; verdrossene professionelle Straßenbettler, die voller Unmut die Bettler besseren Schlages musterten, die da nur von Verzweiflung und der Sehnsucht nach Barmherzigkeit in die Nacht hinausgetrieben worden waren; gebrechliche, geisterhafte Invaliden, auf die der Tod schon seine unerbittliche Hand gelegt hatte und die schwankend durch die Menge schlichen und einem jeden flehentlich ins Gesicht sahen, als suchten sie nach irgendeinem beiläufigen Trost, einer verlorenen Hoffnung; sittsame junge Mädchen, die von langer, lastender Fron in ihr freudloses Heim zurückkehrten und eher traurig als entrüstet vor den Blicken junger Rohlinge zurückwichen, deren Berührung selbst sie nicht einmal hindern konnten; Straßendirnen aller Art und jeden Alters – die unbestrittene Schönheit in der Blüte ihrer Jahre, die an die Statue bei Lukian gemahnte: die Außenseite aus parischem Marmor und das Innere mit Unflat gefüllt – die ekelerregende, unrettbar verlorene Aussätzige in ihren Lumpen – die faltige, flitterbehängte und grell geschminkte alte Vettel, die eine letzte Anstrengung machte, jung zu erscheinen – das unentwickelte Mädchen, reines Kind noch, und doch durch langen Umgang erfahren in den furchtbaren Künsten ihres Gewerbes und verzehrt von brennendem Ehrgeiz, den Älteren im Laster nicht nachzustehen; Trunkenbolde, nicht zu zählen noch zu beschreiben – manche in Lappen und Lumpen, torkelnd, lallend, mit blutunterlaufenen Gesichtern und glanzlosen Augen – manche in heilen, wenn auch besudelten Kleidern, mit etwas unsicherem wiegendem Gang, dicken lüsternen Lippen und wohlaussehenden rosigen Gesichtern – andere wieder, in Stoffe gekleidet, die früher einmal gediegen gewesen und die selbst jetzt mit Sorgfalt ausgebürstet waren – Männer, die mit unnatürlich festem und elastischem Schritt dahergingen, deren Gesichter aber erschreckend bleich, deren Augen schauderhaft stier und rot waren und die auf ihrem Weg durch die Menge mit zitternden Fingern nach jedem Gegenstand griffen, den sie erreichen konnten; außerdem Pastetenhändler, Dienstmänner, Kohlenträger, Straßenkehrer; Leierkastenmänner, Affenhälter und Bänkelsänger, von denen die einen kassierten, während die anderen sangen; zerlumpte Künstler und erschöpfte Arbeiter jedweder Art – und alle voll lärmenden, bunten, sprühenden Lebens, das schrillend die Ohren betäubte und die Augen schmerzte.

Sowie die Nacht nun tiefer hereinbrach, vertiefte sich gleichermaßen meine Anteilnahme an dem Geschauten; denn nicht nur veränderte sich das Gepräge der Menge von Grund auf (indem die freundlicheren Züge mit dem allmählichen Rückzug der gesitteteren Leute schwanden und die härteren Konturen um so kühner hervortraten, da die späte Stunde jede Art von Verrufenheit aus ihren Schlupfwinkeln lockte), sondern auch die Strahlen der Gaslaternen, schwächlich zuerst in ihrem Wettstreit mit dem schwindenden Tag, hatten nun endlich die Vorherrschaft gewonnen und warfen über jedwedes Ding einen flackernden grellen Schein. Alles war dunkel und doch in vollen Glanz getaucht – wie das Ebenholz, mit dem man den Stil des Tertullian verglichen hat.

Die phantastischen Effekte des Lichts machten, daß einzelne Gesichter mich in ihren Bann zogen; und wiewohl die Flüchtigkeit, mit der die lichtdurchflirrte Menge am Fenster vorüberstob, mich hinderte, mehr als nur einen kurzen Blick auf jedes Gesicht zu werfen, kam es mir doch so vor, als könnte ich in meiner derzeitigen eigentümlichen Gemütsverfassung selbst in jener kurzen Spanne eines Augenblicks oft die Geschichte langer Jahre lesen.

Die Stirn an der Glasscheibe, war ich denn ganz damit beschäftigt, die Menschenmasse zu erforschen, als mir plötzlich ein Gesicht vor die Augen kam (das eines hinfälligen alten Mannes von etwa fünfundsechzig oder siebzig Jahren) – ein Gesicht, das wegen der unvergleichlichen Eigenart seines Ausdrucks auf der Stelle meine ganze Aufmerksamkeit bannte und fesselte. Nie zuvor hatte ich irgend etwas gesehen, was auch nur im entferntesten diesem Gesichtsausdruck vergleichbar wäre. Wie ich mich gut erinnere, war mein erster Gedanke bei seinem Anblick, daß Retzsch, hätte er diesen Mann gesehen, ihn seinen eigenen bildlichen Verkörperungen des bösen Feindes bei weitem vorgezogen haben würde. Indem ich während der kurzen Spanne, da ich ihn unmittelbar vor Augen hatte, zu ergründen suchte, was sich in diesem Gesicht aussprach, drängten sich mir, verworren und paradox, die Vorstellungen von ungeheurer Geisteskraft auf, von Vorsicht, Geiz, Habsucht, von Kälte, Bosheit, Blutdurst, Triumph, von Lustbarkeit, von unermeßlichem Grauen, von tiefer – abgrundtiefer Verzweiflung. Ich war seltsam erregt, bestürzt, fasziniert. ›Welch verworrene Geschichte‹, sagte ich zu mir selbst, ›ist in dieser Brust niedergeschrieben!‹ Dann verspürte ich ein brennendes Verlangen, den Mann im Auge zu behalten – mehr von ihm zu wissen. Hastig zog ich den Mantel an, ergriff Hut und Stock, trat hinaus auf die Straße und schob mich in der Richtung, die ich ihn hatte einschlagen sehen, durch die Menge; denn er war bereits verschwunden. Mit einiger Mühe bekam ich ihn endlich wieder in den Blick, pirschte mich näher und folgte ihm auf dem Fuße, aber vorsichtig, um nicht seine Aufmerksamkeit zu erregen.

Ich hatte jetzt gute Gelegenheit, sein Äußeres zu studieren. Er war klein von Gestalt, sehr dünn und offensichtlich sehr schwach. Seine Kleidung war im ganzen schmuddelig und zerlumpt; wenn er aber dann und wann in den grellen Lichtschein einer Laterne trat, gewahrte ich, daß sein Hemd, wiewohl schmutzig, aus feinem Gewebe war; und wenn mich nicht alles täuschte, erspähte ich durch einen Riß in dem dicht geknöpften und offenbar alt erworbenen *roquelaure*, der ihn umhüllte, einen Diamanten sowie einen Dolch. Diese Entdeckungen erhöhten meine Wißbegier, und ich beschloß, dem Fremden zu folgen, wo immer er hingehen würde.

Es war nun vollends Nacht geworden, und dichter feuchter Nebel hing über der Stadt, der bald in einen heftigen Dauerregen überging. Dieser Wetterumschlag übte auf die Menge eine merkwürdige Wirkung aus; alle miteinander gerieten sogleich in neue Bewegung und waren im Nu überschattet von einem Wald von Regenschirmen. Das Gewoge, Gedränge, Gesumm verzehnfachte sich. Ich für mein Teil achtete des Regens kaum – ein seit langem in mir schwelendes Fieber machte die Feuchte zu einer freilich nicht ungefährlichen Wohltat. Ich band mir ein Taschentuch vor den Mund und setzte meine Wanderschaft fort. Eine halbe Stunde lang folgte der alte Mann unter Mühen der großen Durchgangsstraße; und hier blieb ich ihm dicht auf den Fersen, aus Furcht, ihn aus den Augen zu verlieren. Er wandte kein einziges Mal den Kopf, um zurückzuschauen, und so bemerkte er mich nicht. Nach geraumer Zeit bog er in eine Querstraße ein, die zwar auch gedrängt voller Menschen war, aber doch nicht ganz so überfüllt wie die Hauptstraße, die er hinter sich gelassen hatte. Eine Veränderung in seinem Benehmen wurde nun offenbar. Er ging langsamer, zielloser als zuvor – zögernder. Ein ums andere Mal überquerte er die Straße ohne ersichtlichen Grund; und das Gedränge war noch immer so dicht, daß ich bei jeder Schwenkung genötigt war, ihm auf dem Fuße zu folgen. Die Straße war eng und lang, und fast eine Stunde hielt er diesen Kurs, während die Menschenmenge sich allmählich lichtete und nun etwa derjenigen gleichkam, die man gewöhnlich um die Mittagstunde am Broadway, nahe dem Park, antrifft – so ungeheuer groß ist der Unterschied zwischen der Volksmenge in London und in der belebtesten Stadt Amerikas. Eine zweite Richtungsänderung führte uns auf einen hell erleuchteten Platz voll wimmelnden Lebens. Das frühere Gebaren des Fremden zeigte sich aufs neue. Das Kinn sank ihm auf die Brust, während unter der gerunzelten Stirn hervor die Augen, wild rollend, in alle Richtungen auf die ihn umzingelnde Menschenmenge blitzten. Beharrlich und unbeirrbar verfolgte er seinen Weg. Doch sah ich zu meinem Erstaunen, daß er, nachdem er den Platz umrundet hatte, kehrtmachte und denselben Weg zurückging. Noch größer war meine Verwunderung, als er ebendiesen Gang mehrmals wiederholte – wobei er mich einmal fast entdeckt hätte bei einer allzu plötzlichen Kehrtwendung.

Mit dieser Übung verbrachte er eine weitere Stunde, an deren Ende wir weitaus weniger von Passanten gestört wurden als anfangs. Der Regen fiel in Strömen; die Luft wurde kühl; und die Menschen zogen sich in ihre Häuser zurück. Mit einer ungeduldigen Gebärde bog der Wanderer in eine Seitenstraße ein, die vergleichsweise unbelebt war. Diese, sie mochte etwa eine Viertelmeile lang sein, eilte er mit einer Behendigkeit hinunter, die ich einem so bejahrten Mann nicht im Traume zugetraut hätte und die mich als den Verfolger in nicht geringe Verlegenheit setzte. In wenigen Minuten gelangten wir zu einem großen belebten Basar, mit dessen Örtlichkeit der Fremde wohlvertraut schien und wo sein ursprüngliches Benehmen sich wieder einstellte, während er sich ziellos inmitten des Schwarms von Käufern und Händlern einen Weg bahnte.

Während der etwa anderthalb Stunden, die wir an diesem Orte zubrachten, bedurfte es großer Vorsicht von meiner Seite, ihn im Blick zu behalten, ohne seine Aufmerksamkeit zu erregen. Glücklicherweise trug ich ein Paar Gummiüberschuhe und konnte mich völlig geräuschlos bewegen. Nicht ein einziges Mal merkte er, daß ich ihn beobachtete. Er betrat Laden um Laden, fragte nach keinem Preis, sprach kein Wort und starrte verstört und ausdruckslos auf alle Gegenstände. Ich war jetzt aufs höchste befremdet von seinem Benehmen und fest entschlossen, mich nicht eher von ihm zu trennen, als bis ich meine Neugier hinsichtlich seiner Person bis zu einem gewissen Grade befriedigt hätte.

Eine Glocke schlug dröhnend elf Uhr, und die Menge verließ eilig den Basar. Ein Händler, der seinen Laden dichtmachte, stieß gegen den Alten, und ich sah, wie diesen auf der Stelle ein heftiges Zittern überkam. Hastig lief er auf die Straße, sah sich einen Augenblick zaghaft um und eilte dann mit unglaublicher Behendigkeit durch viele gewundene und menschenleere Gassen, bis wir wiederum auf die große Durchgangsstraße gelangten, von der wir ausgegangen waren – die Straße des D...-Hotels. Sie bot indes nicht mehr den gleichen Anblick. Noch immer war sie vom Gaslicht hell erleuchtet; aber der Regen peitschte hernieder, und man sah nur noch wenige Menschen. Der Fremde erbleichte. Verdrossen ging er ein paar Schritte auf der zuvor so belebten breiten Straße, dann schlug er mit einem tiefen Seufzer die Richtung zum Flusse ein, tauchte durch ein Gewirr gewundener Gäßchen und gelangte schließlich zu einem der großen Theater. Die Vorstellung war gerade zu Ende, und das Publikum drängte aus den Türen ins Freie. Ich sah, wie der alte Mann schwer atmete, als ränge er nach Luft, während er sich mitten in die Menge stürzte; aber es schien mir, als habe sich der tiefe Leidenszug in seinem Gesicht ein klein wenig aufgelichtet. Wieder sank ihm der Kopf auf die Brust; er erweckte den gleichen Eindruck wie anfangs, da ich zum ersten Mal seiner ansichtig geworden war. Ich sah ihn nun die Richtung einschlagen, die der größere Teil des Publikums genommen hatte – doch blieb mir die Launenhaftigkeit seines Tuns im ganzen unbegreiflich.

Indem er seines Wegs zog, zerstreute sich die Gesellschaft mehr und mehr, und seine alte Verdrossenheit und Unrast kehrten wieder. Eine Weile hielt er sich dicht hinter einer Gruppe von zehn oder zwölf Zechbrüdern; aber einer nach dem andern schwenkte ab, bis schließlich in einer engen, düsteren, kaum begangenen Gasse nur noch drei davon übrig waren. Der Fremde blieb stehen und schien einen Augenblick in Gedanken verloren; dann schlug er mit allen Zeichen der Erregung hastig einen Weg ein, der uns in die Randgebiete der City brachte, in Regionen, die grundverschieden von denen waren, die wir bisher durchquert hatten. Es war das abstoßendste Viertel von ganz London, wo all und jedes den Stempel ärgster, jämmerlichster Armut und schlimmsten Verbrechens trug. Beim trüben Licht vereinzelter Laternen sah man wurmzerfressene hohe alte Holzhäuser dem Einsturz entgegenwanken. So kreuz und quer standen sie, daß kaum so etwas wie ein Durchgang zwischen ihnen zu erkennen war. Die Pflastersteine, vom geil wuchernden Gras aus ihrer Bettung verdrängt, lagen umher, wie der Zufall es wollte. Gräßlicher Unrat moderte in den aufgestauten Gossen. Die ganze Atmosphäre atmete grenzenlose Verlassenheit. Doch als wir weitergingen, erwachten unaufhaltsam die Laute menschlichen Lebens, und schließlich sah man den Abschaum des Londoner Pöbels scharenweise schwankend hin und her ziehen. Die Lebensgeister des alten Mannes flackerten auf, wie eine Lampe kurz vor dem Verlöschen. Aufs neue ging er elastischen Schritts seines Weges. Plötzlich bog er um eine Ecke: grelles Licht blendete unsere Augen, und wir standen vor einem der gewaltigen Vorstadttempel der Ausschweifung – einem der Paläste des Teufels Gin.

Schon graute der Morgen; doch noch immer drängten sich

viele unselige Trunkenbolde hinein und hinaus durch die prunkende Pforte. Fast mit einem Freudenschrei bahnte sich der alte Mann einen Weg ins Innere, nahm sogleich sein ursprüngliches Gebaren wieder an und pirschte ohne erkennbares Ziel auf und ab durch die Menschenmenge. Doch war er noch nicht lange damit befaßt, als ein Sturm auf die Türen verriet, daß der Wirt sich anschickte, sie für diese Nacht zu schließen. Was ich jetzt auf den Zügen des absonderlichen Menschen gewahrte, den ich so beharrlich beobachtet hatte, war abgründiger noch als Verzweiflung. Doch zögerte er nicht in seinem Lauf, sondern lenkte seine Schritte sogleich mit wilder Unbeirrbarkeit zurück in das Herz des riesigen London. Lange, eilends floh er dahin, während ich ihm in heilloser Bestürzung folgte, fest entschlossen, nicht von meiner Fahndung abzulassen, die nachgerade mein ganzes Denken und Fühlen absorbierte. Die Sonne ging auf, während wir unseren Weg fortsetzten, und als wir wiederum jenen belebtesten Fleck der volkreichen Stadt, die Straße des D...-Hotels, erreicht hatten, bot sie ein Bild menschlicher Unrast und Geschäftigkeit, das dem Eindruck vom vergangenen Abend kaum nachstand. Auch hier blieb ich dem Fremden inmitten des mit jedem Augenblick zunehmenden Gewimmels unbeirrbar auf der Spur. Er aber ging auf und ab wie gewöhnlich, und während des ganzen Tages löste er sich nicht aus dem Tumult jener Straße. Als nun die Schatten des nächsten Abends niedersanken, war ich zu Tode erschöpft; und ich stellte mich dem Wanderer gerade in den Weg und starrte ihm unverwandt ins Gesicht. Er bemerkte mich nicht, sondern nahm seine ernste Wanderung wieder auf, während ich, ablassend von der Verfolgung, gedankenverloren zurückblieb. »Dieser alte Mann«, sagte ich schließlich, »ist die Verkörperung, der Genius tiefdunklen Verbrechens. Er schaudert vor dem Alleinsein. *Er ist der Mann in der Menge.* Es ist fruchtlos, ihm zu folgen; denn mehr werde ich nicht von ihm oder von seinen Missetaten erfahren. Das böseste Herz auf Erden ist ein ungeheuerlicheres Buch als der ›Hortulus animae‹,* und vielleicht ist es nur eine der großen barmherzigen Gaben Gottes, daß ›*es sich nicht lesen läßt*‹.«

* ›Hortulus animae cum oratiunculis aliquibus superadditis‹ von Grüninger.

Der Goldkäfer

Heda! Holla! Der Kerl tanzt ja wie toll!
Er ist wohl von der Tarantel gestochen.
›Alle im Unrecht‹

Vor vielen Jahren schloß ich enge Freundschaft mit einem
Mr. William Legrand. Er stammte aus einer alten Hugenot-
tenfamilie und hatte einst Wohlstand gekannt; doch durch eine Reihe von Mißgeschicken war er in Armut geraten. Um
der Demütigung, welche seinen Verhängnissen folgte, zu entgehen, verließ er New Orleans, die Stadt seiner Väter, und
ließ sich auf Sullivan's Island nieder, nahe Charleston, Süd-
Carolina.

Dieses Eiland ist gar einzig in seiner Art. Es besteht aus wenig mehr denn Meeressand und erstreckt sich über rund drei
Meilen Länge. Seine Breite geht an keiner Stelle über eine
Viertelmeile hinaus. Vom Festlande trennt es ein kaum wahr-
nehmbarer Bach, der durch eine Wildnis von Schilf und
Schlamm dahinsickert, ein Lieblingsaufenthalt des Sumpf-
huhns. Die Vegetation ist, wie man sich denken kann, spär-
lich oder zumindest nur zwergenhaft. Keinerlei Bäume, nur
irgend hochgewachsen, sind zu sehen. Am westlichen Ende,
wo Fort Moultrie steht und wo es ein paar elende Holzhäuser gibt, während des Sommers bewohnt von Leuten, welche
vor Charlestons Staub und Fieber geflohen, mag man zwar
die stachlige Zwergpalme antreffen; sonst aber ist die ganze
Insel, mit Ausnahme dieser westlichen Spitze und eines Streifens harten, weißen Strandes an der Seeküste, mit dichtem

Unterwuchs von jener süßduftenden Myrte bedeckt, welche bei den Gartenbaukünstlern Englands so überaus geschätzt wird. Der Strauch erreicht hier oftmals eine Höhe von fünfzehn oder zwanzig Fuß und bildet ein fast undurchdringliches Dickicht, dessen Wohlgeruch schwer in der Luft lastet.

In der tiefsten Abgeschiedenheit dieses Dickichts, nicht weit von dem östlichen oder entfernteren Ende der Insel, hatte sich Legrand eine kleine Hütte gebaut, welche er bewohnte, als ich rein zufällig seine Bekanntschaft machte. Diese reifte bald zur Freundschaft – denn der Einsiedler hatte vieles an sich, das Interesse und Hochachtung erwecken mochte. Ich fand ihn wohlgebildet und von ungewöhnlichen Geistesgaben, doch vergiftet von Misanthropie und launischen Stimmungsumschwüngen unterworfen, welche zwischen Begeisterung und Schwermut wechselten. Er hatte viele Bücher bei sich, doch schlug er sie nur selten auf. Seinen hauptsächlichen Zeitvertreib bildeten Jagen und Fischen oder auch gemächliche Spaziergänge, bei denen er am Strand und durch die Myrten dahinschlenderte, auf der Suche nach Muscheln oder entomologischen Exemplaren – um seine Sammlung der letzteren hätte ihn wohl selbst ein Swammerdamm beneidet. Auf diesen Ausflügen begleitete ihn gewöhnlich ein alter Neger namens Jupiter, der zwar freigelassen worden war, noch ehe die Familie ins Unglück geriet, den aber weder Drohungen noch Versprechungen zu bewegen vermochten, das aufzugeben, was er für sein Recht ansah, seinem jungen ›Massa Will‹ auf Schritt und Tritt zu folgen. Es ist nicht unwahrscheinlich, daß Legrands Angehörige, welche ihn für einigermaßen wirr im Kopfe hielten, es verstanden hatten, Jupiter diese Halsstarrigkeit eigens einzuflößen,

hen – doch darüber können Sie erst morgen urteilen. Inzwischen kann ich Ihnen eine ungefähre Vorstellung von seiner Gestalt geben.« Mit diesen Worten setzte er sich an einen kleinen Tisch, auf welchem sich zwar Feder und Tinte befanden, doch kein Papier. Selbiges suchte er nun in einem Schubfach, fand aber keins.

»Macht nichts«, sagte er schließlich, »das hier tut es auch«; und damit zog er aus seiner Westentasche einen Fetzen hervor, der mir wie sehr schmutziges Propatriapapier dünkte, und skizzierte mit der Feder eine flüchtige Zeichnung darauf. Dieweil er dies tat, blieb ich auf meinem Platz am Feuer, denn mich fröstelte noch immer. Als die Skizze fertig war, reichte er sie mir herüber, ohne dabei aufzustehen. Wie ich sie entgegennahm, war lautes Knurren zu vernehmen, dem ein Kratzen an der Tür folgte. Jupiter öffnete diese, und ein großer Neufundländer, der Legrand gehörte, stürmte herein, sprang an mir hoch und überhäufte mich mit Liebkosungen; denn ich hatte ihm bei früheren Besuchen viel Aufmerksamkeit bezeigt. Als seine Freudensprünge vorüber waren, sah ich mir das Papier an und war, um die Wahrheit zu sagen, nicht wenig bestürzt über das, was mein Freund da zu Papier gebracht hatte.

»Je nun!« sagte ich, nachdem mein Blick einige Minuten lang darauf verweilt, »dies ist mir ein gar sonderbarer Skarabäus, muß ich gestehen: mir gänzlich neu: dergleichen habe ich noch nie gesehen – es sei denn, es wäre ein Schädel oder ein Totenkopf – solchem gleicht er mehr denn allem sonst, was *mir* je vor Augen gekommen ist.«

»Ein Totenkopf!« wiederholte Legrand – »Oh – ja – hm, auf dem Papier hat er zweifellos ein wenig davon an sich. Die beiden oberen schwarzen Flecke sehen wie Augen aus, wie? Und der längere da unten wie ein Mund – und dazu ist die Form des Ganzen noch oval.«

»Vielleicht«, sagte ich; »aber, Legrand, ich fürchte, Sie sind kein großer Künstler. Ich muß schon warten, bis ich den Käfer selber sehe, wenn ich mir ein Bild von seinem Aussehen machen soll.«

»Nun ja, ich weiß nicht recht«, sagte er ein wenig verdrießlich, »ich zeichne doch wohl ganz leidlich – *sollte* es wenigstens – denn ich hatte gute Lehrer und schmeichle mir, nicht ganz auf den Kopf gefallen zu sein.«

»Aber, mein Lieber, dann ist es Ihnen wohl um einen Scherz zu tun«, sagte ich, »das hier ist ein ganz passabler *Schädel* – ja, ich darf sagen, das ist ein ganz *vortrefflicher Schädel*, nach den landläufigen Vorstellungen zu urteilen, die man von solchen physiologischen Dingen hat – und Ihr *Skarabäus* muß der absonderlichste *Käfer* auf der ganzen Welt sein, wenn er dem hier ähnlich sieht. Je nun, auf diesen Fingerzeig hin mögen wir gar einen höchst schaurigen Aberglauben heraufbeschwören. Ich nehme an, Sie werden den Käfer *scarabaeus caput hominis* oder so ähnlich nennen – in den Naturgeschichten gibt es ja viele derartige Namen. Doch wo sind die *Antennen*, von denen Sie sprachen?«

»*Die Antennen!*« sagte Legrand, der sich bei dem Gegenstande merkwürdig zu erregen schien; »Sie müssen die *Antennen* doch gewißlich sehen. Ich habe sie so deutlich gezeichnet, wie sie's an dem Insekte selber sind, und denke doch, das sollte genügen.«

»Schon gut, schon gut«, sagte ich, »das mag ja sein – trotzdem kann ich sie nicht erkennen«; und ich gab ihm ohne weitere Bemerkung das Papier zurück, wollte ich ihm doch auf keinen Fall die gute Laune verderben; doch erstaunte mich nicht wenig die Wendung, welche die Sache genommen; seine Verstimmung wollte mich recht rätselhaft bedünken – und was die Zeichnung des Käfers betraf, so waren darauf ganz bestimmt *keine Antennen* ersichtlich, und das Ganze wies nun einmal eine überaus frappierende Ähnlichkeit mit dem gewöhnlichen Aussehen eines Totenkopfes auf.

Er nahm das Papier überaus mürrisch entgegen und stand schon im Begriffe, es zusammenzuknüllen, offenbar um es ins Feuer zu werfen, als ein zufälliger Blick auf die Zeichnung urplötzlich seine Aufmerksamkeit zu fesseln schien. Im Augenblick überzog eine heftige Röte sein Gesicht – im nächsten ward er leichenblaß. Darauf musterte er einige Minuten lang die Zeichnung sehr eingehend, und zwar an seinem Platze. Endlich stand er auf, nahm eine Kerze vom Tische und begab sich in die hinterste Ecke des Raumes, wo er sich auf einer Seemannskiste niederließ. Hier unterzog er das Papier abermals eifrig einer Prüfung, wobei er es nach allen Seiten wendete. Er sprach jedoch kein Wort, und sein Verhalten erstaunte mich ungemein, doch hielt ich es für das klügste, seine wachsende Verstimmung nicht durch irgendeine Bemerkung noch zu verschlimmern. Alsbald zog er aus seinem Rock eine Geldtasche, legte das Papier sorgsam hinein und tat beides in ein Schreibpult, welches er verschloß. Nun ward er wieder gefaßter in seinem Auftreten; seine ursprüngliche schwärmerische Begeisterung war freilich gänzlich geschwunden. Doch wirkte er nicht so sehr verdrießlich als zerstreut. Wie der Abend langsam dahinging, versank er mehr und mehr in Träumerei, aus der ihn kein noch so witziger Einfall meinerseits aufzurütteln vermochte. Es war eigentlich meine Absicht gewesen, die Nacht in der Hütte zu verbringen, wie ich es schon häufig zuvor getan hatte, doch da ich meinen Gastgeber in dieser Stimmung sah, hielt ich es für tunlich, mich zu verabschieden. Er drängte mich auch gar nicht zu bleiben, doch als ich ging, schüttelte er mir sogar noch herzlicher als sonst die Hand.

Es war wohl einen Monat danach (und während dieser Zeit hatte ich nichts von Legrand zu sehen bekommen), daß ich in Charleston den Besuch seines Dieners Jupiter empfing. Noch nie hatte ich den guten alten Neger so niedergeschlagen gesehen, und ich fürchtete schon, meinem Freunde sei ein ernstliches Unglück zugestoßen.

»Nun, Jup«, sagte ich, »was gibt's? – wie geht es deinem Herrn?«

»Hm, ehrlich gesacht, Massa, ihm tut's gar nich so wohl gehn, wie's ihm sollte.«

»Nicht wohl! Es tut mir aufrichtig leid, das zu hören. Worüber klagt er denn?«

»E-m! Das isses ja! – tut nie nich klagen auf was – is aber gant serr krank.«

»*Sehr* krank, Jupiter! – warum hast du das nicht gleich gesagt? Muß er das Bett hüten?«

»Nee, das nich! – gar nich was hüten – das isses ja, wo de Schuh drücken tut – ich mach mir gant serr Sorgen um arme Massa Will.«

»Jupiter, ich wollte, ich würde verstehen, wovon du sprichst. Du sagst, dein Herr sei krank. Hat er dir denn nicht gesagt, was ihm fehlt?«

»No, Massa, müssn dadrum nich gleich krumm nehm' – Massa Will sacht, fehlen tut-m gar nix – aber warum tut er dann mit so 'nem Gesich' rumgehn, Kopp lässer häng' un' de Schuldern hoch, un' is weiß wie 'n Gespenst? Un' dann de Siffern, die er immer mach' –«

»Was macht er, Jupiter?«

»Siffern mit de Figgurn auf de Schiefertafel – de komisch-
sten Figgurn, die 'ch je gesehn hab. Ich kriech's langsam
mit de Angs's, sach ich Ihn. Muß mächtich aufpassn auf 'm
heutertachs. Neulich isser mir aus'rissn, noch eh' de Sonne
rauf, un' war de ganten lieben Tach fort. 'ch hatt mir 'nen
großen Stock gemach', um ihm 'ne tüchtich' Tracht zu ver-
passn, wenn er heimkommen tät – aber 'ch bin so 'n dumme
Kerl, hab's nich können übers Hert bringn – de Massa sah
so erbärmlich aus.«

»Äh? – was? – ach so! – Im ganzen denke ich, du solltest lieber nicht zu streng mit dem armen Kerl sein – schlag ihn nur
nicht, Jupiter – das verträgt er nämlich nicht besonders gut –
aber hast du denn gar keine Ahnung, was diese Krankheit
hervorgerufen haben kann oder vielmehr sein verändertes
Betragen? Ist irgend etwas Unangenehmes vorgefallen, seit
ich bei euch war?«

»Nee, Massa, *seitdem* is garr nix Un-genehm's passiert –
davor, fürcht ich – 's war grad an dem Tach, wo Sie da warn.«

»Wie? Was meinst du damit?«

»Na, Massa, ich mein' de Käfer da – das isses.«

»Den was?«

»De Käfer – 'ch bin gant sicher, daß Massa Will is 'biss'n
wor'n von de Goldkäfer da ir'ndwo inne Kopp.«

»Und welche Ursache hast du, Jupiter, für eine derartige
Annahme?«

»Sach' genuch, Massa, Mund un' Klaun. Ich hab nie nich
so 'n verd – – – n Käfer gesehn – der beiß' doch alles, was
'm nahe komm'. Massa Will hat 'n zuers' gefangn, aber hat
'n mächtich gleich wieder loslassn müssn, sach ich Ihn –
un' da musser gebissn wor'n sin. Selber, mir hat dem Käfer

sein Maul überhaup' nich gefalln, ich hätt 'n nie nich mit meine Finger angefaßt, aber 'ch hab 'n mit 'm Stück Papier gefangn, das 'ch gefundn hab. Wickel 'n rein inne Papier und stopp 'm Stück davon inne Mund – so hab ich's ge-mach'.«

»Und du denkst also, daß dein Herr wirklich von dem Kä-fer gebissen worden ist und daß der Biß ihn krank gemacht hat?«

»Ich denk da gar nie nich – 'ch weiß das. Warum tut er denn nu soviel vonne Gold träum', wenn nich darum, weil de Goldkäfer 'n'bissen hat? Hab schon früher davon gehört, so isses mit 'n Goldkäfern.«

»Aber woher willst du denn wissen, daß er von Gold träumt?«

»Woher 'ch das weiß? Na, weil er im Schlaf davon redet – darum tu ich's wissen.«

»Nun, Jup, vielleicht hast du recht, doch welchem glück-lichen Umstand verdanke ich denn die Ehre deines heutigen Besuches?«

»Äh – was is, Massa?«

»Bringst du mir irgendeine Botschaft von Mr. Legrand?«

»Nee, Massa, 'ch bring bloß de Pistel hier«; und damit überreichte mir Jupiter ein Billett, welches folgendermaßen lautete:

›MEIN LIEBER . . .!
Warum haben Sie sich so lange nicht sehen lassen? Sie sind doch hoffentlich nicht so töricht gewesen, irgendeine kleine *brusquerie* meinerseits übelzunehmen? Doch nein, das ist ausgeschlossen.

Seit Sie hier waren, habe ich allerlei Ursache zur Sorge. Ich muß Ihnen etwas erzählen, weiß jedoch kaum, wie ich's anfangen soll oder ob ich es überhaupt erzählen soll.

Mir ist es in den letzten Tagen nicht sonderlich gutgegangen, und der arme alte Jup plagt mich fast bis zur Unerträglichkeit mit seiner gutgemeinten Fürsorge. Ob Sie's wohl glauben? – hatte er sich neulich doch mit einem riesigen Stock versehen, um mich zu züchtigen, weil ich ihm entwischt war und den ganzen Tag *solo* in den Hügeln auf dem Festland verbracht habe. Ich glaube wahrhaftig, nur mein schlechtes Aussehen hat mich vor einer Tracht Prügel bewahrt.

Seit Ihrem Besuch habe ich meiner Sammlung nichts Neues mehr hinzugefügt.

Wenn Sie nur irgend können, kommen Sie doch mit Jupiter herüber. Bitte kommen Sie! Ich möchte Sie noch *heute abend* sehen, es geht um eine wichtige Angelegenheit. Ich versichere Ihnen, die Sache ist von höchster Wichtigkeit.

Immer der Ihrige

WILLIAM LEGRAND‹

Es lag etwas im Tone dieses Briefes, das mich zutiefst beunruhigte. Der ganze Stil klang so ganz und gar nicht wie Legrand. Wovon mochte er nur träumen? Von welcher neuen Grille war sein so erregbares Hirn besessen? Welche ›Sache von höchster Wichtigkeit‹ konnte denn *er* schon zu erledigen haben? Was Jupiter von ihm berichtet hatte, ließ nichts Gutes ahnen. Ich fürchtete, daß der anhaltende Druck des Unglücks den Verstand meines Freundes schließlich doch gänzlich zerrüttet habe. Ohne auch nur einen Augenblick zu zögern, machte ich mich darum bereit, den Neger zu begleiten.

Am Ufer angekommen, bemerkte ich auf dem Boden des Bootes, in dem wir uns einschiffen sollten, eine Sense und drei Spaten, alle offenbar ganz neu.

»Was hat das alles zu bedeuten, Jup?« fragte ich.

»Is Sense, Massa, un' Spaten.«

»Ja, freilich; doch was machen die hier?«

»Is Sense un' Spaten, die 'ch unbeding' für Massa Will hab müssn kaufen inne Stadt un' wo 'ch den Deibel hab massich Geld für tahlen müssen.«

»Aber was, im Namen alles Geheimnisvollen, will dein ›Massa Will‹ denn mit Sense und Spaten anfangen?«

»Das is mehr, als *ich* weiß, un' de Deibel soll mich holen, wenn's nich auch mehr is, als er selber weiß. Aber is alles von wegen de Käfer da.«

Da ich fand, daß von Jupiter, dessen ganzer Verstand offenbar von ›de Käfer da‹ in Anspruch genommen war, mir keine Gewißheit ward, stieg ich nun ins Boot und segelte ab. Bei einer schönen frischen Brise liefen wir bald in die kleine Bucht nördlich von Fort Moultrie ein, und ein Fußmarsch von zwei Meilen brachte uns zur Hütte. Es war gegen drei am Nachmittag, als wir ankamen. Legrand hatte uns schon mit großer Ungeduld erwartet. Er ergriff meine Hand mit einem nervösen *empressement*, der mich erschreckte und in meinem bereits gefaßten Verdacht bestärkte. Seine Miene war geradezu gespenstisch bleich, und die tiefliegenden Augen funkelten in unnatürlichem Glanze. Nach einigen Erkundigungen bezüglich seines Befindens fragte ich, da mir nichts Besseres einfiel, ob er den Skarabäus von Lieutenant G . . schon zurückbekommen habe.

»O ja«, antwortete er, indem er heftig errötete, »ich habe ihn gleich am nächsten Morgen von ihm wiederbekommen.

Nichts vermöchte mich je von diesem Skarabäus zu trennen. Wissen Sie, daß Jupiter völlig recht damit hat?«

»Womit?« fragte ich, eine trübe Vorahnung im Herzen.

»Mit seiner Vermutung, es sei ein Käfer aus *echtem Gold*.« So sprach er mit tiefernster Miene, und ich verspürte unsägliche Betroffenheit.

»Dieser Käfer soll mein Glück machen«, fuhr er mit triumphierendem Lächeln fort, »er soll mir wieder zu meinen Familienbesitztümern verhelfen. Kann es also wundernehmen, daß ich ihn so hochschätze? Da es Fortuna gefallen hat, ihn mir zum Geschenk zu machen, muß ich mich seiner nur noch entsprechend bedienen, und ich werde zu dem Golde kommen, dessen Wegweiser er ist. Jupiter, bring mir den Skarabäus!«

»Was! De Käfer da, Massa? Ich will de Käfer da lieber nich stör'n – den müssense sich selber hol'n.« Hierauf erhob sich Legrand mit ernster, würdevoller Miene und brachte mir den Käfer aus einem Glasbehälter, darin er eingeschlossen war. Es war ein prächtiger Skarabäus und damals den Naturforschern noch unbekannt – in wissenschaftlicher Hinsicht natürlich also ein großer Glücksgewinn. Er hatte zwei runde, schwarze Flecke am einen Ende des Rückens und einen länglichen am anderen. Die Schuppen, überaus hart und glänzend, wirkten ganz und gar wie poliertes Gold. Das Insekt wog auffallend schwer, und wenn ich alle Dinge in Erwägung zog, so konnte ich Jupiter für seine Ansicht darüber kaum tadeln; was aber davon zu halten war, daß Legrand diese Meinung teilte, das wußte ich bei meinem Leben nicht zu sagen.

»Ich habe Sie holen lassen«, sagte er in pathetischem Tone, als ich die Untersuchung des Käfers beendet hatte, »ich habe

Sie holen lassen, da ich Ihren Rat und Beistand mir erhoffe, wenn es gilt, den Zwecken förderlich zu sein, welche das Schicksal und der Käfer –«

»Mein lieber Legrand«, rief ich, ihn unterbrechend, »Sie fühlen sich gewiß nicht wohl, und Sie sollten sich vorsichtshalber einiger kleiner Maßregeln unterziehen. Sie sollten sich zu Bette legen, und ich bleibe ein paar Tage bei Ihnen, bis Sie es überstanden haben. Sie fiebern ja und –«

»Fühlen Sie mir den Puls«, sagte er.

Ich tat es und fand, ehrlich gesprochen, nicht das mindeste Anzeichen von Fieber.

»Aber Sie können krank sein, auch wenn Sie kein Fieber haben. Erlauben Sie mir dies eine Mal, Ihr Arzt zu sein. Zuerst einmal legen Sie sich ins Bett. Alsdann –«

»Sie irren sich«, fiel er mir ins Wort, »mir geht es so gut, wie ich es bei der Aufregung, unter der ich leide, nur erwarten kann. Wenn Sie mir wirklich wohlwollen, so werden Sie diese Aufregung lindern helfen.«

»Und wie soll das geschehen?«

»Sehr einfach. Jupiter und ich begeben uns auf eine Expedition in die Berge auf dem Festland, und bei dieser Expedition werden wir die Hilfe eines Menschen brauchen, auf den wir uns verlassen können. Sie sind der einzige, zu dem wir Vertrauen haben. Ob das Ganze zu gutem oder schlechtem Ende kommt, die Erregung, welche Sie jetzt an mir wahrnehmen, wird, so oder so, sich legen.«

»Ich möchte Ihnen nur zu gern in jeder erdenklichen Weise gefällig sein«, erwiderte ich; »doch wollen Sie etwa sagen, daß dieser infernalische Käfer irgend etwas mit Ihrer Expedition in die Berge zu tun hat?«

»Aber ja.«

»Dann, Legrand, kann ich bei einem so absurden Unternehmen nicht mit von der Partie sein.«

»Das bedaure ich, bedaure ich sehr – denn da müssen wir es allein versuchen.«

»Allein versuchen! Dieser Mann ist ganz gewiß verrückt! – doch halt! – wie lange gedenken Sie denn fortzubleiben?«

»Wahrscheinlich die ganze Nacht. Wir werden unverzüglich aufbrechen und auf jeden Fall bis Sonnenaufgang zurück sein.«

»Und wollen Sie mir bei Ihrer Ehre versprechen, daß Sie, sobald dieser Ihr kindischer Einfall vorüber ist und die Sache mit dem Käfer (du großer Gott!) zu Ihrer Zufriedenheit erledigt ist, dann nach Hause zurückkehren und meinem Rat unbedingt folgen werden, wie dem Ihres Arztes?«

»Ja; das verspreche ich; nun wollen wir aber aufbrechen, denn wir haben keine Zeit zu verlieren.«

Schweren Herzens begleitete ich meinen Freund. Wir gingen gegen vier Uhr los – Legrand, Jupiter, der Hund und ich. Jupiter hatte die Sense und die Spaten bei sich – er bestand darauf, alles allein zu tragen – mehr aus Angst, so schien mir, daß ja keines der Geräte in Reichweite seines Herrn sich befinde, denn aus übergroßem Fleiße oder Gefälligkeit. Sein Betragen war über die Maßen störrisch, und ›dieser verd – – – te Käfer‹ waren die einzigen Worte, welche während des ganzen Weges seinem Munde entschlüpften. Was mich selbst betraf, so war ich mit ein paar Blendlaternen beladen, indes Legrand sich mit dem Skarabäus begnügte, den er an das Ende von einem Stückchen Peitschenschnur gebunden hatte; und dieses wirbelte er beim Gehen mit der Miene eines Geisterbeschwörers hin und her. Als ich diesen letzten, klaren Beweis für die geistige Verwirrung meines Freundes bemerkte, vermochte ich kaum die Tränen zurückzuhalten. Ich hielt es jedoch für das beste, seiner Laune nachzugeben, zumindest im Augenblick, oder doch bis ich mit Aussicht auf Erfolg energischere Maßnahmen ergreifen könnte. Unterdessen bemühte ich mich, jedoch vergebens, ihn nach dem Ziel der Expedition auszuhorchen. Nachdem es ihm gelungen war, mich zur Teilnahme zu überreden, schien er nicht gewillt, sich auf ein Gespräch über irgendein Thema minderer Wichtigkeit einzulassen, und all meine Fragen würdigte er keiner anderen Antwort als: »Wir werden sehen!«

Mit Hilfe eines Skiffs überquerten wir die Bucht an der Spitze der Insel, und nachdem wir die Steilküste des Festlands erklommen hatten, gingen wir in nordwestlicher Richtung weiter, dahin durch einen ungeheuer wilden und wüsten Landstrich, wo keinerlei Spur eines menschlichen Fußes sich fand. Legrand schritt entschlossen voran; nur hier und da hielt er einen Augenblick lang inne, um sich an gewissen Wegzeichen, die er sich allem Anschein nach bei einer früheren Gelegenheit geschaffen, zu orientieren.

Auf diese Weise setzten wir unseren Weg etwa zwei Stunden lang fort, und die Sonne wollte soeben untergehen, als wir in eine Gegend kamen, die noch unendlich viel öder war als alle, welche wir bis dahin gesehen hatten. Es war eine Art Tafelland nahe dem Gipfel eines fast unzugänglichen Berges, dicht bewaldet vom Fuß bis zur Spitze, dazwischen riesige Felsblöcke, die lose auf dem Boden zu liegen schienen und in vielen Fällen lediglich vom Halt der Bäume, an welche sie sich lehnten, daran gehindert wurden, in die Täler drunten hinabzustürzen. Tiefe Schluchten, in verschiedenen Richtungen, verliehen der Landschaft ein noch strengeres, ernsteres Gesicht.

Die natürliche Plattform, welche wir erklommen, war dicht mit Dornengestrüpp bewachsen, durch welches wir uns, so stellten wir bald fest, unmöglich ohne die Sense hätten einen Weg bahnen können; und auf Geheiß seines Herrn machte sich Jupiter also daran, für uns einen Pfad zum Fuße eines riesigen Tulpenbaumes freizulegen, welcher zusammen mit wohl acht oder zehn Eichen auf dem Plateau stand und sie sämtlich, wie auch alle anderen Bäume, die ich bis dahin je gesehen, durch die Schönheit von Laubwerk und Gestalt, durch die weite Ausbreitung seiner Zweige und durch die allgemeine Majestät seiner Erscheinung weit übertraf. Als wir diesen Baum erreicht hatten, wandte sich Legrand an Jupiter und fragte ihn, ob er glaube, da hinaufklettern zu können. Der alte Mann wirkte ein wenig betroffen ob dieser Frage, und eine Weile gab er keine Antwort. Schließlich trat er an den gewaltigen Stamm, schritt langsam um ihn herum und musterte ihn mit peinlicher Aufmerksamkeit. Als er mit seiner Untersuchung geendet, sagte er nur:

»Ja, Massa, Jup klettert auf jeden Baum, den er in sei'm Leben sieht.«

»Dann hinauf mit dir, so schnell wie möglich, denn bald wird es zu dunkel sein, um für unser Unternehmen noch genügend sehen zu können.«

»Wie weit muß ich rauf, Massa?« fragte Jupiter.

»Klettre zuerst den Hauptstamm hinauf, und dann werde ich dir sagen, wie es weitergeht – doch halt! – hier – nimm den Käfer mit.«

»De Käfer da, Massa Will! – de Goldkäfer da!« schrie der Neger und wich entsetzt zurück – »zu was muß 'n de Käfer da mit auf 'n Baum 'nauf? – Verd – – – t will 'ch sein, wenn 'ch 's mach!«

»Wenn du Angst hast, Jup, so ein großer starker Neger wie du, einen harmlosen kleinen toten Käfer anzufassen, nun, dann kannst du ihn an dieser Schnur mit hinaufnehmen – doch wenn du ihn nicht auf irgendeine Weise mit hinaufnimmst, so sehe ich mich leider gezwungen, dir mit dieser Schaufel den Schädel einzuschlagen.«

»Was is 'n nu los, Massa?« sagte Jup, Scham ließ ihn offenbar einlenken, »immer wollense gleich so 'n Krach mit 'm alten Nigger anfangn. Hab doch bloß Spaß gemach'. *Ich* un' Angst vor de Käfer da! 'ch mach mir nix draus, is mir egal, de Käfer da!« Damit nahm er vorsichtig das äußerste Ende des Strickes in die Hand, und indem er sich das Insekt so weit vom Leibe hielt, wie die Umstände dies zulassen wollten, schickte er sich an, den Baum zu erklettern.

In seiner Jugend hat der Tulpenbaum oder *Liriodendron tulipiferum*, der prächtigste Baum der amerikanischen Wälder, einen ganz besonders glatten Stamm und wächst oft zu großer Höhe ohne Seitenäste; doch im reiferen Alter wird die Rinde knorrig und uneben, indessen viele kurze Äste an dem Stamme herauswachsen. So war denn im gegenwärtigen Falle die Besteigung gar nicht so schwierig, wie es aussah. Indem Jupiter also den riesigen Zylinder so fest wie möglich mit Armen und Knien umklammerte, mit den Händen einige Vorsprünge ergriff und mit den nackten Zehen auf anderen Halt suchte, wand er sich schließlich, nachdem er ein- oder zweimal nur knapp dem Sturze in die Tiefe entgangen, in die erste große Gabelung hinauf und schien das ganze Unterfangen damit im wesentlichen für vollbracht zu halten. Tatsächlich war das *Risiko* der Heldentat nun vorüber, wenngleich sich der Kletterer etwa sechzig oder siebzig Fuß hoch über dem Boden befand.

»Wie nu weiter, Massa Will?« fragte er.

»Halte dich an den größten Ast – den auf dieser Seite«, sagte Legrand. Der Neger gehorchte unverzüglich und offenbar mit nur geringer Mühe; höher, immer höher stieg er hinauf, bis durch das dichte Laubwerk, das ihn umhüllte, von seiner gedrungenen Gestalt nichts mehr zu sehen war. Bald darauf hörten wir seine Stimme herunterschreien.

»Wie weit 'nauf noch?«

»Wie hoch bist du denn?« fragte Legrand.

»Schon sooo weit«, erwiderte der Neger; »kann 'n Himmel sehn oom durch 'n Baum.«

»Der Himmel soll dich nicht kümmern, sondern paß auf, was ich sage. Schau am Stamm hinunter und zähle die Hauptäste unter dir auf dieser Seite. An wie vielen Ästen bist du schon vorbei?«

»Eins, twei, drei, vier, fümf – an fümf groß'n Ästen vorbei, Massa, hier hüben.«

»Dann klettre noch einen Ast höher hinauf.«

Nach wenigen Minuten ließ sich die Stimme wieder hören, die uns verkündete, daß der siebente Ast erreicht sei.

»Und jetzt, Jup«, rief Legrand, sichtlich sehr erregt, »jetzt möchte ich, daß du auf dem Ast entlangkletterst, so weit vor du nur irgend kannst. Wenn dir irgend etwas Sonderbares auffällt, sag mir Bescheid.«

Spätestens da schwand der letzte Zweifel, den ich an der Geistesgestörtheit meines armen Freundes noch gehegt haben mochte. Es blieb mir nichts weiter übrig, als zu dem Schlusse zu gelangen, daß er vom Wahnsinn befallen sei, und ernstlich sorgte ich mich nun, wie ich ihn wohl zur Heimkehr bewegen könne. Während ich darüber nachdachte, was wohl am besten zu tun sei, erscholl erneut Jupiters Stimme.

»Hab Angs, soo viel Angs, tu mich auf dem Ast hier nich serr weit vor trau'n – Ast is 'n gantes Stück morsch un' tot.«

»*Tot* hast du gesagt, der Ast ist *tot*, Jupiter?« schrie Legrand mit zitternder Stimme.

»Jawoll, Massa, is mausetot – res'los hinüber – da is kein Leem nich mehr drin.«

»Was um Himmels willen soll ich bloß tun?« fragte Legrand, anscheinend in größter Not.

»Tun!« sagte ich, froh über die Gelegenheit, ein Wort einwerfen zu können, »nun, kommen Sie mit nach Hause und gehen Sie zu Bett. Kommen Sie doch – seien Sie vernünftig. Es wird schon spät, und im übrigen, denken Sie daran, was Sie versprochen haben.«

»Jupiter«, schrie er, ohne mich auch nur im mindesten zu beachten, »hörst du mich?«

»Ja, Massa Will, tu Ihn' deutlich hör'n.«

»Du mußt das Holz prüfen. Prüfe es ganz genau mit deinem Messer und sieh nach, ob du meinst, es sei wirklich *sehr* morsch.«

»Is morsch, Massa, bestimmt«, erwiderte der Neger wenige Augenblicke später, »aber doch nich so serr morsch, als wie 's sein gekonnt. Kann viellei' 'n Stückchen weiter auf 'm Ast, is wahr, ich alleine.«

»Du alleine! – was meinst du damit?«

»Na, ich mein de Käfer da. Is serr schwer, de Käfer da. Ich wer'n woll ers'mal runterfalln lassn, un' dann tut der Ast nich brechen, wenn bloß 's Gewicht von ein' Nigger drauf is.«

»Du infernalischer Schuft!« schrie Legrand, sichtlich erleichtert, »was kommst du mir mit solchem Unsinn? Wenn du den Käfer fallen läßt, brech ich dir das Genick, das schwör ich dir, Jupiter! Hörst du mich?«

»Ja, Massa, müssn arm Nigger nich gleich so anbrülln.«

»Na, schön! Nun hör gut zu! – wenn du auf dem Ast da so weit vorrutschst, wie du es für sicher hältst, und dabei den Käfer nicht losläßt, schenke ich dir einen Silberdollar, sobald du wieder unten bist.«

»Bin schon, Massa Will – ja, wirklich«, erwiderte der Neger prompt, »bin fas' gan' draußen am Ende.«

»*Am Ende!*« Legrand kreischte nachgerade. »Willst du sagen, du bist am Ende des Astes?«

»Fas' am Ende, Massa – o-o-o-o-oh! Herrjemine! Was is 'n das hier auf 'm Baum?«

»He!« schrie Legrand in höchstem Entzücken, »was ist da?«

»Ach, 's is nix als 'n Schädel – hat eins doch sein Kopp auf 'm Baum liegn lassn, un' de Krähn ha'm jed's bissel Fleisch davon runtergepickt.«

»Ein Schädel, sagst du! – sehr schön! – wie ist er am Ast befestigt? – Was hält ihn?«

»Gleich, Massa; muß ers' nachsehn. Na, das is ja 'ne serr komische Sach', wirklich – da is 'n großer dicker Nagel in dem Schädel da drin, der hält 'n fes' am Baum.«

»Also, Jupiter, jetzt tu genau, was ich dir sage – hörst du?«

»Ja, Massa.«

»Dann paß auf! – suche das linke Auge des Schädels.«

»Hum! Huh! Das is gut! na, da is doch überhaup' kein Auge nich mehr da.«

»Du elender Dummkopf! weißt du, was rechts oder links ist?«

»Ja, weiß ich – un' ob ich's weiß – links is de Hand, wo 'ch holthacken tu.«

»Ganz recht! Du bist Linkshänder; und dein linkes Auge ist auf derselben Seite wie deine linke Hand. Nun, da kannst du doch, denke ich, das linke Auge im Schädel finden oder die Stelle, wo das linke Auge einmal gewesen ist. Hast du's?«

Hierauf gab es eine lange Pause. Endlich fragte der Neger:

»Is das linke Auge von dem Schädel da auch auf derselben Seite als de linke Hand von dem Schädel da? – weil der Schädel da nämlich überhaup' kein bissel Hand nich hat – aber is egal! Ich hab's linke Auge nu – hier isses linke Auge! Was muß ich da nu mit machn?«

»Laß den Käfer hindurchfallen, soweit die Schnur reicht – aber sei vorsichtig und laß den Strick ja nicht los.«

»Is gemach', Massa Will; is ja nu kinderleichtich, de Käfer da durchs Loch zu stecken – guckn Se mal da unten!«

Während dieser Unterhaltung war von Jupiter selbst nichts zu sehen gewesen; doch der Käfer, welchen er herabgelassen hatte, ward jetzt am Ende der Schnur sichtbar und glitzerte wie eine Kugel aus glänzendem Golde in den letzten Strahlen der untergehenden Sonne, von welchen einige noch schwach die Anhöhe erhellten, auf der wir standen. Der Skarabäus hing gänzlich frei zwischen den Zweigen und wäre, hätte Jupiter ihn losgelassen, zu unseren Füßen niedergefallen. Sogleich ergriff Legrand die Sense und säuberte damit einen kreisrunden Platz von wohl drei oder vier Yards Durchmesser, genau unter dem Insekt, und als er damit fertig war, befahl er Jupiter, die Schnur loszulassen und von dem Baum herunterzukommen.

Nachdem mein Freund mit großer Sorgfalt genau an der

Stelle, wo der Käfer heruntergefallen war, einen Pflock in den Boden geschlagen hatte, zog er nun aus seiner Tasche ein Bandmaß. Ein Ende davon befestigte er an jenem Punkte des Baumstammes, welcher dem Pflock am nächsten lag, rollte das Maß auf, bis es den Pflock erreichte, und rollte es von da in der Richtung, wie sie bereits von den beiden Polen, Baum und Pflock, festgelegt war, auf eine Länge von fünfzig Fuß weiter auf – während Jupiter das Dornengestrüpp mit der Sense abschlug. Auf dem so gewonnenen Flecken ward ein zweiter Pflock in den Boden getrieben und um diesen, als Zentrum, ein ungefährer Kreis von etwa vier Fuß Durchmesser beschrieben. Legrand ergriff nun selber einen Spaten, gab einen Jupiter und einen mir und bat uns, doch so schnell wir es vermochten, uns ans Graben zu machen.

Ehrlich gesagt, ich hatte noch niemals besonderen Geschmack an solcherart Zeitvertreib gefunden, und zumal in jenem Augenblick hätte ich am liebsten abgelehnt; denn es wollte schon Nacht werden, und ich fühlte mich von all der körperlichen Anstrengung, die ich schon geleistet hatte, doch recht erschöpft; aber ich sah keinen Weg, dem zu entgehen, und hatte Angst, durch eine Weigerung den Gleichmut meines armen Freundes noch mehr zu stören. Ja, wäre auf Jupiters Hilfe Verlaß gewesen, so hätte ich freilich nicht gezögert und den Versuch gewagt, den Wahnsinnigen mit Gewalt nach Hause zu schaffen; doch kannte ich die Gemütsart des alten Negers nur zu wohl, als daß ich hätte hoffen dürfen, er werde mir, unter welchen Umständen auch immer, in einer persönlichen Auseinandersetzung mit seinem Herrn beistehen. Ich zweifelte nicht daran, daß den letzteren eine der unzähligen, im Süden so verbreiteten abergläubischen Vorstellungen von einem vergrabenen Schatz befallen habe und daß seiner Phantasie durch den Fund des Skarabäus Bestätigung geworden, oder vielleicht gar durch die Hartnäckkigkeit, mit welcher Jupiter behauptete, es sei ›ein Käfer aus echtem Gold‹. Ein Geist, der zum Wahnsinn neigt, ließe sich nur zu willig von solchen Einflüsterungen verleiten – noch dazu, wenn diese mit vorgefaßten Lieblingsideen übereinstimmten –, und dann rief ich mir auch ins Gedächtnis zurück, wie der arme Kerl von dem Käfer als dem ›Wegweiser zu seinem Glück‹ gesprochen hatte. Dies alles verdroß und verwirrte mich gar sehr, doch endlich beschloß ich, aus der Not eine Tugend zu machen – mit aller Kraft zu graben und somit den Träumer nur um so eher durch den Augenschein zu überzeugen, wie irrig seine Ansichten seien.

Nachdem die Laternen angezündet waren, gingen wir alle mit einem Eifer ans Werk, welcher einer vernünftigeren Sache würdig gewesen wäre; und als das Licht auf unsere Gestalten und die Gerätschaften fiel, mußte ich unwillkürlich denken, welch eine malerische Gruppe wir doch bildeten und wie seltsam und verdächtig unsere Arbeit doch einem Eindringling erscheinen mußte, den der Zufall zu uns verschlagen hätte.

Zwei Stunden lang gruben wir ohne Unterlaß. Gesprochen wurde dabei nur wenig; und am meisten störte uns das Gekläff des Hundes, welcher an unserem Tun außerordentlich regen Anteil nahm. Schließlich vollführte er einen solchen Lärm, daß wir zu fürchten begannen, es könnten irgendwelche Landstreicher in der Gegend aufmerksam werden – oder vielmehr war dies Legrands Sorge –, ich meinerseits wäre über jede Unterbrechung froh gewesen, die es mir vielleicht möglich gemacht hätte, den rastlosen Phantasten heimzuschaffen. Schließlich bereitete Jupiter dem Krach recht wirksam ein Ende, da er mit einer Miene verbissener Entschlossenheit aus dem Loche stieg, dem Tier mit einem seiner Hosenträger die Schnauze zuband und dann, unter tiefem Frohlocken, wieder an seine Arbeit zurückkehrte.

Als die erwähnte Zeit verstrichen war, hatten wir eine Tiefe von fünf Fuß erreicht, und doch zeigten sich noch keinerlei Anzeichen eines Schatzes. Darauf folgte eine allgemeine Pause, und ich begann schon zu hoffen, daß die Farce damit zu Ende sei. Legrand jedoch, wiewohl sichtlich verwirrt, wischte sich nachdenklich die Stirn und begann von neuem. Wir hatten den gesamten Kreis von vier Fuß Durchmesser ausgegraben und gingen nun daran, die Begrenzung ein wenig zu verbreitern und um noch zwei Fuß tiefer zu graben. Doch noch immer kam nichts zum Vorschein. Schließlich kletterte der Goldsucher, den ich aufrichtig bedauerte, aus der Grube, bitterste Enttäuschung in jedem Zuge seines Gesichts, und schickte sich langsam und widerwillig an, seinen Rock wieder anzuziehen, den er zu Beginn der Arbeit abgelegt hatte. Während der ganzen Zeit unterließ ich jedwede Bemerkung. Auf ein Zeichen seines Herrn begann Jupiter die Werkzeuge einzusammeln. Als das getan und der Hund von seinem Maulkorb befreit war, wandten wir uns in tiefem Schweigen heimwärts.

Wir hatten vielleicht ein Dutzend Schritte in dieser Richtung getan, als Legrand mit lautem Fluch auf Jupiter zutrat und ihn am Kragen packte. Der verblüffte Neger riß Mund und Augen auf, so weit er es nur vermochte, ließ die Spaten fallen und sank in die Knie.

»Du Schurke«, sagte Legrand, wobei er die Silben zwischen zusammengepreßten Zähnen hervorzischte – »du infernalischer schwarzer Halunke! – sprich, ich sage dir! – antworte mir auf der Stelle, ohne Ausflüchte! – welches – welches ist dein linkes Auge?«

»Oh, verflicks', Massa Will! Is das hier nich bestimm' mein linkes Auge?« brüllte der entsetzte Jupiter und legte die Hand auf sein *rechtes* Sehorgan, wo er sie mit verzweifelter Hartnäckigkeit liegenließ, wie wenn er fürchtete, sein Herr würde es ihm im nächsten Augenblick ausquetschen.

»Hab ich mir's doch gedacht! – Wußte ich's doch! – hurra!« schrie Legrand, ließ den Neger los und vollführte eine Reihe von Luftsprüngen und Drehungen, sehr zur Verblüffung seines Dieners, welcher sich von den Knien erhob und stumm von seinem Herrn zu mir und dann wieder von mir zu seinem Herrn blickte.

»Los! Wir müssen zurück«, sagte der letzte, »das Spiel ist noch nicht verloren«; und abermals schritt er auf dem Weg zum Tulpenbaum voran.

»Jupiter«, sagte er, als wir den Fuß des Baumes erreichten, »komm her! – wie war der Schädel an den Ast genagelt, mit dem Gesicht nach außen oder dem Aste zu?«

»'s Gesich' war außen, Massa, so daß die Krähn gut ran konnten an de Augen, ohne weitres.«

»Also schön, und durch welches Auge hast du dann den Käfer heruntergelassen, dies hier oder das da?« – hierbei berührte Legrand erst das eine, dann das andere von Jupiters Augen.

»'s war das Auge, Massa – das linke Auge – genau wie 's ham gesacht«, und da war es sein rechtes Auge, auf das der Neger zeigte.

»Das genügt – wir müssen es noch einmal versuchen.«

Damit versetzte mein Freund, an dessen Wahnsinn ich nun gewisse Anzeichen einer Methode erkannte oder zu erkennen meinte, den Pflock, welcher die Stelle markierte, wo der Käfer heruntergefallen war, an eine Stelle, die etwa drei Zoll westlich der früheren lag. Als er nun wie zuvor das Bandmaß vom nächsten Punkt des Stammes zu dem Pflock auszog und es dann in einer Geraden auf die Länge von fünfzig Fuß ausrollte, war eine Stelle bezeichnet, die um mehrere Yards von dem Punkte entfernt lag, an welchem wir gegraben hatten.

Um diese neue Position ward nun ein Kreis, etwas größer als vorher, beschrieben, und abermals gingen wir mit dem Spaten an die Arbeit. Ich war furchtbar müde, doch ohne daß ich so recht verstanden hätte, was meinen Sinneswandel bewirkt, verspürte ich gar keine große Abneigung mehr gegen die mir auferlegte Arbeitsmüh. Auf ganz unerklärliche Weise war in mir Interesse – nein, geradezu Begeisterung geweckt. Vielleicht lag da etwas in dem ganzen überspannten Gebaren Legrands – etwas wie Vorbedacht oder Überlegung, das mich beeindruckte. Ich grub voller Eifer, und hin und wieder ertappte ich mich dabei, wie ich doch tatsächlich – und das sah schon sehr wie Erwartung aus – nach dem vermeintlichen Schatze Ausschau hielt, dessen Vision meinem unglücklichen Gefährten den Geist verwirrt hatte. Zu einer Zeit nun, da solche Phantastereien ganz und gar von mir Besitz ergriffen hatten und da wir wohl schon anderthalb Stunden am Werke waren, unterbrach uns abermals das wütende Geheul des Hundes. Im ersten Falle war seine Unruhe offenbar nur einer Laune oder Verspieltheit entsprungen, jetzt aber schlug er einen bitteren und ernsten Ton an. Gegen Jupiters erneuten Versuch, ihm einen Maulkorb anzulegen, wehrte er sich wütend, sprang in das Loch hinab und wühlte wie wild mit den Pfoten die Erde auf. In wenigen Sekunden hatte er eine Menge menschlicher Gebeine aufgedeckt, die zwei vollständige Skelette bildeten, dazwischen lagen mehrere Metallknöpfe und etwas, das wie der Staub von verrottetem Wollstoff aussah. Ein oder zwei Spatenstiche förderten die Klinge eines großen spanischen Dolches zutage, und als wir weitergruben, kamen drei oder vier lose Gold- und Silbermünzen ans Licht.

Bei deren Anblick vermochte Jupiter seine Freude kaum noch zu zügeln, die Miene seines Herrn aber verriet maßlose Enttäuschung. Er drängte uns jedoch, unsere Bemühungen fortzusetzen, und kaum waren die Worte über seine Lippen, als ich strauchelte und vornüber fiel, weil ich mich mit der Stiefelspitze in einem großen Eisenring verfangen hatte, der halb im lockeren Erdreich begraben war.

Nun arbeiteten wir voller Eifer, und noch nie habe ich zehn aufregendere Minuten erlebt. In dieser Zeit hatten wir dann gänzlich eine längliche Holzkiste freigelegt, die, ihrer vollkommenen Erhaltung und wunderbaren Härte nach zu schließen, offensichtlich einem Mineralisierungsprozeß unterworfen gewesen – vielleicht durch das Bichlorid des Quecksilbers. Diese Kiste war dreieinhalb Fuß lang, drei Fuß breit und zweieinhalb Fuß tief. Sie war mit schmiedeeisernen Bändern fest gesichert, die, vernietet, das Ganze wie eine Art Gitterwerk umgaben. Auf beiden Seiten der Kiste, nahe dem Deckel, befanden sich drei Eisenringe – sechs insgesamt –, daran sechs Personen gut anfassen konnten. Unsere vereinten, aufs äußerste angespannten Anstrengungen erreichten lediglich, die Truhe um ein weniges nur aus ihrer Lage zu verrücken. Wir erkannten sogleich die Unmöglichkeit, eine so große Last wegzuschaffen. Zum Glück bestand der einzige Verschluß des Deckels aus zwei Gleitriegeln. Diese zogen wir zurück – zitternd und keuchend vor Verlangen.

Im nächsten Augenblick lag ein Schatz von unschätzbarem Werte gleißend vor uns. Als die Strahlen der Laternen in das Loch fielen, blitzte aus einem wirren Haufen von Gold und Juwelen eine Glitzerglut herauf, die unsere Augen vollkommen blendete.

Ich maße mir nicht an, die Gefühle beschreiben zu wollen, mit denen ich darauf starrte. Äußerstes Erstaunen herrschte natürlich vor. Legrand wirkte vor Erregung ganz erschöpft und sprach kaum. Jupiters Miene verfärbte sich minutenlang zu so tödlicher Blässe, wie sie nach der Natur der Dinge ein Negergesicht nur anzunehmen vermag. Er schien benommen – wie vom Donner gerührt. Bald darauf fiel er in dem Loche auf die Knie, vergrub seine nackten Arme bis zu den Ellenbogen in Gold und ließ sie darin, ganz als genieße er den Luxus eines Bades. Endlich rief er mit einem tiefen Seufzer, wie im Selbstgespräche, aus:

»Un' das is alles von de Goldkäfer da gekomm'! De hübsche Goldkäfer! Das arme kleine Goldkäferchen, wo 'ch so wüst beschimpf' hab! Schäms' dich gar nich, Nigger? – Nu sach schon!«

Zu guter Letzt mußte ich Herrn wie Diener wachrütteln, daß es doch ratsam sei, den Schatz fortzuschaffen. Es wurde schon spät, und es galt nun, sich alle Mühe zu geben, um noch vor Tagesanbruch alles in Sicherheit zu bringen. Was zu tun sei, war schwer zu sagen; und viel Zeit ging über der Beratung dahin – so wirr waren unser aller Gedanken. Schließlich erleichterten wir die Kiste dadurch, daß wir zwei Drittel ihres Inhalts herausnahmen, worauf wir imstande waren, sie mit einiger Mühe aus dem Loch zu heben. Die entnommenen Gegenstände verbargen wir unter dem Dornengestrüpp und ließen als Wache den Hund zurück, welcher von Jupiter den strikten Befehl erhielt, sich unter gar keinem Vorwande etwa von der Stelle zu rühren noch das Maul aufzumachen, bis wir wiederkämen. Dann begaben wir uns in aller Eile mit der Kiste auf den Heimweg; die Hütte erreichten wir wohlbehalten, doch nach entsetzlicher Mühe um ein Uhr morgens. Erschöpft, wie wir waren, lag es nicht in der menschlichen Natur, sogleich Weiteres zu unternehmen. So ruhten wir denn bis zwei Uhr aus und aßen zur Nacht; gleich darauf brachen wir wieder zu den Hügeln auf, ausgerüstet mit drei derben Säcken, die sich zum Glück auf dem Anwesen gefunden hatten. Kurz vor vier langten wir wieder bei der Grube an, teilten den Rest der Beute so gleichmäßig wie möglich unter uns auf, ließen die Löcher offen und machten uns wieder nach der Hütte auf, wo wir zum zweiten Mal unsere goldene Last abluden, gerade als die ersten Streifen der Morgendämmerung über den Baumwipfeln im Osten aufleuchteten.

Wir waren nun gänzlich erschöpft; doch die starke Anspannung ließ uns keine Ruhe finden. Nach einem unruhigen Schlummer von etwa drei oder vier Stunden Dauer erhoben wir uns wie auf Verabredung, um unseren Schatz zu begutachten.

Die Kiste war bis zum Rande voll gewesen, und wir brachten den ganzen Tag und den größten Teil der folgenden Nacht damit zu, ihren Inhalt gründlich in Augenschein zu nehmen. Eine gewisse Ordnung etwa oder Verteilung war nicht zu erkennen gewesen. Alles war wahllos aufeinandergehäuft. Als wir alles sorgfältig sortiert hatten, fanden wir uns im Besitze eines sogar noch größeren Reichtums, als wir zunächst angenommen. An gemünztem Gelde lagen weit über vierhundertfünfzigtausend Dollar vor uns – wenn man den Wert der Stücke so exakt wie möglich nach den derzeit geltenden Tabellen schätzte. Nicht das kleinste Stückchen Silber war darunter. Alles pures Gold aus alter Zeit und von großer Mannigfalt – französisches, spanisches und deutsches Geld, dazu ein paar englische Guineen und einige Stücke, dergleichen wir noch nie zuvor erblickt. Da waren mehrere sehr große und schwere Münzen, die so abgegriffen waren, daß wir ihre Inschriften nicht mehr erkennen konnten. Amerikanisches Geld fand sich nicht dabei. Den Wert der Juwelen zu schätzen erwies sich als schwieriger. Da gab es Diamanten – einige von ihnen über die Maßen groß und schön –, einhundertzehn insgesamt, und nicht einer davon war klein; achtzehn Rubine von bemerkenswertem Glanze; dreihundertzehn Smaragde, alle wunderschön; und einundzwanzig Saphire, dazu ein Opal. Diese Steine waren sämtlich aus den Fassungen gebrochen und lose in die Kiste geworfen worden. Die Einfassungen selber, die wir aus dem übrigen Golde herausklaubten, sahen aus, als wären sie mit Hämmern zerschlagen worden, damit sie nicht mehr wiederzuerkennen wären. Zu alledem kam noch eine gewaltige Menge gediegenen Goldschmucks: nahezu zweihundert massive Finger- und Ohrringe; kostbare Ketten – dreißig, wenn ich mich recht entsinne; dreiundachtzig sehr große und schwere Kruzifixe; fünf goldene Weihrauchgefäße von hohem Wert; eine ungeheure goldene Punschbowle, verziert mit ziseliertem Weinlaub und bacchantischen Gestalten; überdies zwei köstlich gebosselte Schwertgriffe, und noch viele andere kleinere Gegenstände, an die ich mich nicht mehr erinnern kann. Das Gewicht dieser Kostbarkeiten betrug über dreihundertundfünfzig Pfund Handelsgewicht; und in diese Schätzung habe ich noch nicht einmal einhundertsiebenundneunzig prächtige goldene Uhren eingeschlossen; darunter drei, von denen jede mindestens fünfhundert Dollar wert war. Viele von ihnen waren sehr alt und als Zeitmesser wertlos; hatten doch die Werke mehr oder weniger unter Korrosion gelitten – doch alle waren sie reich mit Steinen besetzt und steckten in Gehäusen von hohem Wert. Wir schätzten den gesamten Inhalt der Kiste in jener Nacht auf anderthalb Millionen Dollar; und bei dem späteren Verkauf des Geschmeides und der Juwelen (ein paar behielten wir zum eigenen Gebrauch) stellte sich heraus, daß wir den kostbaren Fund noch bei weitem unterschätzt hatten.

Als wir schließlich unsere Sichtung beendet hatten und die damalige gespannte Erregung sich einigermaßen gelegt hatte, unternahm es Legrand, der wohl sah, daß ich vor Ungeduld beinahe verging, die Lösung dieses so außerordentlichen Rätsels zu erfahren, alle damit verbundenen Umstände ausgiebig und im Detail zu schildern.

»Sie erinnern sich doch«, sagte er, »an jenen Abend, da ich Ihnen die grobe Skizze gab, die ich von dem Skarabäus gemacht hatte. Auch können Sie sich wohl noch besinnen, daß es mich ziemlich verdroß, als Sie darauf beharrten, meine Zeichnung ähnele einem Totenkopfe. Zunächst, als Sie diese Behauptung aufstellten, hielt ich es für einen Scherz; doch später fielen mir die sonderbaren Flecke auf dem Rücken des Insekts ein, und ich mußte bei mir zugeben, daß Ihre Bemerkung tatsächlich nicht ganz unbegründet sei. Dennoch ärgerte mich, wie Sie über meine zeichnerischen Fähigkeiten spotteten – denn ich gelte für einen recht guten Künstler –, und so wollte ich den Pergamentfetzen, als Sie ihn mir zurückgaben, schon zusammenknüllen und wütend ins Feuer werfen.«

»Den Papierfetzen, meinen Sie«, sagte ich.

»Nein; es sah zwar ganz wie Papier aus, und zuerst hielt ich es auch dafür, doch als ich darauf zu zeichnen begann, merkte ich sofort, daß es ein Stück sehr dünnen Pergamentes war. Es war recht schmutzig, Sie erinnern sich. Nun gut, als ich eben drauf und dran war, es zusammenzuknüllen, fiel mein Blick auf die Skizze, welche Sie sich angesehen hatten, und Sie können sich wohl meine Verblüffung vorstellen, als ich doch wahrhaftig die Abbildung eines Totenkopfes gerade da erblickte, wo ich meines Wissens den Käfer gezeichnet hatte. Einen Augenblick lang war ich viel zu verwirrt, um richtig denken zu können. Ich wußte, daß meine Zeichnung im einzelnen von dieser ganz und gar verschieden war – obgleich im allgemeinen Umriß eine gewisse Ähnlichkeit bestand. So nahm ich denn eine Kerze, setzte mich ans andere Ende des Raumes und ging daran, das Pergament genauer zu untersuchen. Als ich es umdrehte, sah ich auf der Rückseite meine eigene Skizze, ganz so, wie ich sie gemacht hatte. Mein erster Gedanke war nun nichts als Überraschung ob der wirklich bemerkenswerten Ähnlichkeit im Umriß – ob der einzigartigen Koinzidenz, wie sie sich in dem Umstand fand, daß auf der anderen Seite des Pergamentes, ohne daß ich es wußte, genau unter meiner Zeichnung des Skarabäus ein Schädel gewesen sein sollte und daß dieser Schädel nicht nur im Umriß, sondern auch in der Größe meiner Skizze so ungemein ähnlich war. Wie gesagt, die Einzigartigkeit dieses Zusammentreffens betäubte mich geradezu. Das ist gewöhnlich die Wirkung solcher Koinzidenzen. Der Geist müht sich ab, einen Zusammenhang herzustellen – eine Folge von Ursache und Wirkung –, und wenn er dazu nicht imstande ist, befällt ihn so etwas wie eine zeitweilige Lähmung. Doch als ich mich von dieser Betäubung erholte, dämmerte mir allmählich eine Überzeugung, die mich weit mehr noch bestürzte als die Koinzidenz. Ich begann mich deutlich, ja mit Bestimmtheit zu erinnern, daß *keinerlei* Zeichnung auf dem Pergament gewesen war, als ich meinen Skarabäus darauf skizziert hatte. Ich war mir dessen vollkommen gewiß; denn ich entsann mich, wie ich das Pergament zuerst auf die eine und dann die andere Seite gewendet hatte, um die sauberste Stelle zu suchen. Wäre der Schädel da bereits darauf gewesen, so hätte ich ihn doch gar nicht übersehen können. Hier stand ich tatsächlich vor einem Rätsel, welches ich nicht zu erklären vermochte; doch selbst damals schon war es mir, als glimme, glühwürmchengleich, in den entlegensten und geheimsten Kammern meines Verstandes eine undeutliche Vorstellung jener Wahrheit auf, wie sie das Abenteuer der vergangenen Nacht aufs glänzendste bewiesen hat. Sogleich erhob ich mich und verwahrte das Pergament sicher und verschob alles weitere Nachdenken, bis ich allein wäre.

Als Sie gegangen waren und Jupiter fest schlief, widmete ich mich einer methodischeren Untersuchung der Angelegenheit. Zuerst einmal überlegte ich, auf welche Art und Weise das Pergament in meinen Besitz gelangt war. Die Stelle, wo wir den Skarabäus entdeckt hatten, lag an der Küste des Festlands, etwa eine Meile östlich der Insel und nur wenig über der Hochwassermarke. Als ich nach dem Käfer griff, biß er mich recht heftig, woraufhin ich ihn fallen ließ. Ehe nun Jupiter das Insekt anfaßte, das auf ihn zugeflogen war, sah er sich mit der ihm eigenen Vorsicht nach einem Blatt oder dergleichen um, womit er zufassen könne. In dem Augenblicke war es nun, daß sein Blick wie auch der meine auf das Stückchen Pergament fiel, das ich damals für Papier hielt. Es lag halb im Sande vergraben, nur eine Ecke ragte hervor. Nahe der Stelle, wo wir dies fanden, bemerkte ich die Überreste dessen, was einstmals offenbar den Rumpf einer Pinasse vorgestellt hatte. Das Wrack schien bereits sehr, sehr lange dort gelegen zu haben; denn eine Ähnlichkeit mit Bootsspanten war kaum noch zu erkennen.

Na schön, Jupiter hob also das Pergament auf, wickelte den Käfer hinein und gab ihn mir. Bald darauf machten wir uns auf den Heimweg und trafen unterwegs Lieutenant G... Ich zeigte ihm das Insekt, und er bat, es mit zum Fort nehmen zu dürfen. Auf meine Zusage hin steckte er es sogleich in seine Westentasche, ohne das Pergament, in welches es eingewickelt gewesen und das ich in der Hand behalten hatte, während er den Käfer gemustert. Vielleicht fürchtete er, ich könne mich anders besinnen, und hielt es für das beste, sich der Beute umgehend zu versichern – Sie wissen ja, wie sehr er sich für alles begeistert, was mit Naturgeschichte zusammenhängt. Zur gleichen Zeit muß ich, ohne daß es mir bewußt gewesen wäre, das Pergament mir in die eigene Tasche gesteckt haben.

Sie erinnern sich wohl, als ich an den Tisch trat, um von dem Käfer eine Skizze anzufertigen, fand ich dort, wo es gewöhnlich lag, kein Papier. Ich schaute in die Schublade und fand auch da keines. Darauf suchte ich in meinen Taschen in der Hoffnung, einen alten Brief dort zu haben – und da stieß meine Hand auf das Pergament. Ich schildere Ihnen derart genau, auf welche Weise es in meinen Besitz gelangt; denn die Umstände haben sich mir besonders nachhaltig eingeprägt.

Zweifellos werden Sie nun glauben, meine Phantasie sei recht lebhaft – doch hatte ich bereits eine Art *Zusammen-*

hang hergestellt. Zwei Glieder einer großen Kette hatte ich miteinander verbunden. An einer Meeresküste lag ein Boot, und nicht weit von dem Boot fand sich ein Pergament – *kein Papier* – mit dem Bilde eines Schädels darauf. Natürlich werden Sie fragen: ›Wo ist da der Zusammenhang?‹ Darauf erwidere ich, daß der Schädel oder Totenkopf das wohlbekannte Zeichen der Piraten ist. Bei allen Gefechten wird die Flagge mit dem Totenkopf gehißt. Wie gesagt, der Fetzen war Pergament und nicht Papier. Pergament ist dauerhaft – beinahe unzerstörbar. Unwichtige Angelegenheiten werden wohl kaum Pergament anvertraut; denn zu den bloß gewöhnlichen Zwecken des Schreibens oder Zeichnens eignet es sich nicht annähernd so gut wie Papier. Diese Erwägung legte den Schluß nahe, mit dem Totenkopf habe es etwas auf sich – etwas von großem Belang. Auch versäumte ich nicht, auf die *Form* des Pergaments genau zu achten. Obschon eine seiner Ecken durch irgendeinen Zufall zerstört worden war, konnte man doch noch erkennen, daß die ursprüngliche Form länglich gewesen. Ja, es war genau ein solcher Streifen, wie man ihn für ein Merkzeichen wählen würde – für die Aufzeichnung einer Sache, welche lange in Erinnerung bleiben und also sorgfältig aufbewahrt werden soll.«

»Aber«, warf ich ein, »Sie sagen doch, der Schädel sei *gar nicht* auf dem Pergament gewesen, als Sie den Käfer zeichneten. Wie kommen Sie dann auf einen Zusammenhang zwischen dem Boot und dem Schädel – da letzterer ja, wie Sie selber zugeben, erst zu einem späteren Zeitpunkt gezeichnet worden sein muß (Gott allein weiß, wie oder von wem), also *nach* Ihrem Skarabäus?«

»Ah, darum dreht sich ja das ganze Geheimnis; wenngleich mir in diesem Punkte die Lösung verhältnismäßig wenig Mühe bereitete. Meine Schritte waren sicher und konnten nur ein einziges Ergebnis zeitigen. Zum Beispiel bewegten sich meine Gedanken in folgender Richtung: Als ich den Skarabäus zeichnete, war auf dem Pergament keinerlei Schädel sichtbar. Als ich die Zeichnung beendet hatte, überließ ich sie Ihnen und beobachtete Sie aufmerksam, bis Sie mir diese zurückgaben. *Sie* haben also den Schädel nicht gezeichnet, und sonst war niemand da, der es hätte tun können. So war es also nicht durch menschliches Tun geschehen. Und dennoch war es geschehen.

Als meine Überlegungen so weit gediehen waren, versuchte ich, mich an jeden Vorfall innerhalb des fraglichen Zeitraumes zu erinnern, was mir auch in aller Deutlichkeit gelang. Es war kaltes Wetter gewesen (oh, welch seltener und glücklicher Zufall!), und ein Feuer brannte im Herde. Ich war erhitzt von körperlicher Anstrengung und saß am Tisch. Sie hatten sich jedoch einen Stuhl nahe ans Feuer gerückt. Gerade, als ich Ihnen das Pergament in die Hand gedrückt hatte und Sie darin begriffen waren, es zu betrachten, kam Wolf, der Neufundländer, herein und sprang an Ihnen hoch. Mit der linken Hand streichelten Sie ihn und wehrten ihn ab, während Sie Ihre rechte, die das Pergament hielt, unachtsam zwischen den Knien herunterhängen ließen, in nächster Nähe zum Feuer. Einmal dachte ich schon, es hätte Feuer gefangen, und wollte Sie schon zur Vorsicht mahnen, doch noch ehe ich etwas sagen konnte, hatten Sie es zurückgezogen und sich in seine Betrachtung vertieft. Als ich nun all diese Einzelheiten bedachte, zweifelte ich nicht einen Augenblick, daß *Hitze* als die Kraft gewirkt, welche auf dem Pergament den Schädel, welchen ich darauf abgebildet fand, ans Licht gebracht hatte. Ihnen ist sicher bekannt, daß es chemische Präparate gibt und seit undenklichen Zeiten gegeben hat, mit deren Hilfe es möglich ist, so auf Papier oder Velin zu schreiben, daß die Schriftzeichen nur dann sichtbar werden, wenn man sie der Einwirkung von Feuerhitze aussetzt. Zaffer, in *aqua regia* digeriert und mit der vierfachen Gewichtsmenge Wasser verdünnt, wird manchmal verwendet; das ergibt eine grüne Tinte. Löst man Kobaltregulus in Salpetergeist, erhält man eine rote. Diese Farben verschwinden nach längerer oder kürzerer Zeit, wenn das so beschriebene Material abkühlt, werden aber bei neuerlicher Erhitzung wieder sichtbar.

Nun untersuchte ich den Totenkopf mit großer Sorgfalt. Seine Begrenzungslinien – also die Linien der Zeichnung, welche dem Rande des Velins am nächsten lagen – waren weit *deutlicher* als die anderen. Es zeigte klar, daß die Wärmeeinwirkung unvollkommen oder ungleichmäßig gewesen war. Ich entfachte sogleich ein Feuer und setzte jeden Teil des Pergaments glühender Hitze aus. Zunächst bestand die Wirkung einzig darin, daß die schwachen Linien des Schädels stärker hervortraten; doch als ich in dem Experiment beharrlich fortfuhr, wurde in der Ecke des Streifens, welche der Stelle, da der Totenkopf gezeichnet war, diagonal gegenüberlag, eine Gestalt sichtbar, die ich zunächst für eine Ziege hielt. Bei näherer Betrachtung gewann ich aber die Überzeugung, daß es ein Zicklein, ein Kitz, sein sollte.«

»Ha! ha!« sprach ich, »gewiß habe ich kein Recht, Sie auszulachen – anderthalb Millionen sind eine viel zu ernste Sache, um darüber zu spaßen –, aber Sie wollen doch nicht etwa ein drittes Glied in Ihrer Kette einführen – Sie wollen doch wohl nicht eine besondere Beziehung zwischen Ihren Piraten und einer Ziege herstellen – Piraten haben, wie Ihnen bekannt sein dürfte, mit Ziegen gar nichts zu tun; für die sind wohl doch die Landwirte zuständig.«

»Aber ich habe ja gerade gesagt, daß die Figur *keine* Ziege war.«

»Na schön, dann eben ein Ziegenkitz – das dürfte ja wohl so ziemlich dasselbe sein.«

»Ziemlich, aber eben nicht ganz«, sagte Legrand. »Vielleicht haben Sie schon von einem gewissen *Kapitän Kidd** gehört. Ich habe in der Gestalt des Tieres gleich eine Art wortspielerischer oder hieroglyphischer Unterschrift gesehen. Ich sage Unterschrift; weil die Lage auf dem Velin diesen Gedanken nahelegte. Der Totenkopf in der diagonal gegenüberliegenden Ecke sah auf ebensolche Art wie ein Stempel oder Siegel aus. Aber was so gar nicht in mein Konzept passen wollte, war, daß alles andere fehlte – der Hauptinhalt meines vermeintlichen Dokuments – der Text zu meinem Kontext.«

»Sie erwarteten wohl, zwischen Stempel und Unterschrift einen Brief zu finden.«

»Irgend etwas der Art. Tatsache ist, ich fühlte mich unwiderstehlich durchdrungen von einer Vorahnung kommenden großen Glücks. Warum, vermag ich kaum zu sagen. Vielleicht war es letzten Endes eher ein Wunsch denn wirklicher Glaube – aber wissen Sie, daß Jupiters albernes Gerede, der Käfer bestehe aus massivem Gold, eine bemerkenswerte Wirkung auf meine Phantasie hatte? Und dann diese Reihe von Zufällen und Koinzidenzen – dies alles war so *höchst* außergewöhnlich. Ist Ihnen aufgefallen, welch bloßer Zufall es war, daß sich all diese Ereignisse gerade an dem *einzigen*

---

* *kid*: engl., Kitz, Zicklein. – Anm. d. Übers.

Tag des ganzen Jahres zutrugen, an dem es bisher kühl genug gewesen war oder gewesen sein mochte, um Feuer zu machen, und daß ohne das Feuer oder ohne das Dazwischenkommen des Hundes in eben genau dem Augenblick, da er erschien, ich niemals des Totenkopfes ansichtig und somit auch nie Besitzer des Schatzes geworden wäre?«

»Fahren Sie doch fort – ich brenne vor Ungeduld.«

»Nun gut; Sie haben natürlich von den vielen Geschichten gehört, die da im Gange – den tausend vagen Gerüchten, die da im Schwange, daß Kidd und seine Spießgesellen irgendwo an der atlantischen Küste Geld vergraben haben sollen. Diese Gerüchte nun müssen irgendwie auf Tatsachen beruhen. Und daß die Gerüchte sich schon so lange und so ausdauernd halten, konnte, wie mir schien, einzig von dem Umstande herrühren, daß der vergrabene Schatz *noch immer* in der Erde lag. Hätte Kidd seine Beute eine Zeitlang versteckt und sich später wiedergeholt, so wären die Gerüchte wohl kaum in ihrer gegenwärtigen, unveränderten Form zu uns gedrungen. Es wird Ihnen nicht entgangen sein, daß in all den Geschichten einzig von Schatzsuchern die Rede ist, nicht aber von glücklichen Findern. Hätte der Pirat sein Geld wieder an sich gebracht, dann wäre es ruhig um die Sache geworden. Mir wollte scheinen, daß irgendein Zufall – etwa der Verlust eines Merkzeichens, in welchem die genaue Stelle angegeben – ihn der Mittel beraubt habe, den Schatz wieder zu bergen, und daß dieser Zufall seinen Gefolgsleuten zu Ohren gekommen sein muß, die sonst wohl nie etwas davon erfahren hätten, daß überhaupt ein Schatz versteckt worden war, und die durch ihre vergeblichen, weil aufs Geratewohl unternommenen Versuche, diesen wiederzufinden, die Geschichten überhaupt erst in die Welt und dann allgemein in Umlauf gesetzt hatten, die heute so verbreitet sind. Haben Sie je davon gehört, daß entlang der ganzen Küste irgendein bedeutender Schatz gehoben worden wäre?«

»Nie.«

»Doch alle Welt weiß, daß Kidd ungeheure Reichtümer angehäuft hatte. Ich nahm es daher für erwiesen an, daß die Erde sie noch immer barg; und es wird Sie nun kaum überraschen, wenn ich Ihnen sage, daß ich Hoffnung, ja fast Gewißheit verspürte, das Pergament, welches auf so seltsame Weise sich fand, enthalte das einst verlorengegangene Dokument über den Ort des Verstecks.«

»Doch wie sind Sie denn nun vorgegangen?«

»Ich hielt das Velin noch einmal ans Feuer, nachdem ich es zu größerer Hitze entfacht hatte; doch nichts zeigte sich. Da kam mir der Gedanke, meine Erfolglosigkeit könne möglicherweise an dem Schmutzüberzug liegen; also spülte ich sorgfältig das Pergament ab, indem ich warmes Wasser darüber goß, und als dies getan war, legte ich es in eine Zinnpfanne, den Schädel nach unten, und stellte die Pfanne auf ein Holzkohlenfeuer. Nach wenigen Minuten, als die Pfanne gründlich erhitzt war, nahm ich den Streifen heraus und fand ihn zu meiner unaussprechlichen Freude an mehreren Stellen gesprenkelt; es sah aus wie in Reihen angeordnete Figuren. Noch einmal legte ich also das Pergament in die Pfanne und ließ es eine weitere Minute darin. Als ich es dann wieder herausnahm, sah das Ganze so aus, wie Sie es jetzt hier sehen.«

Damit reichte mir Legrand das Pergament, welches er erneut erhitzt hatte, zur Ansicht. Zwischen dem Totenkopf und der Ziege standen mit roter Farbe in ungelenker Schrift die folgenden Charaktere geschrieben:

53‡‡†305))6*;4826)4‡.)4‡);806*;48†8¶60))85;;]8*;:‡*8†83
(88)5*†;46(;88*96*?;8)*‡(;485);5*†2:*‡(;4956*2(5*–4)8¶8*;
4069285);)6†8)4‡‡;1(‡9;48081;8:8‡1;48†85;4)485†528806*81(‡
9;48;(88;4(‡?34;48)4‡;161;:188;‡?;

»Aber«, sagte ich und gab ihm den Streifen zurück, »ich tappe noch genauso im dunkeln wie zuvor. Und warteten meiner auch all die Juwelen von Golkonda bei der Lösung dieses Rätsels, bei Gott, ich vermöchte es nicht, sie mir zu verdienen.«

»Und dennoch«, sagte Legrand, »ist die Lösung keineswegs so schwierig, wie Sie Ihnen nach dem ersten flüchtigen Blick auf die Zeichen vorkommen mag. Diese Charaktere bilden, wie jedermann leicht erraten mag, eine Geheimschrift – das heißt, sie haben eine Bedeutung; doch nach allem, was man von Kidd weiß, konnte ich mir nicht vorstellen, daß er sich auf das Ausklügeln besonders raffinierter Chiffren verstanden hätte. Ich stellte mich also von vornherein darauf ein, daß diese hier zu der simpleren Sorte gehöre – freilich aber so beschaffen sei, daß sie primitivem Seemannsverstand ohne den Schlüssel gänzlich unlösbar erscheinen mußte.«

»Und Sie haben sie tatsächlich entschlüsselt?«

»Ohne weiteres; habe ich doch schon ganz andere Chiffren aufgelöst, die zehntausendmal komplizierter verschlüsselt waren. Die Umstände und eine gewisse geistige Neigung haben mich an derlei Rätselspielen Gefallen finden lassen, und es darf bezweifelt werden, ob menschlicher Scharfsinn überhaupt ein Rätsel der Art zu ersinnen vermag, welches nicht menschlicher Scharfsinn, mit gehörigem Fleiße, zu lösen vermöchte. Ja, als ich erst einmal zusammenhängende und lesbare Charaktere festgestellt hatte, wandte ich kaum einen Gedanken auf die bloße Schwierigkeit, ihren Sinn zu erschließen.

Im vorliegenden Falle – ja, in allen Fällen von Geheimschrift – gilt die erste Frage der *Sprache*, in der sie abgefaßt ist; denn die Prinzipien der Lösung hängen, besonders was die simpleren Chiffren angeht, vom Geist ab, welcher dem jeweiligen Idiom eigentümlich, und ändern sich entsprechend. Im allgemeinen gibt es nun keine andere Möglichkeit, als (geleitet von Wahrscheinlichkeiten) sämtliche Sprachen durchzuprobieren, die dem, welcher die Lösung unternimmt, geläufig sind, bis die richtige gefunden ist. Doch bei der Chiffre, die wir hier vor uns haben, sind wir durch die Unterschrift aller Schwierigkeit enthoben. Das Wortspiel mit dem Namen ›Kidd‹ ist in keiner anderen Sprache denn der englischen verständlich. Wäre diese Erwägung nicht gewesen, hätte ich es zunächst mit Spanisch und Französisch versuchen müssen, denjenigen Sprachen also, in welchen ein Geheimnis dieser Art von einem Piraten der karibischen Gewässer wohl natürlicherweise abgefaßt worden wäre. Wie die Dinge aber lagen, nahm ich also an, es sei dies ein englisches Kryptogramm.

Wie Sie sehen, gibt es keinerlei Abstände zwischen den Wörtern. Wären die Wörter voneinander getrennt, so hätte ich es mit einem verhältnismäßig leichten Problem zu tun gehabt. In einem solchen Falle hätte ich mit einer Kollation und Analyse der kürzeren Wörter begonnen, und wäre ein Wort aus nur einem einzigen Buchstaben vorgekommen, was ja höchstwahrscheinlich ist (zum Beispiel *a* oder *I*), hätte ich die Lösung für gesichert angesehen. Doch da keine Aufteilung vorlag, ging ich als erstes daran, die häufigsten Buchstaben zu ermitteln und ebenso die am wenigsten häufigen. So

habe ich sie denn alle gezählt und folgende Tabelle aufge-
stellt:

Das Zeichen 8 kommt 33 mal vor.

;	"	26	"	" .
4	"	19	"	" .
‡)	"	16	"	" .
*	"	13	"	" .
5	"	12	"	" .
6	"	11	"	" .
† 1	"	8	"	" .
0	"	6	"	" .
9 2	"	5	"	" .
:	"	4	"	" .
?	"	3	"	" .
¶	"	2	"	" .
] – .	"	1	"	" .

Nun ist e im Englischen der Buchstabe, welcher am häufigsten vorkommt. Danach geht die Reihenfolge: $a o i d h n r s$
$t u y c f g l m w b k p q x z$. E dominiert jedoch in so außer-
ordentlichem Maße, daß kaum ein einzelner Satz von einiger
Länge zu finden sein dürfte, in welchem es nicht der vorherr-
schende Buchstabe wäre.

Somit haben wir also gleich zu Beginn die Grundlage für
etwas, das über bloße Vermutung hinausgeht. Der allgemeine Nutzen, der aus der Tabelle zu ziehen ist, liegt auf der
Hand – doch bei dieser unserer speziellen Geheimschrift
werden wir ihrer Hilfe nur zu einem kleinen Teil bedürfen.
Da unser häufigstes Zeichen 8 ist, wollen wir damit begin-
nen, es für das e des natürlichen Alphabets zu nehmen. Um

die Richtigkeit dieser Annahme zu prüfen, wollen wir doch einmal sehen, ob *8* häufig paarweise auftritt – denn im Englischen wird *e* sehr oft verdoppelt – in solchen Wörtern zum Beispiel wie *meet, fleet, speed, seen, been, agree* usw. Im vorliegenden Falle finden wir es nicht weniger denn fünfmal doppelt, obgleich das Kryptogramm nur kurz ist.

Nehmen wir also an, *8* sei *e.* Von allen *Wörtern* der englischen Sprache ist nun der bestimmte Artikel *the* das häufigste; sehen wir also nach, ob sich nicht in der gleichen Anordnung drei Zeichen wiederholen, deren letztes *8* ist. Stellen wir eine solche Zeichengruppe wiederholt fest, so dürfte sie höchstwahrscheinlich das Wort *the* darstellen. Bei der Durchsicht stoßen wir auf nicht weniger denn sieben solche Folgen, und zwar mit den Zeichen *;48.* Wir dürfen daher annehmen, daß das Semikolon *t,* *4* das *h* und *8* das *e* vertritt – das letztere ist nun wohl bestätigt. Damit ist ein großer Schritt getan.

Haben wir aber bereits ein einzelnes Wort festgestellt, sind wir imstande, einen überaus wichtigen Punkt zu bestimmen; nämlich diverse Anfänge und Endungen anderer Wörter. Nehmen wir doch zum Beispiel einmal den vorletzten Fall, da die Kombination *;48* vorkommt – nicht weit vom Ende des Textes. Wir wissen, daß das unmittelbar folgende Semikolon den Anfang eines Wortes darstellt, und von den sechs Charakteren, welche nach diesem *the* kommen, kennen wir nicht weniger denn fünf. Setzen wir nun also für diese Charaktere die Buchstaben ein, welche sie unseres Wissens vertreten, wobei wir für den einen unbekannten einen Zwischenraum frei lassen –

t eeth.

Hier sehen wir uns nun sogleich imstande, das *th* auszusondern, da es keinen Teil des mit dem ersten *t* beginnenden Wortes bildet; denn wenn wir das gesamte Alphabet nach einem Buchstaben durchgehen, welcher in die Lücke passen könnte, stellen wir fest, daß sich kein Wort bilden läßt, das dieses *th* enthalten könnte. So engt sich das Ganze ein auf

t ee,

und probieren wir nun, falls nötig, wie zuvor das Alphabet noch einmal durch, so kommen wir zu dem Wort *tree* als der einzig möglichen Lesart. Somit haben wir einen weiteren Buchstaben gewonnen, *r*, vertreten durch *(,* dazu nebeneinander die Wörter *the tree.*

Schauen wir nun ein kleines Stück weiter, so stoßen wir erneut auf die Kombination *;48* und nutzen dieses nun zur *Abgrenzung* des unmittelbar Vorhergehenden. Wir erhalten also diese Folge:

the tree ;4(‡?34 the,

beziehungsweise lautet diese, wenn wir die uns bekannten Buchstaben einsetzen, nun so:

the tree thr‡?3h the.

Wenn wir nun an Stelle der noch unbekannten Charaktere Zwischenräume lassen oder Pünktchen setzen, so lesen wir:

the tree thr...h the,

worauf sogleich das Wort *through* in die Augen springt. Diese Entdeckung bringt uns aber nun drei neue Buchstaben ein, *o, u* und *g*, vertreten durch *‡,?* und *3.*

Sehen wir den Text nun genau nach Kombinationen aus den uns bekannten Charakteren durch, so finden wir nicht weit vom Anfang die folgende Gruppe:

83(88, oder *egree,*

was eindeutig der Schluß des Wortes *degree* ist und uns als neuen Buchstaben das *d* beschert, vertreten durch †.

Vier Buchstaben hinter dem Wort *degree* entdecken wir die Kombination

;46(;88*.

Übertragen wir die bekannten Zeichen und geben die unbekannten wie zuvor durch Pünktchen wieder, so lesen wir:

th.rtee.,

eine Folge, die sogleich das Wort *thirteen* nahelegt und uns abermals mit zwei neuen Buchstaben ausrüstet, *i* und *n*, vertreten durch 6 und *.

Wenden wir uns nun dem Anfang des Kryptogramms zu, so finden wir da die Kombination

53‡‡†.

Übertragen wir diese wie zuvor, so erhalten wir

.good,

was uns die Gewißheit gibt, daß der erste Buchstabe *A* ist und die beiden ersten Worte *A good* lauten.

Um Verwirrung zu vermeiden, ist es jetzt an der Zeit, daß wir unseren Schlüssel, soweit wir ihn entdeckt haben, in einer Tabelle darstellen. Und das sieht so aus:

5	steht für	a
†	"	d
8	"	e
3	"	g
4	"	h
6	"	i
*	"	n
‡	"	o
(	"	r
;	"	t.

Wir haben also nicht weniger als zehn der wichtigsten Buchstaben dargestellt, und es ist sicher nicht nötig, mit den Einzelheiten der Lösung fortzufahren. Ich habe wohl genug gesagt, um Sie davon zu überzeugen, daß Chiffren dieser Art leicht zu entschlüsseln sind und Ihnen einen Einblick in das logische *Grundprinzip* ihrer Entzifferung geben. Doch seien Sie versichert, daß unser Beispiel hier zu den allereinfachsten Sorten von Kryptographie gehört. Es bleibt mir nur noch, Ihnen die vollständige Übertragung der enträtselten Zeichen auf dem Pergament zu geben. Sie lautet:

›*A good glass in the bishop's hostel in the devil's seat twenty-one degrees and thirteen minutes northeast and by north main branch seventh limb east side shoot from the left eye of the death's-head a bee line from the tree through the shot fifty feet out.*‹*

»Aber«, sagte ich, »das Rätsel bedünkt mich um nichts gebessert. Wie sollte es nur möglich sein, aus all dem Kauderwelsch von *devil's seat*, *death's-head* und *bishop's hostel* einen Sinn herauszuholen?«

»Ich gestehe«, erwiderte Legrand, »daß die Sache noch immer recht schwierig aussieht, wenn man sie flüchtig betrachtet. Mein erstes Bestreben war nun, das Ganze in die natürlichen Abschnitte einzuteilen, wie sie der Kryptograph im Sinn gehabt.«

»Sie meinen, Interpunktion zu setzen?«

»So ungefähr.«

»Aber wie war das zu bewerkstelligen?«

---

* ›*Ein gutes Glas in Bishop's Hotel auf dem Teufelssitz einundzwanzig Grad und dreizehn Minuten Nordnordost Hauptast siebter Zweig Ostseite schieß vom linken Auge des Totenkopfes eine gerade Linie vom Baum durch den Schuß fünfzig Fuß fort.*‹ – Anm. d. Übers.

»Ich habe mir überlegt, daß der Schreiber seine Wörter *absichtlich* ohne Abtrennung ineinander übergehen ließ, um die Lösung zu erschweren. Nun, verfolgt ein Mann, der nicht allzu großen Geistes ist, diesen Zweck, so dürfte er mit ziemlicher Sicherheit des Guten zuviel tun. Sobald er nun im Verlaufe der Abfassung bei einem Absatz im Thema anlangt, wie er ganz natürlich einen Gedankenstrich erfordern würde oder einen Punkt, so wäre er nur um so mehr geneigt, seine Zeichen gerade an dieser Stelle noch enger als sonst aneinanderzusetzen. Wenn Sie sich im vorliegenden Falle das Manuskript einmal daraufhin ansehen, so werden Sie ohne weiteres fünf solche Stellen ungewöhnlich dichter Häufung entdecken. Ich folgte diesem Hinweis und gliederte das Ganze folgendermaßen:

›Ein gutes Glas in Bishop's Hotel auf dem Teufelssitz – einundzwanzig Grad und dreizehn Minuten – Nordnordost – Hauptast siebter Zweig Ostseite – schieß vom linken Auge des Totenkopfes – eine gerade Linie vom Baum durch den Schuß fünfzig Fuß fort.‹«

»Selbst diese Einteilung«, sagte ich, »läßt mich noch immer im dunkeln.«

»Mir ging es ebenso«, entgegnete Legrand, »ein paar Tage lang; indessen ich in der Umgegend von Sullivan's Island eifrig nach einem Bauwerk forschte, das den Namen ›Bishop's Hotel‹ führte; denn das veraltete Wort *hostel* behielt ich selbstverständlich nicht bei. Da ich nichts in Erfahrung bringen konnte, stand ich schon im Begriffe, meine Suche auf ein größeres Gebiet auszudehnen und systematischer vorzugehen, als mir eines Morgens mit einem Mal der Gedanke durch den Kopf fuhr, dieses ›Bishop's Hotel‹ könne vielleicht etwas mit einer alten Familie namens Bessop zu tun haben, welche vor undenklichen Zeiten sich im Besitze eines alten Herrenhauses befunden, etwa vier Meilen nördlich der Insel. Also begab ich mich hinüber zu der Plantage und nahm bei den älteren Negern dort meine Erkundigungen wieder auf. Schließlich sagte mir eine der bejahrtesten Frauen, sie habe von einem Orte namens *Bessop's Castle* gehört, und meinte, sie könne mich wohl hinführen, aber ein ›Kastell‹ sei es nicht, auch keine Herberge, sondern ein hoher Felsen.

Ich bot ihr an, ihr ihre Mühe gut zu lohnen, und nach einigem Zögern willigte sie ein, mich zu der Stelle zu begleiten. Wir fanden diese ohne große Schwierigkeit, worauf ich die alte Frau entließ und daranging, die Stelle zu untersuchen. Das ›Kastell‹ bestand aus einer regellosen Ansammlung von Klippen und Felsen – unter den letzteren fiel einer ob seiner Höhe wie auch seiner vereinzelten und künstlichen Erscheinung besonders auf. Ich erklomm seinen Gipfel und wußte dann nicht so recht, was ich nun weiter tun sollte.

Während ich noch mit mir zu Rate ging, fiel mein Blick auf einen schmalen Vorsprung in der Ostwand des Felsens, vielleicht ein Yard unterhalb der Spitze, auf der ich stand. Dieser Vorsprung ragte etwa achtzehn Zoll weit heraus und war nicht mehr als einen Fuß breit, während eine Nische im Felsen darüber ihm eine grobe Ähnlichkeit mit einem der hohlrückigen Stühle verlieh, wie sie unsere Vorfahren in Gebrauch hatten. Ich hegte keinen Zweifel, daß dies hier der ›Teufelssitz‹ sei, von welchem in dem Manuskripte die Rede, und nun war mir, als begreife ich das volle Geheimnis des Rätsels.

Das ›gute Glas‹, so erkannte ich, konnte sich auf nichts als ein Fernrohr beziehen; denn in anderem Sinne wird das Wort ›Glas‹ von Seeleuten kaum verwendet. Hier war also, das sah ich sogleich, ein Fernglas zu benutzen, von einem ganz bestimmten Blickwinkel aus, *der keinerlei Abweichung zuließ.* Auch zögerte ich nicht anzunehmen, daß die Ausdrücke ›einundzwanzig Grad und dreizehn Minuten‹ und ›Nordnordost‹ als Anweisungen für die Einstellung des Glases zu verstehen seien. Höchlich erregt über diese Entdeckungen, eilte ich nach Hause, holte ein Teleskop und kehrte zu dem Felsen zurück.

Ich ließ mich auf den Vorsprung hinab und merkte, daß es unmöglich war, anders als in einer einzigen bestimmten Stellung darauf zu sitzen. Dieser Umstand bestätigte meinen zuvor gefaßten Gedanken. Nun schickte ich mich an, das Glas zu gebrauchen. Natürlich konnten die ›einundzwanzig Grad und dreizehn Minuten‹ nichts anderes meinen als die Richthöhe über dem sichtbaren Horizont, denn die horizontale Richtung war eindeutig mit den Worten ›Nordnordost‹ vorgegeben. Letztere Richtung stellte ich sogleich mittels eines Taschenkompasses fest; dann richtete ich das Glas, so gut ich es zu schätzen vermochte, auf einen Höhenwinkel von einundzwanzig Grad aus und bewegte es vorsichtig auf und ab, bis meine Aufmerksamkeit von einer kreisförmigen Spalte oder Öffnung im Blattwerk eines gewaltigen Baumes gefesselt ward, der seinesgleichen in der Ferne überragte. Im Mittelpunkt dieses Spaltes gewahrte ich einen weißen Fleck, konnte aber zunächst nicht ausmachen, was es war. Als ich das Teleskop schärfer eingestellt hatte, blickte ich abermals hin und erkannte es nun als einen menschlichen Schädel.

Diese Entdeckung stimmte mich so zuversichtlich, daß ich das Rätsel als gelöst betrachtete; denn der Ausdruck ›Hauptast, siebter Zweig, Ostseite‹ konnte nur die Stelle bezeichnen, an der sich der Schädel auf dem Baume befand, während

›schieße vom linken Auge des Totenkopfes‹ hinsichtlich der Suche nach einem vergrabenen Schatze auch nur eine Deutung zuließ. Ich verstand nun, daß der Plan darin bestand, eine Kugel vom linken Auge des Schädels herabfallen zu lassen, und daß eine gerade Linie oder, anders ausgedrückt, der kürzeste Weg vom nächstgelegenen Punkt des Baumstammes durch ›den Schuß‹ (bzw. die Stelle, wo die Kugel heruntergefallen war) und von dort auf eine Strecke von fünfzig Fuß verlängert, einen ganz bestimmten Punkt anzeigen würde – und unter diesem Punkte hielt ich es zumindest für *möglich*, daß da ein Schatz verborgen läge.«

»All dies«, sagte ich, »ist ungemein einleuchtend, und obschon sinnreich erdacht, ist es doch einfach und klar. Und was geschah, als Sie das ›Bishop's Hotel‹ verlassen hatten?«

»Nun, nachdem ich mir die Lage des Baumes genau eingeprägt hatte, wandte ich mich wieder heimwärts. Sobald ich jedoch den ›Teufelssitz‹ verlassen hatte, verschwand der kreisförmige Spalt; auch danach konnte ich keinen Blick mehr davon erhaschen, wie sehr ich mich auch wenden mochte. Was mir bei der ganzen Sache wirklich genial vorkommt, ist die Tatsache (und wiederholtes Experiment hat mich überzeugt, daß es eine Tatsache *ist*), daß die besagte kreisrunde Öffnung von keinem anderen erreichbaren Standpunkte aus sichtbar ist denn ebenjenem, den der schmale Vorsprung an der Felswand gewährt.

Bei dieser Expedition zum ›Bishop's Hotel‹ hatte mich Jupiter begleitet, der zweifellos schon etliche Wochen mein zerstreutes Wesen bemerkt hatte und ganz besondere Vorsicht walten ließ, mich nicht allein zu lassen. Am nächsten Tage aber, da ich sehr zeitig aufgestanden war, gelang es mir, ihm zu entwischen, und ich ging in die Berge hinüber, den Baum zu suchen. Nach vieler Mühsal fand ich ihn dann. Als ich abends heimkehrte, wollte mein Diener mir eine Tracht Prügel verabreichen. Mit dem Rest des Abenteuers sind Sie, glaube ich, ebensogut bekannt wie ich.«

»Ich nehme an«, sagte ich, »beim ersten Grabungsversuch haben Sie die Stelle wohl durch Jupiters Dummheit verfehlt, weil er den Käfer durch das rechte statt das linke Auge des Schädels fallen ließ –«

»Ganz recht. Dieser Fehler ergab für den ›Schuß‹ eine Abweichung von etwa zweieinhalb Zoll – das heißt für die dem Baum am nächsten gelegene Stelle des Pflocks, und hätte sich der Schatz *unter* dem ›Schuß‹ befunden, so wäre der Irrtum nicht weiter bedeutungsvoll gewesen; doch ›der Schuß‹ und der nächste Punkt des Baumes waren lediglich zwei Punkte, die Richtung einer Linie zu bestimmen; so ward der Fehler, mochte er zunächst auch noch so gering sein, natürlich immer größer, je weiter wir die Gerade verlängerten, und als wir fünfzig Fuß weit gegangen waren, hatten wir die rechte Spur dann gänzlich verloren. Wäre ich nicht im tiefsten Innern so fest davon überzeugt gewesen, daß tatsächlich hier irgendwo ein Schatz vergraben läge, so wäre all unsere Mühe wohl gar umsonst gewesen.«

»Ich denke mir«, sagte ich, »auf den absonderlichen Einfall mit dem *Schädel* – eine Kugel durch das Auge fallen zu lassen – war Kidd wohl durch die Piratenflagge gekommen. Ohne Zweifel empfand er so etwas wie poetische Konsequenz darin, sein Geld durch dieses ominöse Standeszeichen wiederzugewinnen.«

»Vielleicht; doch es will mich nicht anders bedünken, als daß der gesunde Menschenverstand genausoviel mit der Sache zu tun hatte wie poetische Konsequenz. Um vom Teufelssitz aus sichtbar zu sein, mußte der Gegenstand, war er klein, unbedingt *weiß* sein; und nichts vermag nun einmal so wie der menschliche Schädel, allen Wetterunbilden ausgesetzt, das Weiß zu bewahren oder gar noch zu bleichen.«

»Doch Ihr pathetisches Gerede und Ihr Gehabe, da Sie den Käfer hin und her schwenkten – wie überaus wunderlich! Ich war sicher, Sie wären verrückt geworden. Und warum haben Sie darauf bestanden, den Käfer statt einer Kugel durch den Schädel fallen zu lassen?«

»Nun, ehrlich gesagt, ich ärgerte mich etwas über Ihre offensichtlichen Zweifel an meinem Verstande, und so beschloß ich, Sie stillschweigend, auf meine eigene Weise, durch ein klein wenig bescheidene Mystifizierung zu bestrafen. Aus diesem Grunde schwenkte ich den Käfer hin und her, und aus diesem Grunde ließ ich ihn vom Baume herunterfallen. Eine Bemerkung Ihrerseits bezüglich seines großen Gewichtes hat letzteren Gedanken mir eingegeben.«

»Ja, ich verstehe; und nun bleibt mir nur noch ein Punkt, der mir Kopfzerbrechen bereitet. Was sollen wir von den Skeletten halten, die wir in dem Loche gefunden haben?«

»Das ist eine Frage, welche ich ebensowenig zu beantworten vermag wie Sie. Es scheint jedoch nur eine einzige plausible Erklärung dafür zu geben – und doch wäre es schrecklich, müßte man an eine solche Greueltat glauben, wie meine Vermutung sie enthielte. Es ist klar, daß Kidd – falls es wirklich Kidd ist, der diesen Schatz versteckt hat, woran ich aber nicht zweifle –, es ist klar, daß er Hilfe bei dem mühseligen Werke gehabt haben muß. Doch als die ärgste Arbeit getan war, mag er es für tunlich gehalten haben, alle Mitwisser seines Geheimnisses zu beseitigen. Da genügten vielleicht schon ein paar Hiebe mit einer Hacke, dieweil die Mithelfer noch in der Grube tätig waren; vielleicht brauchte es auch ein Dutzend – wer will das sagen?«

Anmerkungen

Die Texte wurden zitiert nach: Edgar Allan Poe, Sämtliche Werke in drei Bänden. Herausgegeben von Günter Gentsch. Aus dem Amerikanischen von Barbara Cramer-Nauhaus, Erika Gröger, Heide Steiner, Ruprecht Willnow und anderen. Insel Verlag Frankfurt am Main 1990. © 1989 Insel-Verlag Anton Kippenberg, Leipzig.

Die Morde in der Rue Morgue
Originaltitel: ›The Murders in the Rue Morgue‹.

Die Entstehung der Erzählung, mit der Poe zum eigentlichen Schöpfer der Detektivgeschichte wurde, dürfte neben einigen anderen möglichen Quellen vor allem durch einen Vorfall befördert worden sein, von dem das Ipswicher Blatt ›Shrewsbury Chronicle‹ vom 22. August 1834 berichtete und den auch das ›Annual Register for 1834‹ wiedergab: Eine gewisse Mrs. Smith war in ihrer Wohnung von einem Affen attackiert worden. Den Namen des Meisterdetektivs C. Auguste Dupin hat Poe entweder aus den in ›Burton's Gentleman's Magazine‹ Ende 1838 in Fortsetzungen erschienenen ›Memoiren des Gründers der Pariser Geheimpolizei, François Vidocq‹ (1828-1830) entlehnt, in deren erstem Teil eine Marie Dupin als Hauptperson agiert, oder von dem wegen seines Scharfsinns vielgerühmten Juristen und Politiker André-Marie-Jean-Jacques Dupin (1783-1865), dessen Biographie in dem 1841 von R. M. Walsh übersetzten und von Poe besprochenen Werk ›Skizzen hervorragender zeitgenössischer Persönlichkeiten Frankreichs‹ (Sketches of Conspicuous Living Characters of France) von Louis L. de Loménie aufgezeichnet war. Die Detektivgeschichte wurde nicht nur sehr schnell in den USA bekannt, sondern durch – allerdings bearbeitete – Fassungen auch in Frankreich. Zusammen mit ›William Wilson‹ trug die Story dazu bei, Namen und Werk Poes in diesem westeuropäischen Land zu verbreiten.

Texte: Manuskript vom März 1841. Der Text ist weiter nachweis-

bar in ›Graham's Magazine‹ für April 1841, in den ›Prose Romances‹ (1843), in den ›Tales‹ (1845), im ›J.-Lorimer-Graham-Exemplar‹ der ›Tales‹ (mit eingetragenen Änderungen) und im ersten Teil der ›Works‹ (1850).
Die deutsche Übersetzung folgt dem ›J.-Lorimer-Graham-Exemplar‹.

9 *Welches Lied die Sirenen sangen ...:* Zitat aus dem 5. Kapitel der Abhandlung ›Urnenbegräbnis‹ (Urn Burial, 1658) des englischen Mediziners und Schriftstellers Sir Thomas Browne (1605-1682).

11 *Hoyle,* Edmond (1672-1769): Die Bücher des Engländers über Kartenspiele waren weit verbreitet. Dazu gehört die ›Kurze Abhandlung über Whist‹ (Short Treatise on Whist, 1742). Seine Spielregeln für Whist galten bis 1864.

16 *Palais Royal:* Dieser Bau wurde 1629-1634 für Richelieu erbaut.

18 *et id genus omne:* lat., und dieses ganze Geschlecht.
rencontre: frz., Begegnung.
Dr. Nichol, John Pringle (1804-1859): Professor für Astronomie in Glasgow. Er lehrte auch kurze Zeit in den USA. Poe schätzte sein Buch ›Betrachtungen zum Bau des Himmels in einer Reihe von Briefen an eine Lady‹ (Views of the Architecture of the Heavens in a Series of Letters to a Lady, 1837).
Stereotomie: Körperschnitt.

19 *Lamartine,* Alphonse-Marie-Louis de Prât de (1790 bis 1869): französischer Dichter und Staatsmann.

20 *Perdidit antiquum ...:* lat., Der erste Buchstabe verlor seinen alten Klang. Zitat aus dem ›Festkalender‹ (Fasti) von Ovid.

21 f. *Napoleondors:* die unter den französischen Kaisern Napoleon I. und Napoleon III. geprägten 20-Francs-Goldstücke.

23 *Pauline Dubourg:* In London besuchte Poe kurze Zeit die Privatschule der Schwestern Dubourg, deren Namen er hier für seine Erzählung verwendet.

25 ›*sacré‹:* frz., ›heilig‹; auch: ›verdammt!‹
›*diable‹:* frz., ›Teufel‹.
›*mon Dieu‹:* frz., ›mein Gott‹.

29 *tibia:* lat., Schienbein.

31 *robe-de-chambre:* frz., Schlafrock.

pour mieux entendre la musique: frz., um die Musik besser zu hören. Zitat aus der Komödie ›Der Bürger als Edelmann‹ (Le Bourgeois gentilhomme, 1670), I, 2 des französischen Dramatikers Molière (Jean-Baptiste Poquelin, 1622-1673).

31 *Vidocq,* François-Eugène (1775-1857): Chef der Pariser Geheimpolizei unter Napoleon I. (1769-1821).

retina: lat., Netzhaut des Auges.

32 *G., den Polizeipräsidenten:* Wie Mabbott angibt, hieß der Pariser Polizeipräsident von 1831 bis 1836 Henri Gisquet (1782-1866).

33 *loge de concierge:* frz., Pförtnerloge.

je les ménageais: frz., ich sie geschont habe.

50 *Cuvier:* Georges-Léopold-Chrétien-Frédéric-Dagobert, Baron de (1769-1832): französischer Naturforscher. Er betrieb vergleichende Anatomie und beschäftigte sich mit Paläontologie.

51 *au troisième:* frz., in der dritten Etage.

52 *queues:* frz., Schwänze.

53 *mustachio:* deformiertes Italienisch, richtig: mustacchi, Schnurrbart.

54 *neufchâtellisch:* soviel wie ›unbeholfen, bäurisch‹; nach dem Schweizer Kanton Neufchâtel.

60 *Jardin des Plantes:* Botanischer Garten und Tierpark in Paris.

Laverna: römische Göttin der Finsternis und deshalb Schutzgöttin der Diebe. Ihr war in Rom ein Altar an der Porta Lavernalis geweiht.

61 *›de nier ce qui est …‹:* frz., ›das zu leugnen, was ist, und das zu erklären, was nicht ist‹. Zweite Fußnote zum 11. Brief in Teil VI von ›Julie oder Die neue Heloïse‹ von Rousseau.

Der entwendete Brief
Originaltitel: ›The Purloined Letter‹.

Die 1844 veröffentlichte Story ist nach den ›Morden in der Rue Morgue‹ und dem ›Geheimnis um Marie Rogêt‹ die dritte Detektivgeschichte Poes, in der er den messerscharf analysierenden C. Auguste Dupin erfolgreich agieren läßt. Der Leitgedanke dieser Story, die Poe als ›vielleicht die beste meiner Erzählungen des Vernunftschlusses [tales of ratiocination]‹ bezeichnet hat, besteht darin, daß ein Fall nur gelöst werden kann, wenn der Untersuchende seinen Intellekt auf den seines Gegenspielers einstellt. Die Story wurde schon 1845 ins Französische übersetzt.

Texte: Erste Veröffentlichung in ›The Gift: a Christmas, New Year, and Birthday Present, MDCCCXLV‹ (im September 1844 herausgegeben). Davon findet sich ein Reprint in gekürzter Form in ›Chambers' Edinburgh Journal‹ vom 30. November 1844, der wiederum vom Bostoner ›Littell's Living Age‹ vom 18. Januar 1845, von ›The Spirit of the Times‹ vom 20. und 22. Januar 1845 und den ›New York Weekly News‹ vom 25. Januar 1845 abgedruckt wurde. Weitere Texte der Story sind nachweisbar in den ›Tales‹ (1845), dem ›J.-Lorimer-Graham-Exemplar‹ der ›Tales‹ (mit Manuskriptänderungen von etwa 1849) und dem ersten Teil der ›Works‹ (1850).

Vorlage für die deutsche Übertragung ist das ›J.-Lorimer-Graham-Exemplar‹.

62 *Nil sapientiae ...:* lat., Nichts ist der Wissenschaft widriger als zu viel Scharfsinn. Die Herkunft des Zitats ließ sich im Unterschied zu Poes Angabe nicht nachweisen.
   au troisième: s. Anm. zu S. 51.
   G..: Der Pariser Polizeipräsident von 1831 bis 1836 hieß Henri Gisquet (1782-1866).

67 *au fait:* frz., hier: bewandert.

73 *Abernethy,* John (1764-1831): irischer Chirurg. Mabbott weist darauf hin, daß diese Anekdote auf einen anderen Chirurgen, nämlich Sir Isaac Pennington (1745 bis 1817), zurückgeht. Sie steht in einem Witzbuch, das Poe im Dezember 1835 besprochen hatte.

74 *escritoire:* frz., Schreibtisch.

77 *La Rochefoucauld,* François de (1613-1680): französischer Großherzog. Er verfaßte u. a. ›Memoiren aus der Zeit der Regentschaft Annas von Österreich‹ (Mémoires de la régence d'Anne d'Autriche, 1662).
   La Bruyére, Jean de (1645-1696): französischer Moralist, Verfasser der ›Charaktere des Theophrast, übersetzt aus dem Griechi-

schen, mit den Charakteren oder den Sitten dieses Jahrhunderts‹ (Les Caractères de Théophraste, traduits du grec, avec les caractères ou les mœurs de ce siècle, 1688).

Machiavelli, Niccolò: (1469-1527): italienischer Politiker und Schriftsteller, verfaßte philosophische und historische Schriften, Gutachten, Briefe, Novellen, Gedichte, Komödien. Sein Hauptwerk ist ›Der Fürst‹ (Il Principe, 1532).

Campanella, Tommaso (1568-1639): italienischer Philosoph, Verfasser des ›Sonnenstaats‹ (Civitas solis, 1623).

78 *recherchés:* frz., Erwählte.

79 *non distributio medii:* lat., Nichtauflösung der Mitte.

80 ›*Il y a à parier ...‹:* frz., ›Es ist so gut wie sicher, daß jeder öffentlich anerkannte Gedanke, jede gültige Konvention eine Dummheit ist, denn sie entspricht der Mehrheit.‹ Zitat aus den ›Gedanken, Maximen und Anekdoten‹ (Pensées, Maximes et Anecdotes, 1803), II, des französischen Schriftstellers Nicolas-Sébastien Roch, genannt Chamfort (1741-1794).

ambitus: lat., hier: Amtsbewerbung, Ehrsucht.

religio: lat., Verpflichtung, Gottesverehrung, Kult, Glaube, Aberglaube.

homines honesti: lat., angesehene, anständige Leute.

81 *Bryant,* Jacob (1715-1804): englischer Altphilologe. Das Zitat stammt aus seinem Hauptwerk ›Neues System oder Eine Untersuchung der antiken Mythologie‹ (New System or an Analysis of Ancient Mythology, 1774-1776).

83 *vis inertiae:* lat., Kraft der Trägheit, Beharrungsvermögen.

85 *ennui:* frz., Langeweile, Überdruß.

89 *facilis descensus Averni:* lat., müheloser Abstieg zur avernischen Tiefe. Zitat aus der ›Aeneis‹, VI, 126 von Vergil. Den Averner See, einen Kratersee bei Cumae, stellte man sich als Eingang in die Unterwelt vor.

Catalani, Angelica (1780-1849): italienische Opernsängerin.

monstrum horrendum: furchtbarer Unhold. Zitat aus Vergils ›Aeneis‹, III, 658. Gemeint ist der Zyklop Polyphemos.

90 *Un dessein si funeste ...:* frz., Ein so verderblicher Plan, wenn er nicht des Atreus würdig ist, dann des Thyestes. Zitat aus dem

Drama ›Atreus und Thyestes‹ (Atrée et Thyeste, 1707), V, 4 von
Crébillon. – Atreus war ein legendärer König von Mykene. Er
schlachtete die Kinder seines Bruders Thyestes und setzte sie ihm
als Mahl vor, weil Thyestes seine Frau verführt hatte. Seine zweite
Frau war eine Tochter des Thyestes, die einen Sohn, Aigisthos, ge-
bar, dessen Vater aber ihr eigener Vater Thyestes war. Atreus versuchte später, Aigisthos zum Mord an Thyestes zu bewegen, wurde aber selbst von ihm erschlagen.

Das Geheimnis um Marie Rogêt

Eine Fortsetzung zu den ›Morden in der Rue Morgue‹
Originaltitel: ›The Mystery of Marie Rogêt. A Sequel to „The Murders
in the Rue Morgue“‹.

Die Geschichte muß bis zum 4. Juni 1842 entstanden sein, denn an diesem Tag bot Poe die Story zwei Zeitschriften an – der ›Boston Notion‹
und dem ›Saturday Visiter‹. Doch diese Bemühungen schlugen fehl,
und der Text wurde erst Ende 1842/Anfang 1843 in Snowdens ›Ladies'
Companion‹, einer wenig angesehenen Zeitschrift, veröffentlicht. Die
Geschichte geht auf einen mysteriösen Todesfall zurück, der für viele
Wochen in den USA die Gemüter erregte. Am 28. Juli 1841 wurde die
Leiche von Mary Cecilia Rogers, einer Angestellten in dem New-Yorker Tabakwarengeschäft eines gewissen John Anderson, im Hudson Ri-
ver entdeckt. Da die Ermittlungen der Polizei im Sande verliefen, fühlte
sich Poe als Künstler wie als Amateurdetektiv veranlaßt, eine Story über
diesen Fall zu schreiben. Er verlagerte das Geschehen nach Paris und
verwandelte die New-Yorker Tabakwarenverkäuferin in eine schöne
Pariser Grisette, die einige Jahre zuvor in einem Parfümerieladen beschäftigt war. Als ›literarischen Bevollmächtigten‹ für die Aufdeckung
der Todesursache setzte er den schon von der Geschichte ›Die Morde
in der Rue Morgue‹ her bekannten Auguste C. Dupin ein. Dabei dien-
ten Poe (und Dupin) die aus der amerikanischen Presse ziemlich genau übernommenen Details als Anhaltspunkt. In einem Brief Poes an
George Roberts, den Herausgeber der ›Boston Notion‹, vom 4. Juni
1842 heißt es: ›Die Story gründet sich auf die Ermordung von Mary

Cecilia Rogers in New York, die vor einigen Monaten eine so ungeheure Erregung auslöste. Ich habe jedoch meinen Entwurf in einer Weise ausgeführt, der in der Literatur vollkommen *neuartig* ist. Ich habe mir eine Reihe von nahezu genauen, sich in Paris ereignenden *Koinzidenzen* ausgedacht. Eine junge Grisette, eine Marie Rogêt, ist unter genau den gleichen Umständen umgebracht worden wie Mary Rogers. So beginne ich, unter dem Vorwand zu zeigen, wie Dupin (der Held der ›Rue Morgue‹) das Geheimnis von Maries Ermordung enträtselte, in Wirklichkeit eine sehr lange und rigorose Analyse der New-Yorker Tragödie. Kein Punkt ist ausgelassen. Ich überprüfe Stück um Stück die Meinungen und Argumente der Presse zu dem Gegenstand und zeige, daß man sich diesem Gegenstand bis jetzt *nicht genähert* hat. In der Tat glaube ich nicht nur, daß ich die Irrigkeit der allgemeinen Ansicht – daß das Mädchen das Opfer einer Bande von Schurken war – demonstriert habe, sondern daß ich auf *den Mörder hingewiesen* habe in einer Weise, die von neuem Anstoß zu einer Untersuchung geben wird. Mein Hauptziel ist jedoch, wie Sie ohne weiteres verstehen werden, eine Analyse der wahren Prinzipien, von der eine Untersuchung in ähnlichen Fällen geleitet sein sollte.‹

Doch durch den im November 1842 bekanntgewordenen Umstand, daß Miss Rogers höchstwahrscheinlich bei einer illegalen Abtreibung gestorben war, sah sich Poe gezwungen, die Geschichte entsprechend dem neuen Stand der Dinge für die zweite Veröffentlichung – in den ›Tales‹ – an einigen Stellen zu verändern.

Texte: Erstveröffentlichung in Snowdens ›Ladies' Companion‹ für November und Dezember 1842 sowie für Februar 1843. Weiter findet sich die Erzählung in den ›Tales‹ (1845), im ›J.-Lorimer-Graham-Exemplar‹ der ›Tales‹ (mit Manuskriptänderungen) und im ersten Teil der ›Works‹ (1850).

Der deutschen Übersetzung liegt das ›J.-Lorimer-Graham-Exemplar‹ zugrunde.

91 *Es gibt eine Reihe idealischer Begebenheiten ...:* Dieses Zitat erscheint im Original deutsch und englisch. Es stammt aus den ›Moralischen Ansichten‹ des Dichters der deutschen Frühromantik Novalis (eigtl. Friedrich Leopold Freiherr von Hardenberg, 1772-1801). *nom de plume:* frz., Pseudonym, Schriftstellername.

96 *émeutes:* frz., Krawalle, Tumulte.

97 *G..:* s. Anm. zu S. 62.

109 *Peterson,* Charles Jacobs (1819-1887): amerikanischer Schriftsteller und Zeitschriftenverleger.

111 ›*Laudanum‹:* Opium, Opiumtinktur.

    outré: frz., übertrieben.

123 *sequitur:* lat., es folgt, hier: folglich.

127 *de lunatico inquirendo:* lat., zur Feststellung eines Geistesgestörten.

128 ›*Eine Theorie ...‹:* Zitat aus dem Roman ›Stanley‹ (1838) von Horace Binney Wallace (1817-1852). Der Jurist und Schriftsteller aus Philadelphia gab sich das Pseudonym William Landor.

136 *Lothario:* Gestalt aus dem Trauerspiel ›Die schöne Büßerin‹ (The Fair Penitent, 1703) des englischen Dichters Nicholas Rowe (1674-1718). Das Stück war äußerst erfolgreich, und die Figur des zügellosen Herzensbrechers Lothario wurde zum Begriff.

146 *fungus:* lat., Pilz.

148 *Ruten:* altes Längenmaß von unterschiedlicher Größe. In den USA entspricht eine Rute 4,57 m.

149 *Sassafras-Rinde:* Sassafras ist ein im Süden der Vereinigten Staaten und in Ostasien beheimateter Lorbeerbaum. Die Rinde riecht und schmeckt stark nach Fenchel, aus der Wurzel wird ein ätherisches Öl gewonnen.

154 *dem künftigen Zorn zu entrinnen:* Vgl. Matthäus 3,7 und Lukas 3,7.

157 *Et hinc illae irae?:* lat., Und daher jener Zorn? Das Zitat geht ursprünglich auf die Stelle ›hinc illae lacrumae‹ in der Komödie ›Das Mädchen von Andros‹ (Andria), I, 1, 99 von Terenz zurück und taucht u. a. in der Form ›Inde irae et lacrumae‹ in den Satiren (I, 168) des Juvenal wieder auf.

164 *des Magazins:* Gemeint ist der 1834-1844 in New York erschienene ›Ladies' Companion‹, herausgegeben von Snowden.

165 *dénouement:* frz., Ende, Ausgang, die Lösung des Knotens.

Der Mann in der Menge
Originaltitel: ›The Man of the Crowd‹.

Der moderne Bezug der Poeschen Erzählkunst wird in der Erzählung
›Der Mann in der Menge‹ manifest. Erläuternd dazu sei hier die Äußerung von Frank T. Zumbach über die Hauptgestalt der Story wiederge-
geben: ›Er erinnert an die Helden Kafkas; der Typus des modernen
Menschen, wie er in der Literatur des zwanzigsten Jahrhunderts so oft
beschrieben wird, „des entmenschlichten Individuums, verloren in der
Masse", deren Wärme er sucht und doch nie findet; durch Schuld aus
dem Paradies verstoßen und verdammt zur Vernichtung, zur endgültigen *Annihilation*.‹ (s. ›Edgar Allan Poe. Eine Biographie‹. München
1986, S. 413) Die Story erschien Ende 1840 gleichzeitig in den Zeitschriften ›The Casket‹ und ›Gentleman's Magazine‹, das George Rex
Graham im November desselben Jahres von William Burton gekauft
hatte. In die Redaktion der seit Januar 1841 unter dem Titel ›Graham's
Lady's and Gentleman's Magazine‹ fusionierten Zeitschriften trat Poe
nach kurzer Zeit ein.

Texte: Erstpublikation in ›The Casket‹ für Dezember 1840 und
›Gentleman's Magazine‹ für Dezember 1840. Der Text findet sich weiterhin in den ›Tales‹ (1845), im ›J.-Lorimer-Graham-Exemplar‹ und im
zweiten Teil der ›Works‹ (1850).

Grundlage für die deutsche Fassung ist das ›J.-Lorimer-Graham-Ex-
emplar‹.

169 *Ce grand malheur*...: frz., Dieses große Unglück, nicht allein sein zu
können. Zitat aus den ›Charakteren‹, Abschnitt 99, von La Bruyère.
gewissen deutschen Buch: Gemeint ist das 1500 in Straßburg bei
Johann Reinhard Grüninger (15./16. Jh.) gedruckte Werk ›Seelen-
gärtlein mit einigen noch angehängten hübschen kleinen Reden‹
(Hortulus animae cum oratiunculis aliquibus superadditis).
ennui: frz., Langeweile, Überdruß.
ἀχλὺς ὅς πρὶν ἐπῆεν: eigtl. ἀχλὺς ἣ πρὶν ἐπῆεν, grch., der Nebel, der
vorher über ihnen war. Zitiert nach Homers ›Ilias‹, V, 127.
Leibniz: Gottfried Wilhelm (1646-1716): deutscher Philosoph,
Mathematiker, Staatsmann und Universalgelehrter.

Gorgias (um 485-um 380 v. u. Z.): Philosoph der griechischen Sophistik.

171 *Eupatriden:* Angehörige des attischen Geburtsadels, der privilegierte Stand.

bon ton: frz., der gute Ton.

172 *Gentry:* niederer englischer Adel.

175 *Tertullian* (Septimius Florens Tertullianus, um 160 bis nach 220): römischer Schriftsteller mit eigenwilliger, wortschöpferischer Sprache.

Retzsch, Moritz (1779-1857): Dresdener Maler und Radierer. Er schuf 26 Radierungen (1816) zu Goethes ›Faust‹ und andere Illustrationen zu Werken der Weltliteratur.

176 *roquelaure:* frz., vorn bis unten zuknöpfbarer knielanger Reisemantel; nach dem Herzog von Roquelaure (17. Jh.) benannt.

Der Goldkäfer

Originaltitel: ›The Gold-Bug‹.

Die 1842 verfaßte Geschichte einer erfolgreichen Schatzsuche gehört ohne Zweifel zu Poes besten Prosawerken der analytisch-rationalen Kategorie. Die Story, die Poe in seiner geplanten, aber dann doch nie verwirklichten Zeitschrift ›The Stylus‹ publizieren wollte, gewann den ersten Preis (100 Dollar) in einem von der Wochenschrift ›Dollar Newspaper‹ am 5. April 1843 ausgeschriebenen Wettbewerb um die beste Erzählung. Sie wurde in diesem in Philadelphia erscheinenden Blatt im Sommer 1843 mehrfach abgedruckt. Wie glänzend der ›Goldkäfer‹ beim Publikum ankam, wird auch durch den Umstand belegt, daß dieser Text bereits 1845 eine Dramatisierung erfuhr und noch zu Poes Lebzeiten ins Französische übersetzt wurde. Der Seeräuber, nach dessen Schatz man im ›Goldkäfer‹ sucht, ist eine historisch beglaubigte Person. William Kidd (um 1645 bis 1701) war ein in Amerika lebender schottischer Kapitän. 1696 hatte man ihn mit der Aufgabe betraut, gegen das Piratentum vorzugehen. Doch als er eine große Zahl seiner Männer durch Krankheit verlor, wurde er selbst zum Seeräuber. Wegen seiner Piraterie wurde er in London vor Gericht gestellt und endete am Strang.

Einen Teil seiner Beute hat man auf Gardiner's Island gefunden. Daß er noch mehr Schätze vergraben hat, dieses Gerücht hat sich bis in die Gegenwart erhalten. Ihren literarischen Niederschlag hat die Legende von dem von Kapitän Kidd verborgenen Schatz unter anderem auch in dem Roman ›Sheppard Lee‹ (1836) des amerikanischen Erzählers und Dramatikers Robert Montgomery Bird gefunden, den Poe im ›Southern Literary Messenger‹ rezensierte. Höchstwahrscheinlich hat auch die Story ›Wolfert Webber‹, enthalten in den ›Erzählungen eines Reisenden‹ (Tales of a Traveller, 1824) des amerikanischen Romantikers Washington Irving, auf die Ausformung von Poes Story eingewirkt. Im übrigen ist der ›Goldkäfer‹ ein literarisches Dokument des Besessenseins des Autors von der Kunst der Entschlüsselung von Geheimschriften.

Texte: Veröffentlichung der ersten Hälfte der Erzählung in der ›Dollar Newspaper‹ vom 21. Juni 1843 und der kompletten Story in der Ausgabe dieses Blattes vom 28. Juni 1843. Sie wurde wieder abgedruckt im ›Supplement‹ der ›Dollar Newspaper‹ vom 12. Juli 1843. Reprints von dem in der ›Dollar Newspaper‹ veröffentlichten Text finden sich im ›Saturday Courier‹ vom 24. Juni, 1. und 8. Juli 1843, im ›Volunteer‹ (Montrose, Pa.) vom 3., 10. und 17. August 1843, im ›Boston Museum‹ vom 22. Juli 1848 und im ›Maine Farmer‹ (Augusta, Me.) vom 7. September 1848. Der Text der Erzählung taucht weiterhin auf in den ›Tales‹ (1845), im ›J.-Lorimer-Graham-Exemplar‹ der ›Tales‹ (mit Manuskriptänderungen von etwa 1849) und im ersten Teil der ›Works‹ (1850). Nachweisbar ist ein 1846 oder 1847 veranstalteter, in London erschienener Raubdruck der Story aus den ›Tales‹.

Die deutsche Übertragung folgt dem ›J.-Lorimer-Graham-Exemplar‹.

183 *Heda! Holla! Der Kerl...:* Diese Zeilen sind nicht in der Komödie ›Alle im Unrecht‹ (All in the Wrong, 1761) des englischen Dramatikers Arthur Murphy (1727-1805) nachweisbar. Mabbott nennt als mögliche Quelle die Komödie ›Der Dramatiker‹ (The Dramatist, 1789), IV, 2 des englischen Stückeschreibers Frederick Reynolds (1764-1841), aus der Poe ungenau zitiert hat.
Sullivan's Island: Poe kannte die Insel und Charleston durch seinen Aufenthalt als Soldat in Fort Moultrie von Ende 1827 bis Ende 1828.

184 *Swammerdam,* Jan (1637-1680): niederländischer Anatom und Zoologe. Er betrieb mit selbstgebauten Mikroskopen Forschungen über die Insekten.

185 *Skarabäus:* ein Käfer, der aus frischem Mist Pillen dreht, in die er ein Ei legt. Er galt im alten Ägypten als Symbol des Sonnengottes Khepri und war heilig. Amulette und andere Nachbildungen des Skarabäus waren Glückszeichen.

186 *tribus:* lat., hier: zoologisch systematische Einheit zwischen Familie und Gattung.

Lieutenant G – –: möglicherweise Anspielung auf einen der Offiziere in Fort Moultrie, den Captain Henry Griswold (gest. 1834).

187 *Propatriapapier:* Propatria ist ein altes Papierformat (34 mal 43 cm).

188 *scarabaeus caput hominis:* lat., Menschenkopfskarabäus.

192 *brusquerie:* frz., Grobheit, Schroffheit.

194 *empressement:* frz., Emsigkeit, Bemühen.

204 *Yards:* englisches und amerikanisches Längenmaß. Ein Yard entspricht etwa 0,91 m.

220 *Velin:* Velin ist ein sehr dünnes, weiches, weißes Kalbspergament.

Zaffer: alte bergmännische Bezeichnung für ein Gemisch von Kobaltoxiden und Arsenaten, das beim Rösten arsenhaltiger Kobalterze entsteht.

aqua regia: lat., Königswasser, ein Gemisch von konzentrierter Salzsäure und Salpetersäure, mit dem sich Gold lösen läßt.

Kobaltregulus: Regulus oder regulinisches Metall ist reines Metall ohne Erzgehalt.

Salpetergeist: Salpeteräther, Salpeterätherweingeist.

224 *Golkonda:* indische Festung, etwa 11 km westlich von Haidarabad. Sie diente als Gefängnis und als Schatzkammer. Früher wurden in Golkonda Diamanten geschliffen.

226 *Tabelle:* Einige Forscher haben sich die Mühe gemacht, Unkorrektheiten bei Poes Tabellen nachzuweisen. Da ein solches Ergebnis belanglos für Sinn und Absicht der Erzählung ist, wird hier darauf verzichtet.

Der Meister des Unheimlichen

Edgar Allan Poe traf mit seinen schaurigen und unheimlichen Erzählungen, den gruseligen und albtraumhaften Geschichten schon immer den Nerv des lesenden Publikums. Wie kein zweiter verstand er es, die tiefsten Ängste in seinen Geschichten lebendig werden zu lassen. Dieser Band versammelt *Der Fall des Hauses Ascher*, *Das vorzeitige Begräbnis*, *Das verräterische Herz*, *Ligeia* und andere Geschichten, die Poe zum Urvater und einem der meistgelesenen und beliebtesten Autoren der Schauer- und phantastischen Literatur machten – in der grandiosen Übersetzung von Arno Schmidt und Hans Wollschläger.

Edgar Allan Poe, Horrorgeschichten. Das Beste vom Meister des Unheimlichen. Aus dem Amerikanischen von Arno Schmidt und Hans Wollschläger. insel taschenbuch 4531. 214 Seiten

**Sherlock Holmes im
insel taschenbuch**

Erstmals komplett im Taschenbuch: sämtliche Sherlock-Holmes-Geschichten und -Romane in neuen Übersetzungen. Die neunbändige Ausgabe versammelt vier Romane und 56 Kurzgeschichten um den exzentrischen und hellsichtigen Kriminologen. Jeder Band ist mit Anmerkungen und einer editorischen Notiz versehen. Diese Reihe bietet somit neben einem umfassenden Lesevergnügen auch die beste verfügbare Textgrundlage.

Sir Arthur Conan Doyle

Eine Studie in Scharlachrot. Roman. Aus dem Englischen von Gisbert Haefs. it 3313. 189 Seiten

Das Zeichen der Vier. Roman. Aus dem Englischen von Leslie Giger. it 3314. 196 Seiten

Der Hund der Baskervilles. Roman. Aus dem Englischen von Gisbert Haefs. it 3315. 244 Seiten

Das Tal der Angst. Roman. Aus dem Englischen von Hans Wolf. it 3316. 259 Seiten

Die Abenteuer des Sherlock Holmes. Erzählungen. Aus dem Englischen von Gisbert Haefs. it 3317. 432 Seiten

Die Memoiren des Sherlock Holmes. Erzählungen. Aus dem Englischen von Nikolaus Stingl. it 3318. 356 Seiten

Die Rückkehr des Sherlock Holmes. Erzählungen. Aus dem Englischen von Werner Schmitz. it 3319. 461 Seiten

Seine Abschiedsvorstellung. Erzählungen. Aus dem Englischen von Leslie Giger. it 3320. 318 Seiten

Sherlock Holmes' Buch der Fälle. Erzählungen. Aus dem Englischen von Hans Wolf. it 3321. 369 Seiten